Ingeborg Schmelz

Aus der Heimat in die Ferne

Zweiter Weltkrieg,
Flucht und Vertreibung 1945

Was bedeuten Krieg, Kriegseinsatz, Kriegsgefangenschaft, Flucht aus der Heimat, Vertreibung durch den Feind, den eigenen Tod und den seiner Liebsten direkt vor Augen zu haben, nicht zu wissen, wohin...?

Die Autorin und ihre Familie waren direkt in das traumatische Szenario des zweiten Weltkrieges verwickelt und haben all das an Leib und Seele selbst erfahren. Die vorliegende Erzählung ihrer Erfahrungen erfolgt authentisch aus erster Hand.

Die tiefe und offene Schilderung privater Erlebnisse vermittelt dem Leser ein *eigenes, persönliches Gefühl* für die Ereignisse, etwas, das – zum Glück – aus der persönlichen Erfahrung unserer Zeit in Europa nicht zu gewinnen ist. Darin liegt die Bedeutung dieses Buches. Es ist ein Stück echter Erinnerung, das einen emotionalen Zugang zu den schlimmen Verwerfungen des Daseins durch die Zeit überträgt und – für die Vernunft – ein Erinnern möglich macht. Es zeigt, mit welcher Kraft Menschen größte Bedrückung und Gefahr überwinden und dass das Dasein selbst in den schwärzesten Momenten nur selten ohne Licht und glückliche Fügung ist.

Darauf kann man bauen.

Aus der Heimat in die Ferne

Zweiter Weltkrieg, Flucht und Vertreibung 1945

Von

Ingeborg Schmelz

2018

FSC
www.fsc.org
MIX
Papier aus ver-
antwortungsvollen
Quellen
Paper from
responsible sources
FSC® C105338

S c h l a g w o r t e
Zweiter Weltkrieg, Deutschland, Kriegseinsatz, Vertreibung, Flucht,
Schlesien, Deutsche Ost-Gebiete, Zeitzeugen, Kriegsgefangenschaft,
Besatzung, Siegermächte

I m p r e s s u m
© Ingeborg Schmelz, Merseburg, Mai 2018
Titelbilder: Marion Weber, geb. Schmelz
Titel- und Umschlaggestaltung: Pierre Kynast

Erste Ausgabe © pkp Verlag, Pierre Kynast, Leuna, Mai 2018 –
Internet: http://www.pkp-verlag.de – Herstellung und Vertrieb:
Books on Demand GmbH, Norderstedt – Paperback:
ISBN 978-3-943519-35-8 – E-Book: ISBN 978-3-943519-36-5

*Im Gedenken
an meine geliebten Eltern
Friedel und Hubert*

Inhalt

Teil I

Denken mit meines Vaters Augen

In Anlehnung an verlässliche Berichte und Mitteilungen von Zeitzeugen sowie jahrelang gesammelte Aufzeichnungen und Recherchen der Autorin konnte dieses Buch geschrieben werden.

Die Hauptperson dieser Geschichte erklärte sich bereit, über die erlebten Ereignisse zu berichten, um sie an die nächstfolgenden Generationen weiter zu geben, sodass sie nie in Vergessenheit geraten. Es wäre wünschenswert, wenn diese Zeilen zum Nachdenken anregen.

Vorwort

Mit freundlicher Miene und einer entspannten Haltung, so saß der alte Herr in seinem bequemen Lehnstuhl im Garten, genoss die wohltuende Wärme der letzten Strahlen der untergehenden Sonne und lauschte dem Abendgesang eines Vogels.

Seine vom Alter gezeichneten Hände ruhten auf den Armlehnen, und eine leichte Decke war fürsorglich über die Beine gebreitet.

Ab und zu schloss er seine müde gewordenen Augen, hörte neben sich am Gartenteich das Plätschern eines Wasserspeiers, das ihn an den Bach erinnerte, der durch seinen früheren Heimatort floss.

So manche Stunde am Tag verbrachte er dort, gleich nach dem Ende der Schulstunden, mit seinen Freunden. Das war nun schon an die neunzig Jahre her, doch seine Gedanken waren noch so klar wie damals das Wasser im Bach.

Der laue Abendwind strich sachte über das weiße, noch dichte Haar und fühlte sich an wie die zarte Hand seiner Gefährtin, die ihn all die Jahre begleitet hatte. Nun war sie für immer von ihm gegangen und ließ ihn mit seinen Gedanken allein, aber tief in seinem Inneren ahnte er, irgendwann wird er ihr folgen, in diese andere Welt.

Das Geräusch des plätschernden Wassers in seiner Nähe wiegte ihn in einen halbwachen, traumartigen Zustand.

Ihm erschienen längst vergangene Bilder und Erinnerungen, aufgereiht wie Perlen an einer Schnur. Es kam ihm vor, als wäre es erst gestern gewesen, die vielen Ereignisse aus der Kinder-, Jugend- und Wehrmachtszeit…

Kindheit

Vor und in dem kleinen Haus, an der Dorfstrasse von Obergläsersdorf, herrschte eine festliche Stimmung. Die anwesenden Gäste warteten auf das Brautpaar Paul und Selma. Es war ein warmer Sommertag, der 28. Juni 1918. Die älteren Frauen waren in ihrer dezenten Tracht erschienen, die Jüngeren leuchteten jedoch in ihren farbenfrohen Kleidern wie bunte Schmetterlinge zwischen den in dunkle Anzüge gekleideten Begleitern. Endlich traten die frisch Vermählten aus dem Haus, und sie wurden unter lautem Jubel begrüßt. Nach dem offiziellen Teil der Trauung sollte nun die sich anschließende Feier im Garten hinter dem Haus stattfinden.

Die Tische waren schon mit weißem Damast und dem besten Geschirr, das der Haushalt zu bieten hatte, eingedeckt, das hielt jedoch die Kinderschar nicht davon ab, dazwischen herum zu jagen. Erschrocken rief Selma einen Namen in Richtung der Tobenden. Ein etwa vierjähriger Junge löste sich aus der Gruppe und lief zu ihr hin. Sein Gesicht war gerötet und verschwitzt, aber seine graublauen Augen blitzten Selma lustig an.

Sie sprach zu ihm mit vorwurfsvoller Stimme: „Hubert, ihr solltet euch doch ruhig verhalten und am Tisch sitzen bleiben. „Er nickte mit dem Kopf, zog verlegen an seinem Hosenbund und erwiderte zaghaft: „Die haben ja nicht auf mich gehört, ich bin doch nun mal der Kleinste von ihnen." Selma strich ihm liebevoll über das zerzauste Haar und schob ihn in Richtung seines Platzes. Sie lächelte nachsichtig hinter ihm her. Übermorgen war sein vierter Geburtstag. Paul und sie hatten es nicht geschafft, noch vor seiner Geburt zu heiraten. Der erste Weltkrieg vereitelte ihre Pläne, Paul wurde eingezogen und die Hochzeit bis zu seiner Rückkehr verschoben. So vergingen die Jahre und Hubert wuchs im Haus seiner Großeltern auf. Sein Großvater Ernst, er war von Beruf Maurer, hatte das Haus mit eigenen Händen gebaut und war stolz auf das Erschaffene. Die Großmutter Marie, für Hubert der liebevolle Ruhepol in dieser Zeit, nahm sich seiner an. Selma war verhindert durch ihre Arbeit auf dem Gutshof, weil sie erst nach Hause kam, wenn er schon schlief, und am Morgen schon das Haus verlassen hatte, wenn er erwachte.

So blieb ihnen nur der Sonntag für gemeinsame Unternehmungen.

Einige Wochen nachdem Paul und Selma geheiratet hatten bekamen sie eine Wohnung im Rittergut von Obergläsersdorf, wo sich auch die Arbeitsstelle von beiden befand. Nun waren sie eine richtige Familie, und dennoch verbrachte Hubert seine schönste und aufregendste Kinderzeit bei den Großeltern. Zu seinem Vater Paul konnte er bisher noch keine starke Bindung entwickeln, die lange Abwesenheit, bedingt durch die Kriegsjahre, hatten zu einer Entfremdung geführt. Viele kleine Begebenheiten förderten das zu Tage, und eine davon wurde zum Schlüsselerlebnis.

Mutter Selma hatte das Mittagsessen fertig und sagte zu Hubert: „Gib doch mal dem Vater Bescheid, dass er kommen soll, sonst wird das Essen kalt." Paul befand sich im Schuppen und hackte gerade Holz, als Hubert ihm zurief: „Du sollst essen kommen!"

Bei Paul zeigte keine Reaktion, und Hubert schrie fast: „Muttel hat gesagt, du sollst kommen, sonst wird das Essen kalt!" Auch dieses Mal hackte Paul weiter auf das Holz ein, und eine Weile stand Hubert unschlüssig neben ihm, dann gab er sich einen Ruck, und leise, fast widerwillig, stammelte er: „Papa, du sollst essen kommen!"

Paul lächelte und dachte: „Na also, es geht doch, dass der Junge ihn endlich Papa nannte. Diese kleine Lektion wäre eigentlich schon lange mal fällig gewesen, ganz ohne Zwang dem Sohn die üblichen Regeln beizubringen."

Bisher hatte Hubert noch nie Papa zu dem Heimgekehrten gesagt, geschickt umging er immer die Anrede. Paul ahnte, welche Überwindung es nun den Jungen gekostet hatte, ihn mit dem ungewohnten, sehr persönlichen Kosenamen anzusprechen.

Beschützend und liebevoll legte er seine kräftige Hand auf die schmale Schulter, und gemeinsam gingen sie den Weg zum Haus, wo Selma schon ungeduldig wartete.

Der Bann war endlich gebrochen, und allmählich entwickelte sich ein enges Vater-Sohn-Verhältnis zwischen den beiden.

Über die Art ihrer Annäherung sprachen beide kein Wort, das blieb ihr Geheimnis.

Der Weg von seinem neuen Zuhause bis zu den Großeltern war für Hubert nur ein Katzensprung. In dieser Umgebung kannte er sich auch bestens aus. Gleich gegenüber wohnte sein Freund Heinrich, mit dem er eine Menge Streiche ausheckte. Beide waren fast sechs Jahre alt und zu so manchem Unfug bereit.

Da standen zum Beispiel an der Dorfstraße entlang die Strommasten mit den Isolatoren aus weißer Keramik. Um sie mit einem Stein zu treffen brauchte man schon ein bisschen Übung, und bei wem es zuerst schepperte, der war Sieger. Das war nicht ganz ungefährlich, denn diesem Spiel hatte Hubert seine Narbe auf der Stirn zu verdanken. Der Stein, den Heinrich warf, verfehlte sein Ziel und traf stattdessen den Kopf von seinem Spielgefährten. Da erlebte Hubert zum ersten Mal, dass sein sonst so ruhiger Großvater sehr wütend wurde, denn der verhängnisvolle Vorgang hatte sich direkt vor seinem Haus abgespielt.

„Zum Donnerwetter, wie oft habe ich Euch schon verboten mit Steinen zu werfen, nun ist es passiert, das hätte ins Auge gehen können." Erschrocken über die zornigen Worte rannte Heinrich weg, er fühlte sich zwar schuldig, wollte doch aber auf keinen Fall seinen Freund verletzen.

Großmutter Marie kümmerte sich um die Wunde an Huberts Stirn und seufzte traurig: „Diese Narbe wirst Du wohl für immer behalten."

Die beiden Freunde bekamen zur Strafe Hausarrest mit Spielverbot und das für längere Zeit. Das hielt sie jedoch nicht davon ab, die nächste Dummheit bei passender Gelegenheit schon wieder auszuprobieren.

Sie hatten schon des Öfteren beobachtet, dass sich ins Nachbarhaus, wenn die Bewohner abwesend waren, durch die offene Hintertür eine Horde größerer Jungen schlich. Eine ganze Weile blieb es ruhig, aber nach einer gewissen Zeit kamen sie mit johlendem Geschrei wieder heraus gerannt.

Aus einiger Entfernung beobachteten Hubert und Heinrich, dass die Jungen mit einem Stück Draht an einem Kasten im Vorflur des Hauses hantierten.

Auf einer Tafel in diesem Kasten befanden sich die Sicherungen für die Stromanschlüsse des Anwesens und einiger Nachbarhäuser.

Die Mutprobe bestand nun darin, den Draht in die offene Sicherungskappe zu stecken. Wer ihn unter heftigem Körperzittern, hervorgerufen durch die Stromstöße, am längsten halten konnte, bekam die größte Anerkennung der anderen Kinder.

Bei den damals üblichen 110 Volt war die ganze Sache sicher auch gefährlich, aber zum Glück passierte nie etwas Ernsthaftes.

Dieses Experiment mussten natürlich Hubert und Heinrich auch ausprobieren, doch für sie blieb es bei einem einmaligen Versuch. Die Auswirkungen empfanden die beiden als viel zu unangenehm, um vielleicht auch noch Freude daran zu haben.

So verbrachten sie lieber mit altbewährten Streichen und vielen neuen Abenteuern den Sommer.

Der Herbst verging, und der letzte Winter vor ihrer Einschulung nahte.

Zu seiner Überraschung sollte Hubert für ein paar Tage zu den Großeltern, sogar zum Übernachten. Das war ziemlich ungewöhnlich, denn zum Feierabend seiner Eltern musste er immer in der Wohnung sein, und daran hielt er sich auch.

Neugierig, wie er war, bedrängte er seine Großmutter Marie so lange, bis sie ihm endlich mitteilte, dass sich ein Geschwisterchen angemeldet habe.

Ungläubig schaute er seine Großeltern an und schrie empört: „Mich hat aber keiner gefragt, ob ich das überhaupt will."

Beide lächelten vor sich hin, und schon drei Tage später, am 1. Dezember 1919, teilten sie ihm mit: „Ein kleiner Bruder, mit dem Namen Paul, wartet zu Hause auf dich."

„Na, dass ging aber schnell", antwortete Hubert, „da muss ich doch gleich mal gucken, wie er aussieht", und weg war er.

Großmutter Marie rief noch: „Warte, wir gehen gemeinsam", aber das hörte er schon nicht mehr.

Erwartungsvoll betrat Hubert das Zimmer, wo seine Mutter Selma erschöpft im Bett lag und eine unbekannte Frau sich um sie kümmerte. Daneben stand die Wiege, und zögernd schaute er hinein, wo er das winzige Bündel erblickte.

Gegen einen Bruder zum Spielen hatte er ja nichts einzuwenden, aber mit diesem hilflosen kleinen Wesen konnte man nun wirklich nichts anfangen.

Als es auch noch begann laut zu schreien, lief er aus dem Zimmer, geradewegs zu seinem Freund Heinrich. Aufgeregt berichtete er ihm von der Neuigkeit, aber auch von seiner großen Enttäuschung.

„Stell Dir mal vor, da haben sie mir einen Bruder versprochen, und in der Wiege lag so ein eingewickeltes Etwas, das ziemlich laut schreit und zum Spielen überhaupt nicht taugt. Ich dachte, das kann ja was werden, und da bin gleich wieder abgehauen. Bestimmt soll ich auf den Schreihals auch noch aufpassen."

Unsicher schaute er zu Heinrich und fragte nach seiner Meinung. Doch der tröstete Hubert mit den Worten: „Aber du hast doch mich, und in einem halben Jahr sind wir schon in der Schule, da hast du gar keine Zeit für deinen Bruder."

Das war eine plausible Feststellung, und beide genossen noch die unbekümmerten Monate vor der Einschulung.

Der Winter verging viel zu schnell, schon meldete sich der März mit deutlichen Vorzeichen des kommenden Frühlings an. Der Ernst des Lebens würde nun bald beginnen – die Schulzeit.

Hubert war ein aufmerksamer Schüler und zeigte gute Leistungen in fast allen Fächern.

Bei Heinrich sah die Sache nicht ganz so gut aus, er gab sich keine Mühe, störte den Unterricht und brachte den Lehrer oft zur Weißglut.

„Wenn Du so weiter machst, Heinrich, dann erreichst Du das Klassenziel nie. Aus dir wird auch kein ordentlicher Mensch werden."

„Das will ich auch gar nicht, ich gehe nach Amerika, da sind alle reich und ordentlich muss man da auch nicht sein."

Zur Strafe wegen solcher Antworten musste er oft noch in der Schule bleiben, während die anderen Schüler schon nach Hause durften. Dieses Nachsitzen war für ihn besonders schlimm, lieber hätte er eine Tracht Prügel mit dem Rohrstock weggesteckt. Heinrich wusste, dass er mal wieder eine Menge Abenteuer mit der Jungengruppe auf dem Nachhauseweg verpasste.

Manchmal wartete Hubert geduldig vor dem Schulgebäude, bis sein Freund die Strafe abgesessen hatte, dann liefen beide zum Bach, der sich durch das Dorf schlängelte. Hier fühlten sie sich wohl, vor allem ohne die Aufsicht der ewig nörgelnden Erwachsenen.

Der Bach wurde zu ihrem beliebtesten Aufenthaltsort und Abenteuerspielplatz.

Sie kühlten an den heißen Sommertagen ihre erhitzten Körper in seinem klaren Wasser und schlitterten an kalten Wintertagen auf der erstarrten Eisfläche herum.

Im Laufe der Zeit besserten sich auch die Leistungen von Heinrich, er war reifer geworden und wollte nun unbedingt einen guten Schulabschluss erreichen.

„In Amerika reich werden, na ja, das kann ich später auch noch, mein großer Wunsch ist nun, ein berühmter Tierforscher in Afrika zu werden."

Erstaunt hörte Hubert dem begeisterten Heinrich zu, der mit ernster Miene erklärte: „Dazu gehört aber viel Wissen, das hat mir der Onkel Erich erklärt.

Du hilfst mir sicher beim Pauken – ja?"

Hubert nickte zustimmend mit dem Kopf und zweifelte keinen Augenblick daran, dass sein Freund von seinem Wunsch überzeugt war und alles sehr ernst meinte.

Er unterstützte ihn beim Lernen und dem Erledigen der Hausaufgaben, dafür begleitete Heinrich ihn fast jedes Mal auf dem Weg ins nächste Dorf, wo es im Gutshof kostenlos Buttermilch gab.

Dieses günstige Angebot wurde natürlich von vielen Leuten der Umgebung genutzt. Weil die Milch meistens nicht für alle reichte, musste man sich beeilen, um unter den Ersten zu sein. Die beiden Freunde zogen einige Male in der Woche los, im Sommer bei sengender Hitze und im Winter bei klirrender Kälte. Manchmal sogar im dichten Schneegestöber, um den Eltern eine Freude zu machen.

Immerhin lag das Dorf drei Kilometer entfernt, und das war nur der Hinweg.

Hubert bekam eine besonders große Milchkanne mit auf den Weg, und die Bäuerin füllte sie immer voll bis an den Rand. Da konnte er natürlich der Versuchung nicht widerstehen, sich einen kräftigen Schluck davon zu genehmigen, das Gleiche tat auch Heinrich. Genussvoll schlürften sie die Köstlichkeit, vor allem an den heißen Sommertagen, und hatten nicht mal ein schlechtes Gewissen dabei.

Mutter Selma bemerkte die Sache nicht, vielleicht wollte sie es auch nicht merken. Sie zauberte jedenfalls von dem Inhalt der Kanne viele schmackhafte Speisen auf den Tisch, und ihr Leitsatz lautete immer: „Quark macht stark!"

Stark wollten beide werden, und bei so manchem Ringkampf testeten sie, wer wem überlegen war. Mal siegte der eine, das nächste Mal der andere.

Bei den üblichen Raufereien jedoch, wo eine Kinderhorde gegen die andere antrat, hielten Hubert und Heinrich immer zusammen und verließen den Platz des Geschehens meistens als Sieger.

„Das macht nur der Quark", riefen sie lachend ihren Gegnern zu und waren auch selbst davon überzeugt.

Viele Erfahrungen sammelten Hubert und Heinrich bei ihrem Aufenthalt auf dem Gutshof. Einmal zeigte ihnen die Bäuerin ein neugeborenes Fohlen, ein anderes Mal lagen in einem Korb fünf junge Kätzchen, die sie streicheln durften. Immer gab es etwas zu erkunden oder zu besichtigen, Langeweile war für sie ein Fremdwort.

Doch auch unangenehme Überraschungen konnte man auf dem großen Gutshof erleben, eine davon war die unerwartete Attacke des Hofhundes.

Hubert stand in einer Reihe mit noch anderen Leuten, die auf das Auffüllen ihrer Kannen warteten, als ein großer Schäferhund ihn ansprang und ohne ersichtlichen Grund ins Bein biss. Es war eine ziemlich tiefe Wunde, sie blutete stark, und Hubert wurde vor Schreck ganz blass im Gesicht. Einige der Leute rissen den Hund von ihm weg und legten den Verletzten auf eine Bank. Beherzt versorgte eine der Frauen die Verletzung, legte einen provisorischen Verband aus einem herbei geschafften sauberen Tuch an. Sie beruhigte den Jungen mit den Worten: „Das wird schon wieder, hab keine Angst, der Hund muss nun ganz bestimmt an die Kette."
Vorsichtig strich sie ihm über das verbundene Bein.

Ausgerechnet an diesem Tag konnte Heinrich seinen Freund nicht begleiten, und so humpelte Hubert mit seiner gefüllten Kanne, die er fest in seiner Hand hielt, ganz allein nach Hause.

Auf dem Heimweg machte er sich so seine Gedanken, ob sein Freund noch immer ein Tierforscher werden wollte, wenn er sah, was ein eigentlich zahmer Hund so anrichtete. Immerhin gab es in Afrika gefährlichere Tiere, zum Beispiel Leoparden, Hyänen, sogar Löwen. Die konnten bestimmt in wenigen Minuten einen Menschen töten und auffressen. Diese Frage beschäftigte Hubert so sehr, dass er seine stärker werdenden Schmerzen kaum bemerkte.

„Was ist denn passiert", rief Selma erschrocken, als sie ihn erblickte. Erst in diesem Augenblick rollten ein paar Tränen über Huberts Gesicht, die er so lange zurückgehalten hatte. Dann brach es aus ihm heraus: „Der blöde Köter vom Gutshof hat mich gebissen, und jetzt tut es fürchterlich weh." „Ach du meine Güte, entfuhr es Selma, damit ist nicht zu spaßen, ein Hundebiss ist gefährlich, wir müssen schnell zum Arzt." Nach dieser Feststellung zog Selma den sich Sträubenden ins Haus und half ihm beim Waschen und Umkleiden. In kürzester Zeit saßen sie im Sprechzimmer vom Doktor.

Dieser hörte sich ruhig an, was geschehen war, besah sich die Wunde und teilte den beiden Wartenden mit: „Ja, eine Spritze ist unumgänglich und nähen muss ich auch, also sei ein tapferer Junge."

Hilfe suchend sah Hubert zu Mutter Selma, die seine Hand ganz fest hielt, und alles verlief besser als er dachte.

Dieses unangenehme Erlebnis hinterließ seine Spuren und prägte sein Verhalten auch später noch. Jahrelang machte Hubert einen großen Bogen um Hunde, und echte Sympathie für einen dieser Gattung konnte er auch nie wieder empfinden.

Mit zu den schönsten Unternehmungen zählte jedoch die jährliche Heuernte. Vater Paul zeigte den beiden Freunden, wie man mit den Pferden umging und von dem Kutschersitz, der so genannten Wagenkelle aus, das Pferdegespann mit dem Zügel führte. Noch auf dem gemähten Feld durften Hubert und Heinrich abwechselnd die Zügel übernehmen, das Fuhrwerk von Heuhaufen zu Heuhaufen dirigieren, bis der Wagen voll beladen war und ihn anschließend ins Dorf fahren, vor Stolz strotzend, weil ihnen die bewunderten Blicke einiger Klassenkameradinnen folgten.

„Hast Du gesehen, wie die Weidner Liesel uns angehimmelt hat?" „Na klar, erwiderte Hubert, die hat doch schon lange ein Auge auf Dich geworfen." „Ach Quatsch, was redest Du da für einen Unfug!" Aber heimlich freute sich Heinrich über diese Bemerkung, denn auch er mochte die Liesel und suchte in den Schulpausen oft mal ihre Nähe.

Das nächste Abenteuer stand bevor, als die Fahrt mit einem Fuhrwerk voller Heu nach dem rund siebzig Kilometer entfernten Breslau, der Hauptstadt von Schlesien, vorbereitet wurde.

Man hätte das Heu sicher auch mit der Bahn transportieren können, aber vielleicht lohnte sich der Aufwand wegen so einer kleinen Menge nicht. Die Beförderung vieler Produkte aus der Landwirtschaft in die umliegenden Städte erfolgte meistens mit dem Pferdefuhrwerk. Das war wohl auch die preiswerteste Art, ohne den lästigen Papierkram für Lieferant und Kunden.

Jedenfalls erhielt Vater Paul den Auftrag, und weil gerade Ferien waren, durfte Hubert ihn begleiten.

Heinrich besuchte zu dieser Zeit gerade seine Tante und den Onkel in einem der Nachbardörfer, er wäre sicher gern bei dem Ausflug dabei gewesen.

Schon in der Nacht wurden die Pferde angespannt, ehe es los ging in Richtung der großen, unbekannten Stadt.

Mutter Selma bat beim Abschiednehmen: „Pass gut auf den Jungen auf, es ist doch seine erste längere Fahrt in eine fremde Umgebung."

„Ja, ja", rief Vater Paul, „da wird es langsam Zeit für ihn."

Alle Umstehenden lachten laut, und Hubert wäre am liebsten im Boden versunken, denn Scherze auf seine Kosten mochte er überhaupt nicht. Ungeduldig wartete er deshalb auf den Aufbruch und war froh, als sich das Fuhrwerk in Bewegung setzte.

Das Wetter spielte mit, und im Morgengrauen waren sie schon ein ganzes Stück hinter der Stadt Lüben. Die Sonne ging auf und wärmte mit ihren ersten Strahlen Vater und Sohn vorn auf dem Kutschbock, denn in der Nacht war es ziemlich kühl gewesen.

Schon seit einiger Zeit befuhren sie eine Straße, an deren Rand sich Kirschbaum an Kirschbaum reihte. Die reifen, dunkelroten Früchte lockten, und Paul hielt nach dem bittenden Blick seines Begleiters kurzerhand den Wagen an.

Mit einem kräftigen Schwung beförderte er Hubert auf die höchste Stelle der Heufuhre und die Kirschernte konnte beginnen. „Halte Dich an den Ästen fest, sonst rutscht Du schneller als du denkst vom Heufuder, und ich bekomme Ärger mit Mutter, falls Dir was passiert."

Übermütig rief Hubert: „Aber Papa, denkst Du, ich mache das zum ersten Mal?"

Bei der nächsten Pause war es schon Mittag, die Sonne brannte vom Himmel herab, deshalb suchten sie einen schattigen Platz und versorgten zuerst die Pferde.

Danach verzehrten sie ihre mitgebrachten Brote und tranken dazu ein Malzbier, für Hubert übrigens die Krönung, bisher gab es das Getränk nur für die Älteren.

Nun fühlte er sich schon wie ein richtiger Mann, und die fremde Stadt flößte ihm fast gar keinen Respekt mehr ein.

Am späten Abend erreichten sie Breslau, fanden auch schnell ihr Ziel, entluden mit zwei Helfern das Heu und erhielten ein reichliches Abendessen vom Auftraggeber.

Nach einigen Stunden Schlaf traten sie die Rückreise an und wurden von einem schweren Gewitter überrascht. Zum Glück fanden beide Zuflucht in einer halbzerfallenen Scheune, die sie vor dem sintflutartigen Regen schützte.

Erst als sich die Sonnenstrahlen durch die letzte Wolkenschicht kämpften, konnten sie ihre Fahrt fortsetzen, und Hubert war erleichtert, wieder wohlbehalten in seinem Heimatdorf und der gewohnten Umgebung gelandet zu sein.

Der Lärm in der Stadt, das riesige Häusermeer und vor allem die vielen Menschen, ein Gewimmel wie im Ameisenhaufen, war dann doch etwas beängstigend für einen Jungen vom Lande. Dazu kamen noch die ungewohnten Geräusche der Fahrzeuge, die überall fuhren, man musste unheimlich aufpassen und auf der Hut sein, dass keiner überrollt wurde.

Natürlich hatte ihn das alles etwas verunsichert, aber trotzdem war der Ausflug ein Erfolg, denn nun würde er dem Heinrich und den anderen Klassenkameraden viel Neues zu berichten haben.

Während dieser ereignisreichen Zeit war Huberts Bruder Paul, das ehemalige hilflose Bündel, zu einem kräftigen Burschen herangewachsen.

Er wurde bald sechs Jahre alt, und auch auf ihn wartete nun die Schulzeit.

Noch vor seiner Einschulung zog die Familie im Herbst 1924 um, in den nahe gelegenen Ort Kuchelberg.

Im darauf folgenden Frühjahr war es dann soweit, der erste Schultag für Paul stand vor der Tür.

Hubert, nun schon in der sechsten Klasse, hatte die Trennung von Heinrich und den anderen Schulkameraden nur schwer überwunden, nun trabte er mit dem kleinen Paul gemeinsam den Weg zur neuen Schule.

Die beiden Brüder verstanden sich gut, und der Ältere stand dem Anfänger hilfreich zur Seite. Huberts eher besonnene, ernste Art, passte zu Pauls fröhlicher und ungestümer Natur, dass glich sich aus, und je älter sie wurden, desto enger entwickelte sich ihre Bindung.

Das änderte sich auch nicht, als am 3. Mai 1927, der dritte Sohn von Selma und Paul, der Erwin, geboren wurde.

Hubert und sein Bruder Paul hatten zwar bemerkt, dass ihre Mutter an Leibesumfang zugenommen hatte und sich in letzter Zeit nur noch langsam und mühevoll bewegen konnte. Sie beanspruchte immer öfter die Hilfe der Familie, aber dass ein Kind unterwegs war, begriffen sie noch nicht.

Erst kurz vor der Niederkunft, als alle am Tisch saßen, versammelt zum Abendessen, teilte ihnen Mutter Selma mit: „Hört mal zu, meine beiden Jungen, ihr seid nun alt und vernünftig genug, um zu erfahren, dass sich noch ein Geschwisterchen angemeldet hat. Ich hoffe, ihr freut euch mit uns und helft mir weiterhin im Haus, denn es wird mehr zusätzliche Arbeit geben."

Hubert und Paul schauten sich grinsend an, dann nickten beide zustimmend mit dem Kopf.

Es dauerte auch nur wenige Tage, und in der Wiege, die Hubert schon kannte, lag wieder so ein kleines, schreiendes Bündel, ihr Bruder Erwin.

Zu ihm konnte Hubert leider nicht so ein inniges Geschwisterverhältnis aufbauen, der Altersabstand von dreizehn Jahren war einfach zu groß, doch er liebte den Kleinen.

Ein halbes Jahr nach Erwins Geburt hatten sich die Eltern zu einem erneuten Umzug entschlossen, und zwar nach Mallmitz, man konnte sagen, einem Vorort von Lüben. Die Entfernung bis zur Kreisstadt betrug nur zwei Kilometer. Die Familie zog in ein Haus mit Hof und kleinem Garten, hier fühlten sie sich wohl, denn in Kuchelberg waren sie nicht so richtig heimisch geworden. Die Nähe der Stadt hatte einen großen Vorteil, jederzeit konnte man kulturelle Veranstaltungen besuchen und auf kürzestem Weg die Einkäufe erledigen. Was auch enorm wichtig war, denn bei Krankheiten, Unfällen usw. war schnell ärztliche Hilfe da. Mallmitz hatte außerdem eine sehr schöne Umgebung und lockte viele Ausflügler in den Ort. Dadurch wurde das eintönige Dorfleben aufgelockert, also gute Gründe, sich aus Kuchelberg zu verabschieden.

Gute Freunde und Bekannte, die schon länger in Mallmitz ansässig waren, halfen beim Umzug, denn schließlich hatten sie einen großen Anteil daran, dass Paul und Selma den Ortswechsel vornahmen. Bei jedem ihrer Besuche sprachen sie davon, wie vorteilhaft es wäre, wenn alle in einem Ort wohnen würden und die oft weiten Wege wegfallen könnten.

Nun brauchte man keine langen Vorbereitungen, um sich nach dem verdienten Feierabend oder zum Wochenende zu treffen. Es gab so manche gesellige Runde, einer der Freunde griff zur Ziehharmonika, man sang die beliebten Heimatlieder, sprach über den neuesten Klatsch, und auch so manche Kehle blieb nicht trocken. Alle Mitglieder der Familie fühlten sich wohl in der neuen Heimat, die Wohnung wurde gemütlich eingerichtet, teilweise sogar mit neuen Möbeln ausgestattet. Vater Paul hatte eine Arbeitsstelle gefunden, die seiner Familie ein gutes Auskommen ermöglichte.

Er chauffierte den Opel der Gutsbesitzer, nachdem er die Prüfung zum Führerschein ablegte, fuhr Traktor und kannte sich im Umgang mit sämtlichen landwirtschaftlichen Maschinen aus.

Selma wirtschaftete im Haus und Garten, kümmerte sich um den kleinen Erwin und teilte den beiden Großen, wenn sie aus der Schule kamen, schon so manche Arbeit zu.

Noch ein paar Monate drückte Hubert in der neuen Klasse die Schulbank, dann hatte er es geschafft, und der Lehrer übergab ihm sein erfolgreiches Schulabschlusszeugnis.

Stolz präsentierte er es seinen Eltern und äußerte den Wunsch, einen Beruf zu erlernen.

Jugendzeit

Eine Ausbildungsstelle sofort zu finden stellte sich als ein Problem heraus, deshalb rieten ihm die Eltern, erst einmal in der Landwirtschaft eine Arbeit anzunehmen. So erging es den meisten jungen Leuten auf dem Lande. Begeistert war Hubert nicht gerade von diesem Vorschlag, aber die Aussicht, sein eigenes, erstes Geld zu verdienen, gab letztendlich den Ausschlag.

Es wurde eine schwere Zeit für den erst Vierzehnjährigen. Nach zwei Jahren harter Arbeit, bei Wind und Wetter auf dem Hof und den Feldern des Rittergutsbesitzers, reichte es ihm.

Er hatte einen guten Schulabschluss und wollte sich endlich seinen Wunsch erfüllen – eine Berufsausbildung als Maurer, so wie sein Großvater Ernst.

Wie so oft im Leben, half ihm der Zufall bei seiner Entscheidung.

Bei einem Dorffest traf er einen ehemaligen Mitschüler, der schwärmte von der nahe gelegenen Stadt Lüben und den guten Verdienstmöglichkeiten. Er selbst war bei einem bekannten Fleischermeister in die Lehre gegangen und wurde bald Geselle.

Die Lehrstelle sollte mit einem neuen Lehrling besetzt werden und er riet Hubert, sich so schnell wie möglich zu bewerben.

An einem Sonntag, als alle Mitglieder der Familie gemütlich beieinander saßen, nahm Hubert all seinen Mut zusammen und sagte wie beiläufig:

„Übrigens, ich beende die Arbeit auf dem Gut, morgen bewerbe ich mich bei einem Fleischermeister, ich hoffe, ihr seid einverstanden und erlaubt es mir."

Huberts Eltern wunderten sich sehr über diese überraschende Mitteilung.

„Nanu, da staune ich aber, denn beim Schlachten, vor allem von Kleinvieh, wie Tauben, Geflügel oder Kaninchen, machst du doch stets einen großen Bogen um das Geschehnis", stellte Selma klar, „wie willst du ein Schwein oder anderes Viehzeug töten?" „Vielleicht will er es totkitzeln", scherzte Paul.

„Oh, entschuldige bitte, Bruderherz, das war nicht so gemeint", setzte er reumütig hinzu, als die Runde am Tisch loslachte.

Beleidigt antwortete Hubert: „Man kann alles erlernen, wenn es durch andere nicht verhindert wird", stand auf und verließ aufgebracht das Zimmer. Das laute Geräusch beim Zuschlagen der Tür spiegelte seine unterdrückte Wut wider.

Die Eltern merkten, wie wichtig ihm seine Entscheidung war, und gaben auf sein Drängen nach.

Schließlich erhielt er ihre Einwilligung, weil er ja noch nicht volljährig war. Außerdem hatte die Sache den Vorteil, dass kein Lehrgeld gezahlt werden musste, wenn man statt drei Jahren Lehrzeit eine Lehre von dreieinhalb Jahren ableistete.

Auf diese Weise wurden seine Eltern nicht belastet. Hubert überlegte nicht lange, bewarb sich gleich am nächsten Tag beim Meister und bekam auch die Stelle.

Er begann seine Ausbildung im Sommer 1930 und beendete sie nach dreieinhalb Jahren, also im Winter 1933, erfolgreich als Fleischergeselle.

In dieser Zeit hatte er sich zu einem kraftvollen, durchsetzungsfähigen jungen Mann entwickelt. Er war beliebt, zuverlässig und kameradschaftlich, bekam Sonderaufträge vom Meister, wenn mit der Bahn oder dem Lastwagen das Schlachtvieh von den Bauern geholt werden musste.

Auch mit dem Tierarzt, dem Fleischbeschauer und den mit allen Wassern gewaschenen Viehhändlern stand er bald auf gutem Fuße. Die Fleischergesellen waren angesehen und wurden respektiert.

Allein schon ihr Auftreten in der Zunftkleidung, grauweiß gestreiftes Hemd, weiße Jacke und die Hose in die blank geputzten schwarzen Stiefel gesteckt, war stattlich. Die jungen Mädchen waren stolz, wenn einer von ihnen sie zum Tanz aufforderte.

Zu dem Jungmädchenkreis gehörte auch Friedel, die mit ihren braunen Rehaugen so manches Burschenherz entflammte, aber sich von keinem erobern ließ.

Sie traf sich gern an ihren dienstfreien Tagen mit den besten Freundinnen und gemeinsam besuchten sie manchmal eine der Gaststätten, wo an den Wochenenden die Musikanten zum Tanz aufspielten.

Friedel kam aus dem Dorf Schwarzau, ungefähr sieben Kilometer von Lüben entfernt, und war die Tochter von Hermann und Klara.

Auch sie wurde, wie Hubert, in ein behaglich und ruhig verlaufendes Landleben hineingeboren, dass nur selten durch große Ereignisse, aber dafür mit vielen wertvollen Erfahrungen für Friedel bereichert wurde. Diese begleiteten und formten ihren Lebensweg, sie stellten sich später sogar als richtungweisend heraus.

Friedel hatte noch einen zehn Jahre älteren Bruder, den Gustel, auf den sie immer sehr stolz war. Der große Bruder und Beschützer in ihrer Kinder- und Jugendzeit.

Er war begeistert, als am 4. September 1919 seine Schwester geboren wurde und kutschierte sie im Kinderwagen, bei jeder passenden Gelegenheit, durchs ganze Dorf. Die Hänselei der anderen Jungen, weil er seine Schwester im Wagen fuhr, störte ihn kaum, oft verteilte er sogar eine Tracht Prügel, wenn sie zu frech wurden.

Zwar hatte er von seiner Mutter Klara die Anweisung, nur in der Nähe des Hauses zu bleiben, und meistens hielt er sich auch daran. Aber als die alte Mühle brannte und die Feuerwehr zum Löschen ausrückte gab es für Gustel nichts Aufregenderes, als dabei zu sein.

So dachte er nicht mehr an sein Versprechen, rannte samt Kinderwagen und Friedel den anderen nach, ohne den Eltern Bescheid zu geben.

Als Klara beide vermisste, machte sie sich auf die Suche nach ihnen und fragte vorübereilende Leute: „Habt Ihr unseren Gustel gesehen? Er ist nirgends zu finden, ich mach mir schon große Sorgen." „Ach Klara, der ist bestimmt bei der Mühle."

So erfuhr sie von dem Mühlenbrand und das Gustel dort gesehen wurde.

So schnell sie konnte lief Klara die ziemlich lange Strecke bis zum Unglücksort, ergriff den Kinderwagen, der etwas abseits stand und erspähte den Ausreißer bei einer Gruppe neugieriger Leute.

Gustel konnte gar nicht so schnell reagieren und blickte erschrocken auf Mutter Klara, die ihn unsanft am Kragen packte. Auf dem Nachhauseweg bekam er eine gehörige Standpauke, und als er widersprach, rutschte ihr auch noch die Hand aus, so aufgeregt war sie.

„Das machst du nie wieder, uns so in Angst zu versetzen und deine Schwester in Gefahr zu bringen. Die Strafe dafür wird gepfeffert sein", schrie sie ihn an.

Schuldbewusst trabte Gustel neben dem Kinderwagen her, den ziemlich langen Weg nach Hause, und ertrug geduldig seine Bestrafung – einige Tage Hausarrest!

Das tat aber seiner Geschwisterliebe keinen Abbruch, immer war er für Friedel da und blieb ihr Beschützer.

Noch nach vielen Jahren, als er schon seinen Beruf ausübte und in Berlin wohnte, beschenkte er sie mit den schönsten Sachen. Sie bekam von ihm ein Fahrrad mit Ballonreifen und besaß als erste in ihrem Bekanntenkreis solch ein neues Modell.

Bei seinen Besuchen im Elternhaus war für sie immer ein modisches Kleid oder ein ausgefallenes Geschenk mit im Gepäck.

Behütet und umsorgt wuchs Friedel auf, hatte viele Freundinnen und war äußerst beliebt in ihrem Umfeld.

Zu ihren Eltern und dem Bruder hatte sie eine sehr enge und innige Bindung, aber ihre tiefe Zuneigung und Liebe galt der Großmutter Pauline, der Mutter von Hermann.

Friedel nannte sie liebevoll Großmuttel und erfuhr von ihr die größten Geheimnisse sowie die schönsten Geschichten.

Stundenlang saß sie auf der Fußbank vor dem Plüschsessel, auf dem Großmuttel Platz genommen hatte, und lauschte deren Erzählungen.

Großmutter Pauline stammte aus einer wohlhabenden Familie mit Landbesitz, Gesinde und einem großen Bauernhof. Leider ging dieser Besitz durch die Inflation und eine schwere Krankheit des Großvaters Karl verloren und zwang die Familie, in einfacheren Verhältnissen zu leben.

Großmuttel war eine geachtete Frau und hatte die Gabe, anderen Menschen bei Krankheiten oder Gebrechen helfen zu können. Sie sammelte Kräuter, kannte alle Heilpflanzen, die in der Umgebung wuchsen und galt als vertraute Helferin und Trösterin für viele Kranke.

Man holte sie sogar ins Schloss, wenn die Kinder der Herrschaften eine Erkältung, Bauchschmerzen oder Fieber hatten. Meistens reichten schon ihre guten Ratschläge und die beruhigende Art, mit den Kranken zu reden.

Viel von ihrem Wissen wurde von Generation zu Generation überliefert, und sie selbst gab es an Friedel weiter.

Mit ihr ging sie auch das geweihte Osterwasser holen. Das war eine geheimnisvolle, aufregende Angelegenheit, denn schon ehe die Sonne aufging zogen sie los. Friedel durfte in dieser Nacht bei Großmuttel schlafen und wurde vor dem Morgengrauen durch leichtes Rütteln an der Schulter von ihr geweckt.

Am Abend zuvor erteilte Großmuttel noch Ratschläge, wie sie sich nach dem Erwachen am frühen Morgen zu verhalten hatten.

„Friedel, du stellst nach dem Aufstehen und Ankleiden bitte keine Fragen, und wir dürfen nicht miteinander reden, kein einziges Wort darf gesprochen werden, weder auf dem Weg zum Bach noch beim Schöpfen des Wassers. Erst wenn wir wieder das Haus betreten wird der Bann aufgehoben, ansonsten wäre die Heilwirkung des Wassers hinfällig."

„Ja, ich werde mir alles einprägen, liebe Großmuttel, und morgen in der Frühe weckst Du mich, dann machen wir uns auf den Weg."

Auf diese Weise wiederholten sie Jahr für Jahr diesen Gang zum Bach und füllten sein Wasser in den schönen, buntbemalten Krug, der nur für diesen Zweck benutzt wurde.

Den Brauch gab es schon seit ewigen Zeiten und er wurde von den Alten an die Jungen weiter gegeben.

Er besagte auch, dass man nur an einem bestimmten Tag und zu einer bestimmten Zeit schöpfen konnte, und zwar am Ostersonntag zum Zeitpunkt des Sonnenaufgangs.

Schon so lange die Überlieferungen zurückverfolgt werden konnten wurde das geweihte Wasser, dank seiner Heilkraft, gegen so manche Gebrechen und Krankheiten angewendet. Man musste nur fest daran glauben, erklärte Großmuttel der wissbegierigen Friedel.

Die wunderbaren und lehrreichen Jahre vergingen wie im Fluge, aber die Zeit ihres Miteinanders war leider begrenzt.

Im April 1925 fing für Friedel die Schulzeit an. Mutter Klara fand es auch in Ordnung, sie mit der anfallenden Hausarbeit vertraut zu machen, doch ihre Freizeit verbrachte sie noch immer am liebsten bei Großmuttel in dem kleinen, gemütlichen Haus.

Der Unterricht in der Schule fiel Friedel leicht, sie zeigte gute Leistungen, und der Lehrer Jaeite lobte sie vor der Klasse, das machte sie jedoch immer ein wenig verlegen. Friedel war ein eher zurückhaltendes Kind, das sich ungern in den Vordergrund drängte, und auf diese Weise versuchte sie auch in aller Stille mit dem Tod ihrer geliebten Großmuttel fertig zu werden.

Diese für sie so unendlich traurige Mitteilung erhielt sie am letzten Schultag vor den Sommerferien, und ihr einziger Trost war, dass Großmuttel, ohne zu leiden, ruhig und friedlich eingeschlafen war.

Als Vermächtnis hinterließ sie der Friedel einen Schutzbrief, der aus dem siebzehnten Jahrhundert stammte und innerhalb der Familie weiter vererbt wurde.

Jahre später, Friedel hatte inzwischen ihre Schulzeit beendet, und die sorglosen Kinderjahre waren verflogen. Eine Entscheidung für die Zukunft, wie es im Leben von Friedel weitergehen sollte, musste getroffen werden.

Durch die Vermittlung von Mutter Klara bekam sie eine Anstellung im Schloss von Schwarzau, ihrem Heimatort.

Allerdings war das nicht ihre Wunschvorstellung, sie hatte eher damit gerechnet, auf eine höhere Töchterschule zu gehen, zusammen mit ihrer Freundin Lilo.

Die Eltern entschieden aber leider anders und Frau von Wallenberg, die Besitzerin des Schlosses, nahm Friedel in ihre Obhut, denn sie kannte die Tochter von Klara schon seit deren Kindheit.

Sie erinnerte sich noch daran, wie oft sie das Kind damals an der Hand der Großmutter gesehen hatte, als diese die gewohnten Besuche bei den Herrschaften machte. Auch Mutter Klara arbeitete zeitweilig als Köchin in der Schlossküche, deshalb durfte Friedel im Park auf dem gepflegten Rasen mit ihren Puppen spielen und auch mal die besten Freundinnen mitbringen.

Bei den täglichen Spaziergängen richtete Frau von Wallenberg oft ein paar freundliche Worte an die Kinder, und diese begrüßten sie mit einem tiefen Knicks, wie es ihnen von den Eltern anerzogen wurde.

Friedel hatte also keine Berührungsängste, war die Umgebung gewohnt und lebte sich schnell nach ihrer Anstellung im Schloss ein. Sie tätigte ihren Dienst zunächst als Zimmermädchen, wurde jedoch bald von Frau von Wallenberg für persönliche Handreichungen herangezogen.

Bei einer besonders vertrauten Angelegenheit half Friedel, wie selbstverständlich, ohne viel zu fragen und sehr diskret, und schon am nächsten Tag wurde sie von ihrer Gönnerin gefragt: „Friedel, was halten Sie von dem Vorschlag, meine Zofe zu werden?" Völlig überrascht von der Frage, fand sie keine Worte und hörte nur erstaunt, wie die Stimme weiter sprach: „Sie wären auch eine perfekte Reisebegleiterin für mich. An den gesellschaftlichen Umgangsformen und einer entsprechenden Ausbildung müssten wir noch arbeiten, dass könnte aber unser Hauslehrer übernehmen." Friedel stotterte verwirrt: „Danke, vielen Dank, Frau von Wallenberg, für so viel Vertrauen, an so eine Ehre habe ich im Traum nicht gedacht. Was werden wohl meine Eltern dazu sagen?"

„Ich werde sie um ihre Erlaubnis bitten und mit ihnen reden, doch zuvor, liebe Friedel, müssen Sie genau wissen, ob Sie es selbst wollen, denn Ihr Leben wird sich in eine völlig neue Richtung bewegen."

Natürlich freute sich Friedel über diese Anerkennung und die viel versprechenden Aussichten für ihre Zukunft, aber sie brauchte erst die Einwilligung ihrer Eltern, das war für ihre Entscheidung sehr wichtig. Friedel berichtete voller Eifer von den Plänen, um sie schon auf das Gespräch mit der Frau von Wallenberg vorzubereiten. An den Gesichtern von Mutter Klara und Vater Hermann konnte sie sehr schnell ablesen, dass ihre Begeisterung zu wünschen übrig ließ. Sie hatten sich die Zukunft ihrer Tochter ganz anders vorgestellt. Schließlich sollte sie hauswirtschaftliche Fähigkeiten erlernen, eine Familie gründen und Kinder aufziehen, so wie es sich fast alle Eltern in den ländlichen Gegenden für ihre Töchter wünschten.

Was sollte so eine Flause, wie Zofe oder Reisedame, das war nicht ihre Vorstellung vom Leben, da musste man hineingeboren werden. Sie hatten auch Bedenken, weil Friedel noch sehr jung und unerfahren war, so dass sie selbst noch keine Entscheidungen treffen konnte. Schon jetzt hatten die Vorbereitungen zu den Empfängen und Gesellschaften leichte Spuren von Müdigkeit in ihrem Gesicht hinterlassen.

Auch dem Neid der anderen Angestellten war Friedel ausgeliefert, sie gönnten ihr die Vorrangstellung nicht und schikanierten sie, wo es nur ging.

Dagegen war sogar Frau von Wallenberg machtlos, weil Friedel keinen Namen verraten wollte, als die Sache zur Sprache kam.

Bei einem vertraulichen Gespräch im Schloss, wo Klara und Hermann sich eingefunden hatten, erreichten sie Friedels Entlassung „auf eigenen Wunsch" aus dem herrschaftlichen Dienst.

So geschah es auch, zwar mit Bedauern auf beiden Seiten, aber die Verbindung zu ihrer Gönnerin blieb für Friedel über einen langen Zeitraum bestehen. Sie konnte sich immer Rat holen, wenn sie in eine schwierige Lage geriet.

Frau von Wallenberg vermittelte ihr noch eine Stelle bei einer Rechtsanwaltsfamilie in Lüben.

Die Frau des Anwalts war sehr modern, trug nur die neueste Mode und verreiste viel. Für den Haushalt und die Versorgung der Familie hatte sie wenig Zeit und Interesse, da kam ihr die Anstellung von Friedel gerade recht. Sie überließ ihr die gesamte Haushaltsführung, das Wirtschaftsbuch mit dem erforderlichen Wirtschaftsgeld, und alles klappte zu ihrer Zufriedenheit.

Friedel hatte die Probezeit mit Bravour bestanden und das Vertrauen der Familie erworben.

Am Anfang war es nicht einfach, allein in der Stadt, und das Leben mit fremden Menschen auf engstem Raum erforderte eine große Umstellung von ihr.

Ein nicht zu übersehender Vorteil war allerdings, dass sie viele neue Eindrücke sammelte und sich für die Zukunft wertvolles Wissen sowie Erfahrungen aneignete.

So hörte sie zum ersten Mal solche Begriffe wie „Freimaurer" und „Loge".

Die Besucher beim Anwalt benahmen sich dann ganz geheimnisvoll und zogen sich ins Arbeitszimmer zurück. Manchmal hörte sie aus dem Nebenraum, wenn im Eifer die Lautstärke zunahm, einige Wortfetzen. Der Hausherr ermahnte die Besucher dann eindringlich: „Bitte etwas zurückhaltender, meine Herren, man sollte vorsichtiger sein, erst vor ein paar Tagen haben sie wieder einen aus der Bruderschaft verhaftet. Sie wissen ja, Selbstmorde, so wie man es immer hinstellt, sind an der Tagesordnung, also Diskretion, denn die Gefahr lauert überall."

Die Stimmen wurden wieder leiser, bald darauf war Aufbruchstimmung, und ohne viele Worte zu machen verließen die Besucher das Haus.

Eines Tages sollte Friedel ein Kleidungsstück vom Dachboden des Hauses aus der alten Truhe holen. Sie betrat die Bodenkammer nach dem Aufstieg über die schmale Holztreppe und erstarrte vor Schreck: In der hintersten Ecke stand ein fertiger Sarg, so, als warte er nur noch auf seinen Inhalt. In einem Schrank, der sich in der Nähe befand, entdeckte sie Pistolen, Degen und andere Waffen. Schnell erledigte sie ihren Auftrag und verließ eilig den unheimlichen Ort. Auf ihre Frage bei einer passenden Gelegenheit, antwortete die Hausherrin leicht verärgert: „Bitte, Friedel, reden sie mit niemandem darüber!"

Friedel versprach es und hielt sich auch daran, obwohl es ihr manchmal schwer fiel. Erst zu einem späteren Zeitpunkt erfuhr sie, dass die Zusammenkünfte der Logenmitglieder und alles, was damit zu tun hatte, verboten waren und deshalb in aller Heimlichkeit stattfanden.

Allmählich gewöhnte sie sich an die völlig andere Lebensweise der Familie und bedauerte es sehr, als diese nach Berlin umzog. Sie schlug jedoch das Angebot zur Mitreise aus, weil ihr die Nähe zum Elternhaus noch sehr wichtig war.

Ziemlich schnell fand sie eine neue Stelle bei einem Lehrerehepaar, dessen Wohnhaus sich in der Nähe von Huberts Arbeitsstelle befand.

In der gleichen Straße war auch der Treffpunk von vielen jungen Leuten aus der Umgebung. An den Wochenenden fanden die beliebten Tanzveranstaltungen in der Gaststätte „Zum goldenen Frieden" statt, dessen Inhaber Paul Budich war.

Es war also nur eine Frage der Zeit und dem Eingriff des Schicksals, dass sich Hubert und Friedel irgendwann begegneten. Das geschah eher etwas unromantisch, als sie sich eines Tages zum ersten Mal gegenüberstanden.

Friedel hielt krampfhaft die Lenkgabel ihres Fahrrades umklammert, dass sie neben sich auf dem Gehweg schob, als sich der vollgepackte Einkaufskorb selbstständig machte und vom Gepäckträger rutschte. Sie wusste in ihrer Not gar nicht, wo sie zuerst zupacken sollte, das Rad kippte zur Seite, wurde aber von kräftigen Händen aufgefangen. Friedel drehte sich um und sah erstaunt in ein Paar graublaue Augen. Sie gehörten zu einem jungen Mann, der sie freundlich anlächelte. Etwas verlegen bedankte sie sich, ihr Gesicht war von einer leichten Röte überzogen. Die schönen dunklen Augen zogen sofort den Helfer in ihren Bann.

Zuerst wollte er eine ironische Bemerkung anbringen, doch ihr ernster Blick sagte ihm, dass es unangebracht wäre. Stattdessen ergriff er das Rad, packte den Korb sicher auf den Gepäckträger und teilte ihr dann lächelnd mit: „Ich bin der Hubert und arbeite hier in der Nähe, in der Fleischerei Arlt."

Angetan von seiner sympathischen Erscheinung, stellte sich auch Friedel vor und erlaubte ihm, sie zu begleiten. Er ergriff das Fahrrad, und sie liefen gemeinsam bis zum Haus des Lehrerehepaares. Bevor sie sich jedoch dem Eingang zuwandte, fragte er ziemlich zurückhaltend: „Können wir uns am kommenden Wochenende wieder sehen, vielleicht in der nahe gelegenen Tanzgaststätte?"

„Ja, wenn ich meinen freien Abend bekomme", antwortete Friedel und eilte mit ihrem Korb in Richtung Haustür. „Ich würde mich sehr freuen", rief er ihr nach.

An den folgenden Tagen kreisten Huberts Gedanken nur um Friedel.

„Kommt sie, kommt sie nicht?" Das Wochenende nahte und am Samstagabend stand er wartend vor dem Tanzlokal. Viele Pärchen, auch einzelne Personen, standen vor dem Eingang oder hatten schon den Raum betreten. Dann da sah er sie und sein Herz machte einen Freudensprung. So ein Gefühl kannte er noch nicht, zwar hatte er schon Verabredungen mit weiblichen Verehrerinnen gehabt, aber dieses Mal war es irgendwie anders als sonst. Friedel sah ihn nur an, und schon wurde er weich wie Wachs. Ihn, den Draufgänger, hatte es voll erwischt.

Sie tanzten und vergaßen die Welt um sich herum, denn auch Friedel hatte ihr Herz an ihn verloren. Huberts Blick versank in der Tiefe ihrer unergründlichen, dunklen

Augen, und Friedel war fasziniert von seinem schwarzen Haar und seiner männlichen Ausstrahlung.

Die wenige freie Zeit, die beide hatten, verbrachten sie fast nur noch gemeinsam, machten Spaziergänge im Park oder gingen ins Kino. Viele Ausflüge in die Umgebung krönten ihre Zweisamkeit.

Leider gab es auch Wochenenden, an denen Friedel nicht abkömmlich war.

An so einem Abend überredeten zwei Bekannte den Hubert, sie zu einem Billardspiel zu begleiten. Als er unschlüssig nach einer Ausrede suchte, sagte einer der beiden: „Nun gib dir schon einen Ruck, noch bist du frei und unverheiratet, deine Freundin hätte sicher nichts dagegen."

„Na gut, eigentlich habt Ihr ja recht, machen wir also einen Herrenabend."

Zu dritt betraten sie das Lokal und wurden im Nu von der üblichen Wolke umhüllt, die allen Gaststätten anhaftete, der Geruch nach Bier, Essen und Rauch.

Der Billardtisch befand sich in einem Nebenraum der Gaststätte, und am Tresen hatten sich schon eine Menge Spieler und Zuschauer eingefunden. Hier waren die Männer unter sich und fachsimpelten über das Spiel, ob die Kugeln gut rollten, wie sie trafen und in der Versenkung verschwanden.

Je weiter die Zeit verstrich, umso heftiger wurden die Diskussionen und bald kam es in einer Ecke des Raumes zu einem Handgemenge.

Einer von Huberts Begleitern befand sich mittendrin und brauchte dringend Hilfe. Solche Situationen ergaben sich öfter mal, vor allem nach reichlichem Biergenuss. Als ein paar der Umherstehenden in das Geschehen eingriffen, fühlte sich auch Hubert verpflichtet, dem bedrängten

Bekannten zu helfen. Eigentlich war es sonst nicht seine Art, Unstimmigkeiten auf diese Weise zu lösen, doch heute hatte er schon den ganzen Tag schlechte Laune, sicher wegen Friedels Absage. Nun ergab sich eine gute Gelegenheit zum Abreagieren. Er ergriff den Nächststehenden am Kragen und beförderte ihn in Richtung Ausgang, weg von den Streithähnen. Kurz danach beruhigten sich jedoch die erhitzten Gemüter.

„Weißt du überhaupt, mit wem du dich da angelegt hast?" fragte ihn einer der Billardspieler. „Wieso, muss ich den kennen?" „Na, ich denke schon, schließlich willst du doch mal sein Schwager werden, es ist der Gustel, der Bruder von deiner Friedel."

„Wie bitte? Sag das noch mal", rief Hubert.

Sein Gesichtsausdruck war unbeschreiblich. In Sekundenschnelle wechselten Erstaunen, Überraschung und Verlegenheit, dann lachte er laut auf, drehte sich um zur Ausgangstür, wo sich sein Widersacher gerade aufrappeln wollte, und reichte ihm hilfreich die Hand.

Nun schaute dieser verdutzt in die Runde, aber nach der Aufklärung der peinlichen Situation waren sich alle einig, dass musste begossen werden.

Auf diese Weise fand für Hubert der erste Kontakt mit Friedels Familie statt.

Den Arm um Gustels Schulter gelegt, verließen beide ziemlich spät und in bester Stimmung die Gaststätte.

Schon am darauf folgenden Wochenende sahen sie sich wieder. Klara und Hermann, die Eltern von Friedel und Gustel, wollten Hubert kennen lernen, dazu hatten sie ihn zu sich eingeladen.

Gustel hatte seinen Eltern und auch der Friedel schon von dem Vorfall in der Gaststätte erzählt, das lockerte die Zurückhaltung bei den ersten Gesprächen etwas auf, und bald saß man beisammen in gemütlicher Runde. Die Hürde war bezwungen und Hubert von der Familie aufgenommen.

Einige Zeit später stellte er seinen Eltern die Friedel vor. Selma und Paul empfingen sie mit offenen Armen, auch die Brüder Paul und Erwin waren von ihrer zukünftigen Schwägerin begeistert.

Paul hatte inzwischen seine Ausbildung zum Müller beendet, doch Erwin musste noch ein paar Jahre Schulzeit hinter sich bringen.

Kurz nach ihrer Einführung in die Familien verlobten sich Hubert und Friedel und gaben bei der Feier bekannt, dass sie nach Bunzlau wollten, um neue Erfahrungen und Eindrücke zu sammeln.

Gesagt, getan. Schon nach wenigen Tagen lernten sie die neue Stadt kennen und begaben sich sogleich auf die Suche nach einer passenden Arbeitsstelle.

Friedel wurde nach ihrer Anfrage in einem Pelzgeschäft eingestellt und lernte bei dieser Tätigkeit viele interessante, auch einflussreiche Leute kennen. Durch die Vermittlung von einem der Kunden erhielt Hubert ebenfalls einen neuen Arbeitsplatz und zwar bei der bekannten Im- und Export-Firma Rosemann.

Zwei Jahre blieben sie in Bunzlau, als eines Tages der Entschluss feststand, wieder in ihre Heimatstadt Lüben zurück zu kehren. Der große Wunsch, bald eine eigene Familie zu gründen, beschleunigte das Vorhaben.

Die beiden Heimkehrer fanden eine vorläufige Unterkunft in Schwarzau, bei Friedels Eltern. Wieder ging die Suche nach einer neuen Arbeitsstelle los, und Hubert wurde recht schnell in der Fleischerei von Carl Weidner, mit dazu gehörigem Gasthof, in Großkrichen fündig.

Friedel fand eine Anstellung bei Familie Kunze. Herr Doktor Kunze war zu dieser Zeit der Kreisarzt von Lüben, und seine älteste Tochter, die Anneliese, mochte Friedel besonders gern. Beide verband gegenseitige Sympathie, aus der sich eine lang anhaltende Freundschaft entwickelte.

Bei der Arztfamilie blieb Friedel, bis der Hochzeitstermin feststand, trotzdem bauten alle Beteiligten eine herzliche Verbindung auf, die viele Jahre andauerte. Der Drang, ein eigenes Heim zu haben, wurde trotz des guten Verhältnisses zur Familie Kunze immer größer. Auch Hubert wollte nicht länger warten und deshalb begaben sie sich schon bald auf die Suche nach einer geeigneten Wohnung.

Eines Tages, als Friedel einige Besorgungen in der Stadt erledigte, wurde sie auf eine leerstehende Wohnung in der „Tiefe Straße" aufmerksam. Es war das Haus der Familie Engel, wo sich auch deren Seilerei mit dem sich anschließenden Geschäft befand.

Die Lage, fast im Zentrum von Lüben, erwies sich als sehr günstig, weil viele Läden und Dienststellen leicht erreichbar waren. Friedel überlegte nicht lange und schloss den Mietvertrag mit der Familie Engel ab. Hubert hatte sein Einverständnis schon im Voraus gegeben. Falls Friedel etwas fand, wusste er, dass sie die richtige Entscheidung treffen würde.

Die vielen Vorbereitungen trafen sie in aller Heimlichkeit, auch ihren Familien verschwiegen beide ihr Vorhaben, alle sollten von ihnen überrascht werden.

„Was machen wir, meine Friedel, wenn uns deine Eltern nicht ihre Einwilligung zur Hochzeit geben?" „Na, dann heiraten wir eben ohne diese oder leben in wilder

Ehe", scherzte Friedel, denn sie wusste genau, dass die Eltern sie glücklich sehen wollten.

In Großkrichen, beim Tischlermeister Walter Adam, bestellten sie gemeinsam neue Möbel, die er nach ihren Wünschen anfertigte.

Nach und nach richteten beide die Wohnung ein, und als die letzten Handgriffe erledigt waren, verkündeten sie im Kreise der Familie, dass ihrer Hochzeit nichts mehr im Wege stehen würde, falls die Eltern ihre Zustimmung gaben.

Huberts Stimme zitterte leicht, als er vor Hermann und Klara stand und feierlich sein Anliegen vortrug: „Ich bitte euch von ganzem Herzen um die Hand eurer Tochter Friedel und hoffe, ihr steht unserem Glück nicht im Wege."

Dabei verbeugte er sich vor den Eltern und fügte noch hinzu: „Ich werde immer für sie sorgen, sie behüten wie eine Kostbarkeit, solange es mir möglich ist."

Er bekam natürlich keine Absage, unter Tränen der Rührung gaben Klara und Hermann ihre Einwilligung, und das Aufgebot konnte bestellt werden.

Vom Pfarrer Schneider aus der Gemeinde Zedlitz erbaten sich die Brautleute die Trauungszeremonie. Er war auch der Prediger für die Gemeinde Schwarzau, hatte Friedel getauft, konfirmiert und kannte sie seit ihrer Geburt.

Die kleine Kirche mit dem etwas entfernter stehenden Glockenhäuschen befand sich gegenüber von ihrem Elternhaus, und das sonntägliche Geläut begleitete ihre geborgene Kindheit und Jungmädchenzeit.

Hier wollte sie ihren neuen Lebensweg mit ihrem Hubert beginnen.

Am 23. Juli 1939 war es dann soweit. Die standes-amtliche Trauung wurde in Zedlitz, einem Ort nahe Schwarzau, vollzogen, und danach gab Pfarrer Schneider in der kleinen Heimatkirche seinen Segen.

Noch ergriffen von der feierlichen Zeremonie, begab sich das Brautpaar mit seinen Gästen in Friedels Eltern-haus, wo schon fleißige Helferinnen das Festmahl auf-tischten.

Zu Anfang ging es noch etwas steif zu, Sprüche und gute Ratschläge für die Brautleute machten die Runde, aber im Laufe der Zeit stieg die Stimmung. Die vorerst verhalten geführten Gespräche wurden immer lockerer, und bald stand das so unvermeidbare, sehr ergiebige Thema Politik im Mittelpunkt.

Einige der Gäste reagierten verhalten, andere wetter-ten los, und ein paar Mal kam das sonst so gemiedene Wort „Krieg" ins Spiel.

Erschrocken hielten die Gäste inne, als der geladene Meister von der Fleischerei sich an den Bräutigam wandte und ziemlich laut die Worte äußerte: „Hubert, es wird Krieg geben, alle Zeichen sprechen dafür, der Hitler rüs-tet schon seit seiner Machtübernahme auf, nur keiner wollte es wahrhaben, nun wird es ernst."

Hubert erwiderte mit leicht ironischer Stimme: „Wo hast du denn diese Weisheiten aufgeschnappt, Politik ist doch sonst nicht deine Stärke, verleide uns nicht die schöne Hochzeitsfeier." „Ihr werdet noch an meine Wor-te denken", murmelte der Meister, „ich wünsche uns al-len, dass wir von Unheil und Leid verschont bleiben."

Ein unwilliges Geraune ging durch die Reihen der Gäste, aber Klaras fleißige Helfer retteten die Situation, füllten schnell die leeren Gläser auf, und nach dem Toast auf das Brautpaar gerieten die warnenden Worte in den Hintergrund. Die Stimmung erreichte ihren Höhepunkt unter dem Motto: „Gefeiert wird heute und nach uns die Sintflut."

Doch bald sollte sich die Prophezeiung bewahrheiten. Nach vielen politischen Ereignissen, dem Abschluss eines Paktes mit Japan und Italien und dem erzwungenen Anschluss von Österreich an Deutschland wurde der Grundstein für den Beginn des zweiten Weltkrieges gelegt.

Durch die Besetzung des Sudetenlandes, dem Militärbündnis mit Italien und diverser politischer Machenschaften war es dann soweit, Hitler begann mit den Vorbereitungen des Überfalls auf Polen.

Im September 1939 überschritt die deutsche Wehrmacht die Grenze zum Nachbarstaat Polen, und schon nach achtzehn Tagen Kampf wurde der Widerstand der Verteidiger gebrochen. Das Land kapitulierte und die deutsche Wehrmacht erklärte es zum besetzten Gebiet.

Die Auswirkungen des Krieges machten sich auch in den Familien von Hubert und Friedel bemerkbar.

Paul, der Bruder von Hubert, hatte den Wunsch, so schnell wie möglich den Wehrdienst hinter sich bringen, weil er sich in seinem Beruf als Müller eine Existenz aufbauen wollte und gute Voraussetzungen dafür besaß.

Aus diesem Grund meldete er sich als Freiwilliger, erhoffte durch diesen Schritt Vorteile zu bekommen, eventuell sogar seine vorzeitige Entlassung.

Bevor er 1938 zum Wehrdienst eingezogen wurde, konnte er noch bei der Geburt seines Sohnes Gottfried dabei sein. Paul wollte, sobald er seinen Dienst abgeleistet hatte, seine Braut Liesel heiraten.

Leider aber hatte das Schicksal einen anderen Plan.

Gleich zu Beginn des Krieges musste Paul am Einmarsch nach Polen teilnehmen und wurde danach an die Westfront verlegt.

Im Frühjahr 1940, nach dem Überfall auf Dänemark und Norwegen, spitzte sich die Lage zu. Die deutschen Truppen begannen mit der Westoffensive über die Niederlande und Belgien, trotz deren Neutralität.

In diese Kämpfe wurde auch der Truppenteil einbezogen, in dem sich Paul befand. Seine Einheit war im umkämpften Gebiet um Dünkirchen und Tournai stationiert.

Die Verbündeten, Franzosen und Engländer, griffen die Deutschen Truppen vom Ärmelkanal her an.

Unter den englischen Soldaten befanden sich viele ausgebildete Nahkämpfer aus der englischen Kolonie Senegal, die äußerst brutal und gefürchtet waren.

Paul, als Führer eines Spähtrupps, war in dieser gefährlichen Situation mit einigen seiner Kameraden im Einsatz. Alles erschien ruhig, keine feindliche Stellung war in Sicht, und der Trupp kehrte unbehelligt zu seiner Einheit zurück.

Bald darauf kam die Meldung, dass mehrere Soldaten, die in einer anderen Mission unterwegs waren, vermisst wurden, und Paul meldete sich freiwillig zur Suche.

Von diesem Einsatz kehrte er nicht mehr zurück.

Später berichteten Kameraden, die Zeugen des Hergangs waren, aber wegen zu weiter Entfernung nicht eingreifen konnten, dass Paul bei seiner Suche nach den Vermissten hinterrücks von einem Schwarzen erstochen wurde.

Dieses schreckliche Geschehnis ereignete sich am 20. Mai 1940, kurz bevor die Engländer fluchtartig das Kampfgebiet in Richtung Kanal verließen.

So unberechenbar kann das Schicksal zuschlagen, der Rückzug des Gegners, nur ein paar Tage früher und Paul wäre vielleicht verschont geblieben.

Pauls letzte Ruhestätte wurde ein Soldatenfriedhof in der Nähe von Dünkirchen.

Diese furchtbare Nachricht erreichte die Familienangehörigen Ende Mai. Alle waren zutiefst betroffen, doch am meisten litt seine Mutter Selma, sie kam nie über seinen so frühen und unsinnigen Tod hinweg.

Doch an jedem Tunnelende gibt es auch ein Licht, und die große Trauer um Paul, wurde durch ein freudiges Ereignis abgeschwächt. Ein lieber Mensch musste für immer gehen und ein anderer wurde in diese Welt geboren.

Am 16. Mai 1940 wurden Hubert und Friedel glückliche Eltern durch die Geburt ihrer Tochter, die den Namen Ingeborg erhielt.

Paul hatte bei seinem letzten Heimatbesuch der Friedel Mut zur bevorstehenden Geburt gemacht, und sein Einsatz an der Front sollte auch sie mit ihrem noch ungeborenen Kind beschützen.

Nun war das Kind da, und er konnte es nicht mehr erfahren, denn erst Tage nachdem er gefallen war traf die Nachricht von der Geburt seiner kleinen Nichte an seinem Stützpunkt ein.

Die Eltern von Paul setzten sich dafür ein, dass noch eine Ferntrauung stattfinden konnte. So wurde Liesel, seine Braut, offiziell Pauls Frau und bekam zusammen mit dem kleinen Sohn Gottfried den Namen der Familie sowie alle Rechte, die ihnen zustanden. Das hätte Paul so gewollt, und sein Wunsch wurde respektiert.

Diese Zusammenführung gelang aber nur durch gute Beziehungen seiner Eltern zu den Behörden, weil Paul ja zu diesem Zeitpunkt schon nicht mehr lebte.

Die Zeit heilt Wunden, und das Leben ging in den gewohnten Bahnen weiter.

Viele der jungen Männer, die noch an der Hochzeitstafel von Hubert und Friedel gesessen hatten, waren im Kriegseinsatz. Einige galten als vermisst, andere waren verwundet, oder es kam im schlimmsten Fall eine Todesnachricht.

Gustel, der Bruder von Friedel, befand sich im besetzten Polen. Er war der Fahrer eines ranghohen Offiziers und dessen „rechte Hand", wie man so sagt.

Diese Stellung hatte viele Vorteile und brachte so manche Vergünstigung, unter anderem auch öfter mal einen Heimaturlaub, den er ausgiebig nutzte.

Auf diese Weise wurde er ein gerngesehener Gast in Lüben, bei seiner Schwester, bei Schwager Hubert und der kleinen Ingemaus, wie er sie gern nannte.

Sie unternahmen lange Spaziergänge im Lübener Park, besuchten Ausflugslokale und landeten oft bei den Eltern in Schwarzau, wo zurzeit seine beiden Kinder untergebracht waren.

Klara hatte die Gisela und den Heinz aus Berlin geholt, weil Gustels Frau, die Liesbeth, schwer erkrankt war. Nun kümmerte sich Klara um die beiden und gab ihnen die nötige Nestwärme. Heinz, erst zwei Jahre alt und Gisela zehn, dass war schon eine große Verantwortung, doch Klara und Hermann machten es gern. Alle vier freuten sich, wenn Gustel mal für ein paar Stunden bei ihnen sein konnte.

Nun hatten sie seit einigen Wochen ein drittes Enkelkind, nämlich die kleine Inge. Die Welt wäre in Ordnung, wenn sich nur nicht die dunklen Schatten des Krieges und seine Auswirkungen täglich zeigen würden.

Der Tag begann genauso harmonisch wie all die anderen gemeinsam verbrachten im neuen Heim. Doch gerade dieser Tag war der Beginn von unaufhaltsamen Schicksalsschlägen, Trennungen, Hilflosigkeit und Entbehrungen.

Während des Frühstücks, in der gemütlich eingerichteten Küche, ging es mal wieder lustig zu. Die kleine Inge lag satt und zufrieden im Babykörbchen, dass neben dem Küchentisch platziert war. Friedel goss den Tee in die bereitstehenden Tassen, dabei machte sich der Deckel vom Krug selbstständig und landete auf dem Tisch. Erschrocken und helfend griff Hubert danach, stieß jedoch bei der schnellen Bewegung an den Becher mit dem weich gekochten Frühstücksei, es fiel auf den Fliesenboden und hinterließ einen gelben, breiigen Fleck.

„Nun gibt es Rührei", rief Friedel, und beide prusteten los, lachten so ausgelassen über das Missgeschick, dass Inge sie mit großen erstaunten Augen aus ihrem Körbchen heraus ansah. Das brachte beide zum erneuten Heiterkeitsausbruch.

Friedel beseitigte, noch vor sich hin kichernd, das Malheur auf dem Küchenboden, als Hubert sich erhob und verabschiedete, um pünktlich an seiner Arbeitsstelle zu sein.

„Holst du mich mit Ingele wieder ab, wenn ich Feierabend habe?"

„Ja, dann können wir noch eine Runde im Park spazieren gehen", rief Friedel ihm nach, als er aus dem Haus eilte. Der Vormittag verging wie im Fluge.

Friedel hing die gewaschenen Windeln auf die Leine im Hof, versorgte Inge und bereitete gerade das Essen zu, als es an der Haustür klingelte.

Wer kann denn das sein, ausgerechnet zur Mittagszeit? Sie öffnete die Tür, es war der Postbote. Er überreichte ihr einen Briefumschlag und an seinem ernsten Gesichtsausdruck erkannte sie, dass er diese Art Briefe öfter aushändigte und sie nichts Gutes bedeuten würden.

Sonst richtete er immer ein paar freundliche Worte an Friedel, doch heute sagte er nur mit abgewandten Blick: „Bitte unterschreiben sie hier", und weg war er.

Es war ein Schreiben vom Amt.

Friedel ahnte: Was sie schon lange befürchtet hatten, traf heute ein –

„Der Einberufungsbefehl". Angst und Panik machten sich in ihr breit.

Verbrennen – zerreißen – einfach wegwerfen, waren ihre ersten Gedanken. Das amtliche Schreiben flößte jedoch einen gewissen Respekt ein, deshalb legte sie es ungeöffnet, leicht zögernd auf den Tisch. Lange starrte Friedel auf den unheilvollen Umschlag, und die Erinnerungen an Paul, ihren so lebensfrohen Schwager, der im Krieg sein Leben lassen musste, nahmen von ihr Besitz.

Nur allmählich befreite sie sich von den trüben Gedanken, dass die Zweisamkeit bald vorbei wäre. Die Stunden bis zum Feierabend verstrichen sehr langsam. Mechanisch versorgte sie ihre Inge, legte sie in den Kinderwagen und begab sich auf den Weg, um Hubert abzuholen. Der wartete schon ungeduldig auf ihr Erscheinen und empfing sie mit den Worten: „Was ist denn dir über die Leber gelaufen? So kenne ich doch meine Friedel gar nicht." Er hatte schon von weitem ihr gequältes Lächeln bemerkt, und ein leichter Schreck machte sich in ihm breit.

Trotz mühsam unterdrücktem Schluchzen liefen die Tränen über ihr Gesicht, und ohne Worte reichte sie ihm den Umschlag.

Hubert gab sich große Mühe, die Situation herunter zu spielen und nach dem Öffnen des Schreibens seine Erregung zu verbergen. „Na ja, einmal musste es so kommen, die meisten meines Jahrgangs sind schon in den Kasernen, wir schaffen das!"

So sprach Hubert beruhigend auf Friedel ein, während er sie im Arm hielt, aber selbst einen großen Kloß in seinem Hals verspürte. „Bitte nicht weinen, dass macht mich sehr traurig, sei meine tapfere, starke Friedel."

Zärtlich küsste er ihr die Tränen von dem lieben Gesicht. „Nur nicht weich werden, dachte er, Friedel braucht jetzt meine Hilfe und Unterstützung."

Der Spaziergang fiel aus, beide hatten die Lust dazu verloren. Sie schoben, jeder seinen Gedanken nachhängend, gemeinsam den Wagen mit der friedlich schlafenden Inge nach Hause.

Die nächsten Tage verbrachten sie mit Besuchen bei den Eltern und Verwandten, wobei sich alle bemühten, den Abschied nicht so schwer zu machen.

Der vorerst letzte Tag für Hubert mit seiner Familie rückte immer näher.

An einem verregneten Augusttag war es dann soweit, das Wetter passte zu ihrer Stimmung, eine letzte Umarmung, und beide trösteten sich gegenseitig.

Zärtlich strich Hubert seiner kleinen Tochter über das Gesicht und dachte dabei, dass es gut war für sie, noch nichts von den Tücken des Lebens zu wissen. Zu seiner Friedel sagte er noch liebe, aufrichtende Worte und bat sie mit ergriffener Stimme: „Bleib bitte mit Inge im Zimmer wenn ich gehe, sonst könnte ich den Abschied nicht ertragen." Voller Liebe im Blick schaute sie in seine Augen, lehnte ihren Kopf hilfesuchend an seine Schulter und wollte sich nicht von ihm trennen.

Ganz sachte schob Hubert sie ins Zimmer, wo ihr Töchterchen leise vor sich hin brabbelte. „Behüte sie und pass bitte auf euch beide auf, ich weiß, dass du das schaffst!"

Nach diesen Worten drehte er sich um – es gab kein Zurück.

Mit fest zusammen gepressten Lippen verließ er sein Zuhause und eilte mit schnellen Schritten zum Bahnhof.

Friedel hatte sich auf das Bett geworfen und ließ ihren Tränen freien Lauf, bis sie vor Erschöpfung einschlief und erst wieder erwachte, als Inge sich mit lautem Schreien bemerkbar machte. Nun musste sie für ihr Kind sorgen und war auf sich allein gestellt. Die Kraft dafür schöpfte sie in der kommenden Zeit aus dem festen Glauben, dass Hubert beschützt wurde und sie sich bald wieder sehen würden.

Kriegszeit

Die Gedanken von Hubert weilten noch lange bei seiner Familie, als er im Zug nach Gleiwitz saß. Bei der dortigen

Dienststelle sollte er sich melden. Eigentlich hatte er Glück gehabt, dass seine Einberufung erst zum jetzigen Zeitpunkt erfolgte, denn die Musterung fand schon vor ungefähr zwei Jahren statt.

Er verdankte diese „Galgenfrist" einem gewissen Major Bohlen, der damals bei der Musterung anwesend war und ihn als seinen ehemaligen Haus- und Hofschlachter erkannte.

Auf dem Gut „Lerchenborn", dem Besitz von Major Bohlen, hatte Hubert jahrelang das Schlachtfest ausgerichtet und beim üblichen Schlachtschnaps auch mit dem anwesenden Gutsherrn gefachsimpelt. Jedenfalls erreichte Major Bohlen, mit ein paar an den Untersuchungsarzt gerichteten Worten, die Zurückstellung von Hubert.

Nun war es aber sicher nicht mehr möglich, dass sein Fürsprecher ihn schützen konnte, der Krieg hatte schon so viele Opfer gefordert und man brauchte Nachschub. Das Schicksal von seinem Bruder Paul ging ihm durch den Kopf, auch er war in den Krieg gezogen, in der Hoffnung auf ein gutes Ende, bekam jedoch keine Chance auf eine Wiederkehr. Würde es für ihn eine geben?

Der Zug hielt mit einem kurzen Ruck, das Ziel war erreicht. Hubert wurde von der Wirklichkeit eingeholt und jäh aus seinen Gedanken gerissen.

Beim Verlassen seines Abteils erblickte er eine Gruppe junger Männer, von denen einige unschlüssig am Bahnsteig standen und suchend um sich blickten.

„Sollt ihr euch auch bei der hiesigen Dienststelle melden?", fragte er und setzte hinzu, als sie bejahten, „da wartet Ihr wohl darauf, mit der Limousine abgeholt zu werden?"

Dieser Satz war genau die richtige Einführung und mit lautem Gelächter wurde Hubert in den Kreis aufgenommen. Gemeinsam entfernten sie sich vom Bahnhof in die Richtung ihres vorgegebenen Zieles.

Die Kaserne machte einen düsteren Eindruck auf die Neuankömmlinge, und die scherzhaften Bemerkungen verstummten, als sie die Kommandostimmen der Ausbilder vernahmen.

Eine Gruppe junger Rekruten versuchte im Gleichschritt zu marschieren, kam einer aus dem Takt, donnerte die Stimme des Vorgesetzten sofort los.

Eine andere Gruppe rannte im schnellen Lauf, übersprang hohe Hindernisse mit Gepäck und Waffe, robbte auf dem Bauch im moorastigen Gelände, wobei immer wieder anfeuernde Befehle und gehässige Bemerkungen erfolgten.

„Oh Gott", murmelte ein schmächtiger junger Mann aus der Gruppe der Ankömmlinge, „wie soll ich diese Schinderei nur überstehen?"

Sein Nebenmann erwiderte grinsend: „Na, dann bete mal, dass dein Gott dir hilft und beisteht." Auch in Huberts Bauch machte sich ein flaues Gefühl breit, denn er ließ sich ungern von anderen sagen, was er machen sollte.

Hier, so hatte er den Eindruck, wäre es besser, wenn man sich unterordnet.

Er legte dem schmächtigen, neuen Kameraden seine Hand auf die Schulter und ermutigte ihn mit den Worten: „Es wird schon nicht so schlimm werden, wir sind ja alle Anfänger – übrigens, ich bin der Hubert."

Der Bann war gebrochen, die Zurückhaltung wich und sie machten sich untereinander bekannt, ehe sie ihre neue Unterkunft betraten. Der Zufall wollte es, dass fast alle in eine Gruppe kamen. Hubert, als Ältester von ihnen, wurde zum Wortführer ernannt, nachdem sie es sich in ihrer Stube, mit den 16 Schlafstellen, der entsprechenden Anzahl Spinde und Hockern, heimisch gemacht hatten.

Nach der Einkleidung belegte jeder Kamerad seinen vorgeschriebenen Spind, räumte ihn ordnungsgemäß ein und dann wurden die Stammplätze am Tisch, der sich in der Mitte des Raumes befand, zugewiesen.

Bis zu diesem Zeitpunkt ging alles noch ziemlich locker zu, als plötzlich die Tür aufgerissen wurde und ein Hüne von Mann die Stube betrat.

„Was ist denn das für ein Sauladen", schrie er los.

Einige der Neulinge hatten es sich auf dem Bett bequem gemacht und sprangen erschrocken auf. „Sofort hört alles auf mein Kommando, ich bin Hauptfeldwebel Wagner und erwarte Meldung!"

Alle Insassen standen augenblicklich stramm, als hätten sie es vorher eingeübt. Hubert trat einen Schritt vor und meldete die Ankunft sowie die Anzahl seiner zukünftigen Kameraden und war selbst erstaunt, dass es so gut klappte.

Der Spieß, wie man ihn später nannte, war anscheinend zufrieden und schmunzelte unmerklich in sich hinein. Mit einer sehr viel weniger aggressiven Stimme teilte er ihnen mit: „Die Soldaten nehmen Haltung an, wenn ein Vorgesetzter den Raum betritt, erweisen den Gruß und machen unaufgefordert Meldung – verstanden!?"

„Jawohl, Herr Hauptfeldwebel!"

„Ab morgen, 6:00 Uhr, beginnt der Dienst und die Ausbildung, – wegtreten!"

Er drehte sich um und stieß beim Hinausgehen beinahe mit dem Kopf an den oberen Rahmen der Tür, und einige der soeben von ihm getadelten hatten große Mühe, ein schadenfrohes Grinsen zu verbergen. Erst als die Kameraden sich sicher waren, dass der Spieß sie nicht mehr hören konnte, lachten sie los und äfften ihm nach, ich bin der Soldat Rudi, ich bin der Soldat Otto usw., bis alle ihren Namen genannt hatten und in einer strammen Haltung ausgerichtet waren. Mit dieser Aufführung überspielten sie jedoch nur den Schreck sowie auch ihre Unsicherheit und wollten sich auf diese Weise der neuen Situation gewachsen zeigen. Huberts Schützling hieß Franz, den bald alle Franzel riefen. Sein freundliches Wesen, gepaart mit Humor, machte ihn bei seinen Kameraden sehr beliebt. Das Gegenstück zu ihm war der Otto, kräftig und hoch gewachsen mit einer sportlichen Figur, der schnell aufbrauste, aber ansonsten sich als gutmütig und hilfsbereit zeigte. Obwohl die Gruppe bunt zusammengewürfelt war und jeder seine Eigenheiten hatte, versuchten alle, sich dem unvermeidlichen Miteinander auf engstem Raum anzupassen.

Der Morgen des ersten Tages in der Kaserne begann mit dem Weckruf, der ziemlich unsanft war, und dem Befehl: „Antreten zum Frühsport!"

Wer nicht schnell genug in Reihe und Glied stand, bekam schon vor dem Frühstück seinen ersten Anpfiff und hatte für den ganzen Tag schlechte Karten gezogen.

Dem Otto bereitete der Sport keine Schwierigkeiten, aber einige der Kameraden, darunter auch Franzel, rangen schon nach den ersten Runden beim Dauerlauf nach Luft.

Die anschließenden Übungen schafften sie nur mit äußerster Anstrengung.

„Euch werden schon noch die Hammelbeine lang gezogen", schrie der Ausbilder über den Platz, und jeder versuchte sein Bestes zu geben.

Alle Tätigkeiten, selbst der Gang zu den Waschräumen, erfolgte im leichten Laufschritt, erschöpft und verschwitzt drängten sich die Soldaten um die Waschplätze. Wer schnell genug war oder Glück hatte, erwischte einen Platz mit gut laufendem Wasserhahn. In der Reihe über den Rinnen, wo das Wasser ablief, befanden sich immer welche, die nur tropften, im schlimmsten Fall sogar verstopft waren. Das kalte Wasser ließ die halbnackten, erhitzten Körper zittern, doch nach einiger Zeit waren auch die Empfindlichsten abgehärtet.

Gleich nach der Einnahme des Frühstücks begann der eigentliche Dienst des Tages. Der war vor allem am Anfang der Ausbildung so anstrengend, dass ausnahmslos alle Zimmergenossen, sogar „Otto der Starke", abends erschöpft aufs Bett fielen und sofort einschliefen.

Da blieb keine Zeit zum Nachdenken, und die Sehnsucht nach der Familie wurde auf diese Weise in Grenzen gehalten.

War der Ausbildungstag mal nicht ganz so hart, schrieb Hubert am Abend noch einen Brief an Friedel, und wenn er die Rückantwort von ihr in den Händen hielt, schien die Welt wieder in Ordnung. So vergingen Tage, Wochen und schließlich drei Monate, als endlich der erste Urlaub gewährt wurde. Zuvor hatte man Hubert und einige seiner Kameraden noch zum Schützen oder Oberschützen ernannt.

Der erste Ausbildungsabschnitt war beendet, und nach der Rückkehr aus dem Urlaub stand der Gruppe die Versetzung nach Tschenstochau in Polen bevor.

Doch im Moment interessierte diese Mitteilung die Soldaten nicht allzu sehr, die Freude auf das Wiedersehen mit der Familie war riesig und überwog alles andere.

Bei Huberts Eintreffen auf dem Lübener Bahnhof stand Friedel schon erwartungsvoll, mit Inge auf dem Arm, am Bahnsteig und hielt Ausschau nach ihm. Die Begrüßung ging beiden sehr nahe, sie fanden fast keine Worte.

Das Vierteljahr der Trennung erschien ihnen wie eine Ewigkeit, und erst in den vier Wänden ihrer gemütlichen Wohnung kehrte die ganze Vertrautheit zurück.

„Ach, bin ich glücklich, dass du bei uns bist", flüsterte Friedel, dicht an Hubert geschmiegt, und strich zart über seinen Körper.

„Bekommt ihr eigentlich genug zu essen? Du bist dünner geworden seit unserem letzten Beisammensein."

„Das liegt nicht am Essen, es ist ausreichend, sicher hat die harte Ausbildung damit zu tun, da wird uns nichts geschenkt, aber bei deiner Fürsorge werde ich bald wieder in alter Form sein."

„Damit beginne ich gleich heute", lachte Friedel und befreite sich sanft aus seiner Umarmung, um ein deftiges Mahl zu bereiten.

„Prima, das ist eine ausgezeichnete Idee, endlich mal wieder Hausmannskost." In freudiger Erwartung folgte Hubert ihr in die Küche, nicht etwa um zu helfen, nein, schöner war es, als Topfgucker und Naschkatze mitzuwirken.

Viel zu schnell vergingen die gemeinsamen Tage im Kreise der Familie.

Inge war nun schon ein halbes Jahr alt, saß auf Huberts Schoß mit zappelnden Ärmchen und Beinchen. Für ihn war es ein Wunder, wie aus dem hilflosen kleinen Baby in der kurzen Zeit ein Kleinkind wurde, mit dem man sich schon beschäftigen und spielen konnte. Er nahm sich viel Zeit für sie, um alle Fortschritte ihrer Entwicklung voll auszukosten.

Der Abschied von der heilen Welt fiel ihm sehr schwer, als er wieder hinaus musste, in die Fremde. Was sollte er eigentlich dort? Sein zu Hause war doch hier, bei seinen Lieben. Diese Frage stellte er sich und auch viele seiner Kameraden noch oft.

Wieder stand Hubert in Gleiwitz auf dem Bahnhof und schulterte gerade sein Gepäck, als jemand seinen Namen rief. Die Stimme kannte er doch.

Es war Otto, der ebenfalls aus dem Urlaub zurückkehrte. „Na, so ein Zufall, rief er, nun muss ich den schweren Gang nicht allein antreten."

Beide machten sich auf den Weg zur Kaserne, dabei tauschten sie ihre Erlebnisse vom Aufenthalt in ihren Familien aus und kamen auch im Gespräch auf das Thema der Versetzung nach Tschenstochau.

„Na, wenn das mal was Gutes zu bedeuten hat, wer weiß, was da noch auf uns zu kommt", brummelte Otto. Hubert erwiderte nichts, machte sich aber trotzdem so seine Gedanken.

Schon wenige Tage nach ihrer Ankunft in der Gleiwitzer Kaserne ging es los – in Richtung Osten. Hubert saß gemeinsam mit den anderen Kameraden im Zug, der sie durch das besetzte Polen nach Tschenstochau brachte.

Die unbekannte Landschaft glitt an den Zugfenstern vorbei, und die Soldaten waren erstaunt, dass ihnen viele der besiegten Polen zuwinkten.

Waren sie für diese Leute keine Feinde? Diese Frage blieb lange unbeantwortet, wahrscheinlich war es besser, sich mit den Deutschen zu solidarisieren, als gegen sie zu sein. Vielleicht eine reine Überlebensstrategie? Sicher eine kluge Entscheidung für viele Polen in dieser für sie so unzumutbaren Lage.

Im Dezember 1940 bezog Hubert mit seiner Gruppe das neue Quartier in der Kaserne in Tschenstochau. Weihnachten stand vor der Tür und man traf, trotz der ungewohnten Lage, Vorbereitungen zum Fest. Am Heiligen Abend stand in jeder der Unterkünfte ein geschmückter Weihnachtsbaum, und, vom Stab bewilligt, bekamen die Soldaten Zigaretten, Bier und ein Festessen.

Von Huberts ehemaligen Kameraden waren der Otto und der Franzel in seiner neuen Gruppe gelandet. Franzel hatte zur Freude der Anderen eine Ziehharmonika organisiert, und von seinem unerwarteten Spieltalent waren alle begeistert.

Zuerst ging es noch sehr feierlich zu, man sang Weihnachtslieder, und die Gedanken weilten bei den Lieben zu Hause.

Später, als die Stimmung zunahm, erklangen auch gängige Schlager und Gassenhauer, so überspielten die Kameraden ein wenig das Heimweh und die Trennung von ihren Familien in der Heimat.

Diese kurze Pause zum Weihnachtsfest hatte den Soldaten gut getan, sie verbesserte die Einstellung und ihre Moral zum Dienst, deshalb fielen ihnen in den folgenden Tagen und Wochen die anstehenden Übungen nicht so schwer.

So mancher Witz machte die Runde, dass erleichterte erheblich den Drill, man gewöhnte sich allmählich an das Soldatenleben.

Schon in Gleiwitz bei der Grundausbildung wurden die Soldaten an den Umgang mit den Geschützen herangeführt. Anfangs mussten sie die schweren Kanonen durch aufgeweichten oder staubigen Boden mit der Kraft ihrer Arme und Hände ziehen.

Das hieß, von einem Standort zum nächsten, beim Ausrichten im Gelände und der Einstellung des Geschützes für die Zielübungen, das war schon harte Knochenarbeit.

Hier in Tschenstochau erweiterten sie nun die erworbenen Kenntnisse durch neue Übungen und sammelten eine Menge hilfreicher Erfahrungen.

Einen Lichtblick wie in Gleiwitz, den äußerst beliebten Unteroffizier Masur, gab es an dem neuen Standort leider nicht. Er hatte den geschundenen Soldaten, vor allem dem schwächlichen Franzel, Erleichterungen verschafft, wo immer es möglich war.

Auch in der Kleiderkammer bei der Vergabe von Uniformen und diversen anderen Kleidungsstücken an seine Schützlinge achtete er darauf, dass es neue, ungetragene Sachen waren. An die Neuankömmlinge verteilte man oft gebrauchte, abgelegte Kleidung. Doch da hatten die Austeiler, gern als „Kammerbullen" bezeichnet, die Rechnung ohne den Wirt, beziehungsweise ohne den Unteroffizier Masur gemacht. In kurzem Befehlston wies er sie an: „Nur neue, unbenutzte Kleidung an meine Jungs, ansonsten bekommt ihr es mit mir zu tun!"

Auf diese Weise kam Hubert, schon in Gleiwitz, zu einem Militärmantel von besonders guter Qualität, den er lange trug und nie auswechseln musste. Unteroffizier Masur wurde von seinen Soldaten wegen seiner Menschlichkeit und Einfühlsamkeit verehrt, und nicht einer der Vorgesetzten am neuen Standort hatte etwas von dieser Größe.

Die Truppe hatte den Winter mal mehr, mal weniger gut überstanden, und der Frühling ließ sich schon erahnen, als eine erneute Versetzung bevorstand. Das neue Ziel war Jastrob, das hieß wieder ein Stück weiter in Richtung Osten.

Einige der Kameraden, darunter auch Hubert, wurden zu Gefreiten und nach gewisser Zeit zum Obergefreiten ernannt. Sie dienten nun im Trupp, der zu einer motorisierten Einheit gehörte.

Er selbst fuhr einen geländegängigen Opel mit angehängtem Geschütz der 3,7ner Klasse, das schon einen Einsatz beim Feldzug gegen Frankreich mitgemacht hatte. Erst später wurden dann die neuen Geschütze eingesetzt mit dem 5,0 cm und dem 7,5 cm Rohrdurchmesser. Die robusten Fahrzeuge der Marken Opel, Ford, Adler und weitere wurden schon während der Mobilmachung, teilweise aus Privatbesitz, abgezogen, um die Bestände der Wehrmacht zu verstärken.

Die Zeit in Jastrob verbrachten die Soldaten größtenteils mit dem Umgang und der Pflege der Fahrzeuge, der Geschütze und dem Training ihrer eigenen körperlichen Tüchtigkeit.

Eigentlich überraschte es die Kameraden nicht allzu sehr, als der Kommandant die Einteilung der Truppenteile anordnete.

Huberts Truppe gehörte zur 14. Einheit, bestand aus drei Zügen und war zur Panzerabwehr bzw. zu den Panzerjägern eingeteilt. Sie zählte zur 168. Division.

Jeder Zug führte drei Geschütze, wobei zu einem Geschütz fünf Soldaten kamen, die sich aufteilten in Kanonier, Ladeschütze, Richtschütze und zwei Helfer. Alle waren so gut ausgebildet, um bei Bedarf für jeden der Kameraden einspringen zu können.

Ein Trupp besaß jeweils ein Geschütz mit Zugmaschine, ein Transportfahrzeug zum Befördern der Munition und die Fahrzeuge für Verpflegung, Kleidung und diverse Sachen.

Bei der Aufteilung der Soldaten zum jeweiligen Trupp ergab es sich, dass Hubert, Otto und Franzel zusammen kamen. Die neuen Kameraden waren Willi und Peter, die schon Erfahrungen beim Feldzug gegen Frankreich gesammelt hatten. Sie ergaben eine gute Gruppe, in der sich einer auf den anderen verlassen konnte, und wussten, dass sie auf Gedeih und Verderb zusammen halten würden, egal, was kommen sollte.

Unterfeldwebel Hans Berger war ihr Zugführer, er trug mit seiner Erfahrung die Verantwortung für seine Soldaten.

In dieser Zusammensetzung überschritt Hubert mit seinem Trupp am 22. Juni 1941, die Grenze zu Russland am Fluss Bug, denn Deutschland und seine verbündeten Staaten hatten trotz eines ausgehandelten Nichtangriffspaktes mit Stalin Russland den Krieg erklärt.

Der Angriff kam für die Russen überraschend und unvorbereitet, so dass zu Beginn des Krieges der deutschen Wehrmacht kaum Widerstand entgegen gebracht wurde. Das ermöglichte den Truppen, sehr schnell ins Landesinnere vorzustoßen. In einer langen Frontlinie vom Norden, mit Hilfe und Einbeziehung von Finnland, bis zum Süden, unterstützt von Ungarn, Italien und Bulgarien, der Slowakei und Rumänien, bewegten sich die Aggressoren in Richtung Osten. Das Ziel war, Leningrad, Moskau und im südlichen Teil den Kaukasus zu erobern.

In einem Dreierpakt verbündeten sich Deutschland, Japan und Italien, um die Weltherrschaft, samt der wirtschaftlichen Macht an sich zu reißen und die anderen Länder auszurauben.

Die 14. Kompanie marschierte nach der Überschreitung der Grenze in Richtung der ukrainischen Stadt Kiew. Die Stadt wurde, schon einige Tage nach Beginn des Krieges gegen Russland, fast kampflos von den Deutschen eingenommen.

Am 30. Juni, Huberts 27. Geburtstag, befand er sich mit seinen Kameraden im Umfeld von Belgorod, bei Pflege- und Reinigungsarbeiten, als ein größerer Schaden an seinem Fahrzeug festgestellt wurde. Die dringend nötige Reparatur würde Tage in Anspruch nehmen. Der Kompaniechef entschied, dass Hubert und der Beifahrer im nächsten Ort ein Quartier nahmen und nach der Beseitigung des Schadens der Kompanie folgen sollten. Ziel des Vormarsches war Kursk.

Vom Versorgungsfahrzeug holten sich die zwei Zurückbleibenden Kisten mit Vorräten für einen längeren Aufenthalt in dem Haus ihrer „Zwangsgastgeber". Doch dieses Vorurteil konnten Hubert und Alfred, sein zugewiesener Beifahrer, ganz schnell vergessen. Die russische Familie, in deren Haus nun die zwei deutschen Soldaten einquartiert waren, verhielt sich freundlich und fand sich mit der neuen Situation schnell ab. Einige Personen der Familie beherrschten ein wenig die deutsche Sprache, und so erfuhren Hubert und Alfred, dass der Hausherr früher bei der Eisenbahn beschäftigt war. Der Verdienst ermöglichte es der Familie sogar, Urlaub am „ Schwarzen Meer" zu verbringen. Sie bedauerten sehr, dass der Krieg nun auch ihr bisheriges Leben beeinträchtigte und so viel Leid bescherte.

Die beiden so gastfreundlich Aufgenommenen erzählten von ihrem zu Hause, dem unfreiwilligem Verlassen der Familien und dem Zwang, dem sie ausgesetzt wurden. Die Leidtragenden eines Krieges waren schon immer die unschuldigen Menschen aus dem Volk, darin war sich auch die Gastfamilie mit den neuen Bewohnern einig. Das Verhältnis zueinander entwickelte sich so gut, dass man gemeinsam das Essen einnahm. Die Vorräte aus den mitgebrachten Kisten wurden aufgeteilt, und am Abend saßen alle beisammen in geselliger Runde bei selbst gemachtem Eierlikör oder einem Glas Krimwein.

Inzwischen rief man sich beim Vornamen, und es stellte sich heraus, dass der Herr des Hauses den weit verbreiteten und beliebten Namen „Iwan" hatte.

Die Gewehre in einer Ecke des Zimmers an die Wand gelehnt, saßen an einem der Abende Hubert, Alfred und die Mitglieder der Familie beim Würfelspiel, als auf dem Hof des Grundstücks plötzlich, wie aus dem Nichts, drei Gestalten auftauchten.

Es war schon selten, dass sich in dem kleinen Ort, in der Nähe von Kiew, Fremde blicken ließen, vor allem, seitdem das Gebiet von den Deutschen besetzt war.

Iwans Gesichtsausdruck veränderte sich innerhalb von Sekunden und er gebot allen Anwesenden, ruhig am Tisch sitzen zu bleiben, während er aufstand und sich auf den Hof begab. Hubert schielte zu den beiden Gewehren in der Ecke des Raumes und kam sich ziemlich ausgeliefert vor.

„Wie werde ich mich verhalten, wenn es die Drei auf uns abgesehen haben?", so dachte er und blickte fragend zu Alfred, aber der zog nur leicht seine Schultern hoch. Die Ruhe der anderen am Tisch kam Hubert unheimlich vor, und durch das Fenster beobachtete er, wie der Größere der Fremden mit erhobenem Arm in Richtung des Hauses wies. Sein grimmiger Blick ließ nichts Gutes ahnen, dass konnte man selbst in der Abenddämmerung erkennen. Iwan redete eine ganze Weile auf die Gestalten ein, bis sie endlich, lautlos wie Katzen, in der Dunkelheit der anbrechenden Nacht verschwanden.

Ziemlich blass kehrte Iwan in die Runde zurück, nur mit viel Mühe verbarg er seine Aufregung und sagte sehr bestimmt, dass es besser wäre, das Licht zu löschen, um sich schlafen zu legen.

Der Vorfall hatte Hubert zu denken gegeben, denn vor einiger Zeit gab es gerade in dieser Gegend viele Zusammenstöße mit Partisanen, die sich in allen Teilen des Landes organisierten. Mit allen Mitteln wollten sie ihre Heimat von den deutschen Besetzern befreien. Wirkte Iwan wegen dieser Begegnung so bedrückt?

Sicher hatte er ihnen das Leben gerettet, aber er schien Probleme zu haben mit seinem Gewissen, und es wurde Zeit, sein Haus zu verlassen, damit er mit seiner Familie nicht in Gefahr geriet. Das Problem löste sich schon am nächsten Tag, die Reparatur des Fahrzeuges war erfolgreich gewesen, und es konnte aus der Werkstatt der Kommandostelle abgeholt werden. Nach den ruhigen, fast erholsamen Tagen Aufenthalt verließen Hubert und Alfred den sichtlich erleichterten Iwan und seine Angehörigen. Beim Abschied sahen sie sich lange in die Augen und verstanden alle, ohne viele Worte, was sie sich und ihrem Land wünschten. Sie ahnten, dass sie noch sehr lange darauf warten mussten, denn das, was bisher geschah, war erst der Anfang allen Leids.

Um wieder den Anschluss zur Einheit zu bekommen, nahmen die beiden Nachzügler so schnell es möglich war das reparierte Fahrzeug in Besitz und fuhren Richtung Kursk. Sie passierten ohne Zwischenstopp Tschernigow und stießen kurz vor Kursk, nach elf Tagen Abwesenheit, wieder auf ihre Truppe.

Noch konnte die deutsche Wehrmacht, wegen des geringen Widerstandes in der Ukraine, schnell Fuß fassen und besetzte das gesamte Dneprgebiet. Viele der Ukrainer sympathisierten mit den Deutschen, sie waren Gegner von Stalin und erhofften sich die Befreiung von seiner Diktatur. Die Frauen bewirteten die Soldaten beim Durchmarsch des Gebietes mit landwirtschaftlichen Köstlichkeiten und wohlschmeckendem Wein, waren freundlich, aber ansonsten zurückhaltend.

Der Marsch in Richtung Osten ging zügig weiter, die Stadt Moskau einzunehmen und Stalin zu entmachten hatte oberste Priorität. Die Soldaten erhielten Order, ohne Rücksicht auf Verluste ihr Bestes zu geben und erlebten trotzdem zum ersten Mal seit ihrem Einzug in Russland, eine gehörige Schlappe.

Das Drama begann mit der russischen Gegenoffensive Ende Juli, Anfang August 1941 mit der Schlacht um Smolensk, die viele Opfer auf beiden Seiten forderte. Die russische Armee setzte alles ein, Moskau zu halten und ebenso das bedrohte Leningrad. Zuerst gelang es den Russen, die Deutschen nur aufzuhalten, jedoch im November 41, beim Generalangriff der russischen Armee im Gebiet um Swenigorod, zwang man die deutschen Truppen bis zu 400 km zurück. Diese Niederlage mussten die Deutschen erst einmal verkraften, und die Russen beflügelte dieser Sieg zu ungeheuren Kräften.

Durch den inzwischen ausgebrochenen Winter mit seinen Schneestürmen und der unerbittlichen Kälte sowie den todesmutigen Kämpfern der russischen Armee hatten die deutschen Soldaten nun zwei Gegner zu bezwingen.

Der Nachschub für die deutsche Wehrmacht geriet ins Stocken, die dringend benötigte Winterbekleidung und vor allem der Proviant fehlte an allen Ecken und Enden. Was half da die Propaganda und das Mutmachen über die Lautsprecheranlagen, wenn der Magen knurrte und leer blieb?

Willi, aus der Truppe von Hubert, hatte vor seiner Einberufung als Kellner in einer Gaststätte gearbeitet, ihm vertraute man den wenigen Proviant an. Er teilte die kleinen Rationen gerecht ein und verhalf durch manchen Trick zu einer Mahlzeit für alle Kameraden. Besonders Franzel litt unter der strengen Kälte und dem Nahrungsentzug, denn er besaß keinerlei körperliche Reserven, um der harten Umwelt zu trotzen. Die Kameradschaftlichkeit der Truppe half ihm zu überleben, indem so mancher von seiner eigenen Ration etwas abgab.

Bisher war das Glück noch auf ihrer Seite, es gab in ihrem Umfeld keine Toten, wenig Verwundete oder Vermisste. In den anderen Zügen der Kompanie waren schon viele Soldaten Opfer von Hunger, Kälte und Kämpfen geworden.

Der Kampfgeist der Russen war ungebrochen, vor allem durch die Unterstützung der russischen Bevölkerung im Hinterland. Dort sorgte man für den Nachschub an Kriegsmaterial aus dem für diesen Zweck extra umgestellten Fabriken. Auch von den Frauen, die Tag und Nacht am Fließband standen, um Munition zu produzieren, wurde die Kampfbereitschaft der russischen Soldaten noch untermauert.

Die Russen trieben die Deutschen von einem Kessel zum nächsten.

Auch die 14. Kompanie musste sich immer wieder freikämpfen, der Rückzug war unaufhaltsam, und so landeten die Einheiten der 168. Division wieder in den zuvor besetzten Gebieten um Kursk und Tschernigow.

In dieser ungewollten Kriegsruhephase konnten sie sich von der vor Moskau erlittenen Niederlage erholen. Die Alliierten hatten es bis dahin noch nicht geschafft, eine zweite Front in Westeuropa einzurichten.

Das ermöglichte der deutschen Wehrmacht, für Nachschub zu sorgen und eine neue Offensive in Richtung Südost zu starten.

Sie erreichten Mitte Juli 1942 den Don bei Woronesh, Ende Juli Rostow, nur Tage später Krasnodar, drangen bis zum Kaukasus vor und standen am 1. September 1942, vor Stalingrad an der Wolga.

Es entbrannten harte Kämpfe, wobei ein Großteil der Stadt von deutschen Bombern fast völlig zerstört wurde. Man gab aber noch lange nicht auf, die Bevölkerung stand ohne Wenn und Aber hinter der Roten Armee, und alle waren fest entschlossen ihre Heimat zu verteidigen.

Am 19. November 1942 war es dann so weit. Unter gnadenlosen Beschuss wurden 330 000 Mann der deutschen Wehrmacht eingekesselt. Die barbarischen Straßenkämpfe von Haus zu Haus brachten beiden Seiten riesige Verluste. Hunger und Kälte forderten zusätzlich ihre Opfer. Die versprochene Hilfe und Befreiung der Eingekesselten scheiterte, selbst den größten Optimisten unter ihnen war klar, es gab für sie keine Rettung mehr aus dieser Hölle.

Wie zum Hohn für die Verzweifelten geschah die ganze Tragik direkt zu Weihnachten, dem „Fest des Friedens auf Erden".

Von den Eingekesselten überlebten nur 91 000 das Inferno, sie kamen nach der Kapitulation von General Paulus in Gefangenschaft, in der noch viele durch Hunger, Kälte und erbarmungslose Gewalt dahin gerafft wurden.

Die Wolga, „Mütterchen Russlands" wurde sie genannt, war der Schutzwall gegen die Eindringlinge, auf ihr transportierten die Schiffe den Nachschub für die russische Armee. Der breite Fluss konnte, trotz größter Anstrengung der Deutschen, von ihnen weder erobert noch überschritten werden.

Zu dieser Zeit befanden sich Hubert und seine Kameraden im Einsatz um Woronesh, hatten jedoch schon den Marschbefehl, sich in Richtung Stalingrad zu bewegen, um die geschwächten Truppenteile in diesem Gebiet zu stärken. Als sich die Einheit auf halber Strecke befand, kam das Kommando, sofort nach Woronesh zurückzukehren, weil auch hier ein Durchbruch der Russen bevorstand.

Nach dem Sieg in Stalingrad wurden aus den Angreifern Gejagte. Die russische Front war auf dem Vormarsch, und die Deutschen gerieten in große Bedrängnis.

Beim Versuch, Woronesh zu halten, wurde die 14. Kompanie eingekesselt, und es kam zu verzweifelten Gefechten, bevor sie sich Zug um Zug aus der Umkesselung befreien konnte. Der Schlacht um Stalingrad waren sie entgangen, aber den Versuch, den Durchbruch der Russen zu vereiteln, mussten viele von Huberts Kameraden mit dem Leben bezahlen. Im engsten Kreis von Huberts Trupp waren keine Toten zu beklagen, natürlich gab es kleinere Verletzungen und Blessuren, aber alle konnten zusammen bleiben, und keiner musste den Trupp verlassen. Der nächste Kampfeinsatz stand ihnen bevor, und alle hofften, auch diesen gut zu überstehen.

Einige Züge der Einheit hatten schon ihre Geschütze in Stellung gebracht, als Hubert, Willi und die anderen Kameraden Stimmen vernahmen, eindeutig russische Wortfetzen, die in der Weite der verschneiten, einsamen Landschaft deutlich zu hören waren. Sie sahen sich an und ahnten, was sich da anbahnte.

„Die Iwans müssen ganz in der Nähe sein", flüsterte Willi, dicht neben Hubert stehend.

„Ich werde das Gefühl nicht los, dass sie jeden Schritt von uns schon im Voraus wissen." „Ja, wahrscheinlich haben sie einen sehr erfahrenen Kommandeur, der seine Sache versteht, leider zu unserem Nachteil." „Pst, seid ruhig, sonst kriegen wir die erste Ladung ab und unser Kompaniechef wird von Eurer Meinung auch nicht gerade begeistert sein." Die verhalten klingende, ärgerliche Stimme kam von einem Kameraden aus dem Fahrzeug hinter ihnen, das sich quer gestellt hatte, im tiefen Schnee steckte und nicht mehr in die Spur manövriert werden konnte.

„Lerne erst mal richtig rangieren, ehe du dich mit uns anlegst", erwiderte Hubert, und damit war die Sache für ihn erledigt.

Der Fahrzeugkonvoi, eingeteilt in mehrere Gruppen, um einen erforderlichen Abstand der einzelnen Fahrzeuge einzuhalten, zog sich in die Länge. Die Abstände ermöglichten es, die Geschütze besser abkoppeln und bewegen zu können.

Der Trupp und Huberts Fahrzeug befanden sich im letzten Abschnitt der Kolonne, als sie der Angriff überraschte. Die ersten Granateneinschläge erfolgten in ihrer unmittelbaren Nähe, und nur Sekunden später vernahmen sie das Gegenfeuer ihrer deutschen Geschütze, die schon in Stellung waren, und dann ging die Hölle los. Einschläge, Geschützfeuer und Schreie der getroffenen Soldaten in den Schützengräben übertönten kurzzeitig die Kommandobefehle.

Unter Beschuss versuchten Otto und Hubert mit Hilfe von Willi ihr Geschütz zum Einsatz zu bringen, es blieb im tiefen Schnee stecken und wurde auch manövrierunfähig.

„So ein verdammter Mist. Ausgerechnet jetzt muss das passieren, wo wir dem Iwan mal so richtig zeigen wollen, wer die Hosen an hat." Vom hinteren Fahrzeug konnte Hubert, trotz Geschützlärm eine hämische Stimme vernehmen: „Rangieren lernen!"

„Los alle an die Gewehre", schrie Hubert, „jetzt geht's ums nackte Überleben!"

Fluchend griffen sie zu den Waffen, um sich damit verteidigen zu können, wenn es zum Kampf Mann gegen Mann kommen sollte.

Kaum hatten die Kameraden begriffen, in welcher Gefahr sie sich befanden, als auch schon der gefürchtete Beschuss mit den so genannten „Stalinorgeln" begann. Fast unerträglich waren die pfeifenden Geräusche der abgefeuerten Geschosse, von denen 16 Stück bei nur einer Salve den metallenen Schlund verließen, um das Ziel zu treffen.

Hubert riss Franzel, der vor Entsetzen wie gelähmt war, zu Boden und schrie in die Richtung, wo sich Willi und Otto befanden: „Schnell hinter die Fahrzeuge, oder wollt ihr zu Helden werden?" Dort hatten sich schon mehrere Kameraden in Deckung gebracht, bäuchlings lagen sie im Schnee und hielten sich mit beiden Händen die Ohren zu, um die gellenden Schreie der Getroffenen und den Kampflärm nicht zu hören.

Tote und Verletzte lagen blutüberströmt neben Lebenden, die machtlos dem Sterben zusehen mussten. Dicht aneinander gedrängt lagen auch Hubert, Franzel und die anderen im tiefen Schnee und warteten auf das Ende, mit einem Stoßgebet auf den Lippen.

Von einer Minute zur anderen hörte plötzlich der Beschuss auf. Die eingetretene Stille war unheimlich und tat fast weh. Nur das Wimmern der Verwundeten erhob sich wie ein Klagelied und nach geraumer Zeit vernahm man auch wieder die ersten Kommandostimmen. In geduckter Haltung rannten die Sanitäter und die unverletzten Soldaten, um zuerst die verletzten Kameraden aus der Beschusszone zu holen und ihnen erste Hilfe zu leisten, damit sie den Weitertransport zum Feldlazarett besser überstanden.

Auch Willi, Hubert und Otto, die Kräftigsten aus der Truppe, selbst noch benommen von Panik, Angst und Lärm, rappelten sich hoch und schleppten verletzte Kameraden bis zur Erschöpfung.

Die Kampfpause währte schon Stunden, als der Befehl kam, auch die toten Soldaten zu bergen und einen Spähtrupp in Richtung Frontlinie zu schicken. Jede Deckung nutzend, bargen die Soldaten ihre gefallenen Kameraden und hatten kaum Zeit, die empfundenen Gefühle zu zeigen, weil sie einen erneuten Angriff befürchteten.

Der Verlust der Soldaten und Geschütze unmittelbar an der vordersten Linie war noch ungewiss, und so stellte ein Zugführer innerhalb kürzester Zeit einen erneuten Spähtrupp zusammen, um die Situation zu begutachten und die dortigen Verletzten zu bergen. Für diesen gefährlichen Auftrag suchte man fünf Soldaten aus, zu denen auch Otto und Hubert gehörten.

In weiße Tarnanzüge gekleidet, zog die todesmutige Truppe los. Von einer Deckung zur nächsten mussten sie oft eine größere Entfernung zurücklegen, das war eine ungeheure Herausforderung für die fünf, vor allem das ungute Gefühl, bei jeder ihrer Bewegungen von unsichtbaren Augen beobachtet zu werden. Wenn sie eine freie Fläche vor sich hatten, stockte ihnen der Atem, die Nerven waren bis zum Äußersten gespannt und die Beine taten automatisch ihren Dienst.

Die Gedanken an die Familie und ob es je ein Wiedersehen gab, wurden weit zurück gedrängt, jetzt ging es ums eigene Überleben.

Alles blieb jedoch ruhig, nur das Krächzen einiger Krähen war zu vernehmen, während ein Windstoß den Schnee aufwirbelte und den fünf Beobachtern ins Gesicht wehte. Hubert flüsterte in Ottos Richtung: „Gleich sind wir am Schützengraben, meine Augen tränen, ich kann fast nichts mehr sehen." Dicht neben sich hörte er die besorgte Stimme von Otto: „Du wirst doch nicht etwa schneeblind sein?" Diese unangenehme Augenkrankheit hatte mehrere der Soldaten erwischt. Ursache waren die weiten, schneebedeckten Flächen, die die ungeschützten Augen verblendeten, vor allem wenn die Sonne schien.

Ein paar hundert Meter kriechend und robbend, erreichten sie endlich den Platz, wo vor Stunden der Angriff begann. Ein grauenvolles Bild bot sich ihnen.

Zwar lagen auf dem bisher zurückgelegten Weg auch Tote und verlorene Gegenstände, aber hier, im Zentrum der Kampfzone, sah es entsetzlich aus. An den Geschützen zusammengesunken, vom Feind getroffen, oder an den Gräben, von Panzern überrollt, lagen die zusammen gekrümmten Körper mit zerrissenen Leibern, zerfetzten Gliedern und weit offen stehenden Mündern, von ihrem letzten, entsetzlichen Todesschrei.

Bis zu diesem Ort hatten es die Bergungsmannschaften nicht gewagt, vorzudringen. Die Späher fanden keine Verwundeten oder Überlebenden, diese waren sicher alle in Gefangenschaft geraten.

Hubert erkannte mit dem unscharfen Blick der entzündeten Augen rechts neben sich einen Stahlhelm im Schnee und dachte: Welcher Kamerad hatte den wohl getragen, und lebte er noch? Etwas weiter vorn, Otto zeigte in diese Richtung, stand ein ausgebranntes Fahrzeug und in einiger Entfernung ein zweites, das noch an einigen Stellen glimmte. Mehrere zerstörte Geschütze hatten die Angreifer zurückgelassen, die Intakten waren jedoch zur Kriegsbeute geworden.

Auf der zuvor weißen Schneedecke fanden sich nur noch Spuren der Verwüstung. Die schweren Soldatenstiefel, Brandflecken und die Granateinschläge hatten eine geschundene Landschaft hinterlassen.

Jedoch am wenigsten zu ertragen waren für Hubert und die anderen vom Spähtrupp die zerfetzten, verkohlten Uniformen und verstreute Leichenteile, bei deren Anblick sich zwei der Kameraden übergeben mussten.

Noch mit diesen grauenvollen Bildern vor Augen, kehrte der Trupp zur Berichterstattung zum provisorisch errichteten Stützpunkt zurück.

Hubert wurde von Otto so gut es ging geführt, weil sich seine Sicht verschlechtert hatte, und einem der vorbeieilenden Sanitäter übergeben.

Die Russen versuchten keinen neuen Angriff, sie waren sich wahrscheinlich ziemlich sicher, der deutschen Wehrmacht mal wieder eine Lektion erteilt zu haben.

Westlich von Stalingrad lag die Stadt Rostow, Dreh- und Angelpunkt für den Nachschub aus den südlichen Ländern, mit denen sich Deutschland verbündet hatte. Sie war ein strategisch wichtiger Punkt, der von den Deutschen, unterstützt durch ungarische, italienische und rumänische Truppen, unbedingt gehalten werden musste. Nach dem Großangriff der Roten Armee und deren Erfolgen drohte nun ein Durchbruch, den die deutsche Wehrmacht, auch mit Hilfe der Verbündeten nicht aufhalten konnte. Auf Befehl von höherer Stelle wurde dringend Hilfe angefordert, Einheiten aus dem Gebiet um Woronesh abgezogen und in Richtung Südwest geschickt.

Den Befehl zum Einsatz im umkämpften Gebiet um Rostow erhielt auch die 14. Kompanie, die sich, geschwächt durch vorangegangene Gefechte, zum Abmarsch bereit machte.

Leider hatte der Trupp von Hubert bei einem Kampf um eine unbedeutende Brücke, die er unbedingt halten wollte, den Unterleutnant Hans Berger verloren.

Trotz Warnung flüchtender Soldaten, die ihm zuriefen: „Hau ab, der Russe ist dicht hinter uns und in der Überzahl", stellte er sich dem Feind mutig entgegen und riskierte damit auch das Leben seiner Soldaten. Nur mit größter Mühe und Anstrengung gelang es, den schon schwer Verwundeten aus der Gefahrenzone zu bergen. Noch auf dem Transport ins Hinterland verstarb er an den schweren Verletzungen. Alfred musste ebenfalls zum Verbandsstützpunkt gebracht werden, nachdem ihm ein Schuss den rechten Arm verletzte und ein Streifschuss sein Bein erwischte. Bei dem darauf folgenden Sturz verlor er sein Gepäck, und was noch dramatischer war, auch sein Gewehr. Das konnte ungeahnte Folgen nach sich ziehen. Doch das Wichtigste war, er würde es überleben, wenn man seine Verletzungen recht schnell behandelte.

Noch war es Winter und so kalt, dass die Getöteten, so wie sie gefallen und gestorben waren, erstarrt in den unmöglichsten Körperverrenkungen lagen.

Bei manchen der Opfer hatte der Wind mitleidig ein Leichentuch aus Schnee über sie geweht. Abgestumpft von dem vielen Leid, das die Männer schon gesehen hatten, schauten sie kaum noch auf das Elend in der eisigen Einöde des fremden Landes.

„So würden auch wir hier liegen, wenn es uns erwischt hätte", sagte Franzel leise und setzte hinzu, „ob die Angehörigen je erfahren werden, wie ihre Männer und Söhne gestorben sind?" „Mach dir bloß nicht über alles, was man nicht ändern kann, solche Gedanken, die zermürben dich nur. Sei froh, dass du nicht dort liegst, es könnte ziemlich kalt werden", nuschelte Willi in seinen hochgeschlagenen Kragen.

Manchmal lagen auch Pferdekadaver auf dem Weg, ihre weit aufgerissenen Augen starrten anklagend zum Himmel, das gefrorene Fleisch ihrer mageren Körper rettete vielen der ausgehungerten Soldaten das Leben. Auch nach Tagen ihres Todes verweste es nicht, die gnadenlose Kälte hatte mal einen Vorteil, das Fleisch gefror und blieb so eine Weile essbar. „Würdet ihr von dem Fleisch essen?" Fragend sah Otto die anderen Kameraden an. „Ich denke schon, erwiderte Willi, immerhin haben einige Eingekesselte von Stalingrad in ihrer größten Not das Fleisch der Toten gegessen, so habe ich es von Kameraden gehört, die der Hölle entronnen sind."

„Pfui Teufel, nun hört aber auf", rief Hubert dazwischen, „da muss man ja kotzen!"

Lachend beendete Otto mit den Worten: „In der Not frisst der Teufel Fliegen" das makabere Gespräch.

Der Konvoi von Huberts Kompanie bewegte sich Richtung Dneprbecken. Immer wieder stockte der Marsch, weil die Fahrzeuge im tiefen Schnee stecken blieben und den Soldaten die letzten Kräfte abverlangt wurden. Manchmal war das Glück mit ihnen, wenn sie Dörfer oder Ansiedlungen erreichten, in denen noch Gehöfte, Scheunen und Häuser standen, die vor Zerstörung und Brand verschont geblieben waren. So unglaublich es war, aber vor dem Verlassen legten die ehemaligen Bewohner Feuer in ihre Behausung, um für die feindlichen Truppen nichts Brauchbares zu hinterlassen.

Der nächste Stopp war angesagt, denn die erreichten Gebäude in dem Ort waren zwar verlassen, aber ohne Schäden. Ein Lichtblick für die übermüdeten und total erschöpften Soldaten. Einige konnten sich ausruhen, andere aber mussten Wache schieben, bis auch sie an der Reihe waren und abgelöst wurden. Hubert hatte Pech, er gehörte zu denen, die noch das Fahrzeug hüten mussten, um den Motor in Betrieb zu halten. Wenn der erst einmal ausging, war es äußerst schwierig, ihn wieder in Gang zu bringen. Die Batterien schafften das nicht bei den Temperaturen um minus 30°C. Fahrer und Beifahrer wechselten sich deshalb stundenweise ab, damit jeder einmal in den Genuss kam, etwas Ruhe und Schlaf zu finden.

Die vielen Gefechte hatten die deutschen Soldaten zermürbt. Dazu kam der Hunger, die ausgebrochene Ruhr, das alles machte ihnen zu schaffen und schwächte die körperliche Abwehr. Man nutzte deshalb jede Pause, um sich neue Kräfte zu holen und konnte schon fast im Stehen schlafen.

Der Motor des Fahrzeugs bewirkte mit seinem gleichmäßigen Brummen, dass Hubert immer wieder kurz einnickte. Die Suppe aus der Konservendose, die er auf der Motorhaube erwärmt hatte, erzeugte im Magen ein wohliges Gefühl, und nun wartete er ungeduldig auf seine Ablösung. In einem Haus am Ende des verlassenen Dorfes, das fast unbeschadet war, lagen seine erschöpften Kameraden bereits in tiefem Schlaf um und auf dem warmen Ofen, der in den ländlichen, russischen Regionen üblich war. Wie die Ölsardinen in der Büchse, dicht aneinander gedrängt, wärmten sie sich gegenseitig. Nach den Strapazen der letzten Tage vergaßen sie sogar den Hunger.

Endlich kam Heinz, seine Ablösung, er war seit der Verwundung von Alfred nun Huberts neuer Beifahrer. Man sah ihm schon von Weitem an, dass er nicht gerade begeistert seinen warmen Platz am Ofen mit dem hinter dem Lenkrad tauschen wollte. Hubert erfreut, endlich auch ein wenig Ruhe zu finden, ermahnte ihn noch: „Lass um Gottes Willen nicht den Motor ausgehen, wir bekommen den nicht wieder an." Heinz nickte nur und schwang sich auf den Fahrersitz.

War es nun ein bisschen Absicht oder ein Versehen, jedenfalls verstummte das Geräusch des Motors kurz nach der Übergabe und Heinz bekam ihn auch nicht wieder in Gang, trotz mehrerer Startversuche.

Zusammengerollt in seiner Decke war Hubert gerade eingeschlafen, als der Diensthabende Unteroffizier lautstark seinen Namen rief, ihn unsanft an der Schulter rüttelte, bis Hubert erschrocken aufsprang. „Bringen Sie ihr Fahrzeug wieder in Gang, Obergefreiter", und seine Stimme überschlug sich fast. Noch ganz benommen vom Schlaf, reagierte Hubert unangemessen schroff: „Bei mir war noch alles in Ordnung, der Motor lief, und außerdem habe auch ich ein Recht zum Aufwärmen, wie alle anderen!" Seine Nerven lagen blank, die Erschöpfung hielt ihn kaum noch auf den Beinen, dass musste der Vorgesetzte doch akzeptieren. Doch der wollte vor den neugierig gewordenen Soldaten natürlich nicht klein beigeben.

„Wer hier ein Recht auf was hat, bestimme immer noch ich, also raus zu ihrem Fahrzeug, aber dalli, dalli, und Aufwärmpause ist gestrichen – Abtreten!" Ein Wort ergab das andere, beide schäumten vor Wut, und es geschah, wie in Trance, ohne jede Vorwarnung: Die erhobene Hand von Hubert landete im Gesicht des Unteroffiziers.

Die Zeugen des Vorgangs erstarrten vor Schreck, sie wussten, dieser Fall könnte vor das Kriegsgericht kommen. Bei dem lautstarken Streit waren fast alle der übermüdeten Soldaten aufgewacht. Der Unteroffizier wurde leichenblass im Gesicht, sagte kein Wort, richtete nur seinen hasserfüllten Blick auf Hubert und verließ den Raum. „Mensch Hubert, alle Achtung für diese mutige, schon lange fällige Tat, so richtig eins in die Fresse, das war mal bitter nötig für das Scheusal."

Diese ehrlich gemeinten Worte der Kameraden kamen aus tiefsten Herzen und milderten etwas seinen eigenen Schreck.

Keiner konnte den Unteroffizier leiden. Er war verschrien als hinterhältig, ungerecht und feige, deshalb nannte man ihn auch „Ekelpaket". Doch was nützten Hubert die Sympathiebezeugungen seiner Kameraden, er wusste, dass im Krieg die Gesetze sehr hart waren, vor allem, wenn man einem Vorgesetzten widersprach, den Befehl verweigerte oder gar gegen ihn handgreiflich wurde.

Es dauerte auch nicht lange, und er musste beim Kompaniechef antraben. Hämisch grinsend teilte ihm diesen Befehl der Geohrfeigte mit.

„Das wird schon nicht so schlimm werden, Hubert, wir stehen alle hinter dir und machen unsere Aussagen gegen das Ekelpaket", trösteten ihn seine Kameraden. „Alle für einen – einer für alle! So hatten wir es versprochen, und daran halten wir uns auch."

Es tat gut, den Kameradschaftsgeist zu spüren, und entschlossen betrat Hubert den Kommandobereich, um seine Bestrafung entgegen zu nehmen.

Der Kompaniechef war das Gegenstück zum Unteroffizier. Er spielte seine Macht und Position nicht auf dem Rücken seiner Soldaten aus, sondern erleichterte ihnen das schwere Los fern der Heimat, soweit es möglich war. Somit hatte Hubert Glück im Unglück. Seine Entgleisung wurde nicht an die große Glocke gehängt, auch nicht weiter geleitet. Lange und nachdenklich sah der Vorgesetzte ihn an, ehe er sich äußerte: „Bestrafen muss ich Sie, so etwas darf nicht noch einmal passieren, dass hätte schlimme Konsequenzen für Sie und auch für mich."

„Jawohl, Herr Kompaniechef", antwortete Hubert erleichtert, während er seine stramme Haltung beibehielt.

„Rühren Sie sich, Obergefreiter", sprach der Vorgesetzte weiter und blätterte in den Akten, die vor ihm lagen. „Wie ich hieraus ersehen kann, haben Sie bisher einen guten Einsatz geführt und sich nichts zu Schulden kommen lassen, dass ermöglicht uns ein milderes Strafmaß. Verstoßen Sie nochmals gegen die Disziplin, dann sieht die Sache anders aus."

„Jawohl, Herr Kompaniechef, das wird nicht passieren!"

„Sie können abtreten!" Hubert schlug die Hacken zusammen, nahm wieder Haltung an, hob den Arm zum vorschriftsmäßigen Gruß und verließ sichtlich erleichtert den Raum. Da der Unteroffizier auch bei den anderen Vorgesetzten als unbeliebt galt, konnte der ganze Vorfall unter den Teppich gekehrt werden.

Übrigens, das „Ekelpaket" sah keiner mehr, weder Hubert noch seine Kameraden, wahrscheinlich wurde er auf eigenen Wunsch in eine andere Einheit versetzt.

Huberts Strafe fiel tatsächlich ziemlich mild aus, und zwar mit seiner Versetzung in die Versorgungskolonne sowie dem Entzug seines Fahrzeugs für ungewisse Zeit.

Das bedeutete jetzt im Winter tagelange Fahrten über Land mit einem Transportschlitten, den kleine, robuste Pferde zogen, eine Rasse, die jedem Wetter standhielt. Natürlich war das kein Vergnügen bei bis zu minus 30°C, dazu die eisigen Schneestürme, denen die weiten, flachen Ebenen keinen Einhalt geboten. Der Schnee lag oft so hoch, dass ein Befahren mit den schweren Fahrzeugen unmöglich wurde und man die Versorgung samt Kurierdienst nur noch mit den Pferdeschlitten aufrechterhalten konnte.

Bis zu zwanzig Gespanne gehörten zu einem Regiment, und sie waren tagelang bis zum nächsten Versorgungsdepot oder zur Kommandostelle unterwegs.

Nun war Hubert nicht mehr für die Pflege und Wartung eines Motors oder Fahrzeugs verantwortlich, seine Fürsorge galt den zotteligen Vierbeinern, die im Winter den Schlitten und in der schneefreien Zeit einen Wagen zogen. Der Umgang mit Pferden war ihm schon seit frühester Jugend vertraut, damit hatte er keinerlei Probleme. Auch nicht mit dem Anschirren und dem Anlegen des

Kummets, das sich nur durch eine höhere Bogenform von denen, die er kannte, unterschied.

Die anspruchslosen Pferdchen liefen oder trabten fast ohne Führung, sie fanden ihren Weg allein, deshalb konnten Hubert und sein Begleiter, Feldwebel Bruno, bei der oft stundenlangen Fahrt ein Schläfchen riskieren. Die Plane über dem Gefährt und das in Säcke gefüllte Stroh erleichterten beiden, die grimmige Kälte zu ertragen.

So vergingen einige Wochen mit der längeren Kampfpause, die für einen besseren Zustand der Soldaten sorgte und sehr willkommen war.

Der neue Standort lag in einem Gebiet, dass viele der Einwohner nicht verlassen hatten. Sie versuchten auf ihre Weise, mit der deutschen Besatzung klarzukommen.

Trotz Verbot hatten einige der Soldaten, ja sogar Vorgesetzte, Kontakt zu der meist ländlichen Bevölkerung, wobei der Wodka und die hübschen Mädchen eine große Rolle spielten. Bei so manchem geheimen Schäferstündchen vergnügten sich die Jungs, auf die zu Hause meistens keine Liebste wartete.

Natürlich gab es auch welche, die auf Frau und Kinder keine Rücksicht nahmen, sie wussten ja, dass diese Abenteuer nicht von langer Dauer waren.

Bruno, der Feldwebel, mit dem Hubert zum Kurierdienst verdonnert worden war, nahm es auch nicht so genau mit der Treue und Verantwortung für die Familie.

„Wer weiß schon, ob wir den Krieg überleben, da muss man alles Schöne noch genießen", äußerte er sich, als eine Art der Entschuldigung, gegenüber seinen Kritikern.

Bei einem gewaltigen Schneesturm, während ihrer tagelangen Schlittenfahrt, suchten Bruno und Hubert Zuflucht in einem einsam gelegenen Holzhaus, das unweit ihres Weges lag und recht einladend wirkte. Die Bewohner, es waren die Großeltern mit ihrer Enkelin, empfingen die beiden freundlich und bewirteten sie nach russischer Tradition. Sie hatten die Kurierfahrer schon des Öfteren vorbei fahren sehen und vertrauten den beiden Deutschen.

Dunja, die Enkeltochter verliebte sich prompt in Bruno, und bei jeder Kurierfahrt hielt erst mal das Gefährt vor dem kleinen Haus an, denn auch er konnte dem schönen Mädchen nicht widerstehen.

Sobald sie das Schlittengeräusch vor dem Häuschen vernahm, eilte sie zur Tür, legte schnell den geflochtenen dicken Zopf wie eine Krone um den Kopf und sah sehr verlockend aus mit ihren weiblichen Formen.

Während Hubert bewirtet wurde, verschwanden Bruno und Dunja in einem Nebengebäude, eine Art Stall und kamen zerzaust, aber glücklich strahlend nach einiger Zeit wieder zu den anderen zurück.

„Das bleibt aber unter uns Hubert, ja?" Die Dunja ist ein liebes Mädchen, und sie weiß, dass wir nur auf Zeit zusammen sein können, doch wir genießen es.

„Du musst wissen, ob das richtig ist, was du da machst, Bruno, und es ist deine Sache.

Ich könnte so was meiner Friedel nicht antun, dazu liebe ich sie zu sehr, aber ich rede mit keinem über dich und Dunja – versprochen!"

Mit einer Flasche Wodka zum Aufwärmen während der Fahrt verließen sie die Familie und ahnten nicht, dass es ein Abschied war, denn der Befehl zum Aufbruch der Kompanie erreichte den Standort nur ein paar Tage später.

Es war Anfang Februar 1943. Die Lage spitzte sich wieder zu, und die Russen eroberten nach und nach die besetzten Gebiete.

Die Rote Armee überflügelte sich selbst und befreite auf breiter Frontlinie das Gebiet von Woronesh bis Rostow im Süden, sprengte den Ring um Leningrad und drängte die Deutschen immer weiter in Richtung Westen. Die deutschen Truppen zogen sich von Einkesselung zu Einkesselung zurück, bis ins Gebiet bei Kursk. Nach heftigen Kämpfen mussten sie das Donezbecken aufgeben. Das Glück stand nicht auf ihrer Seite, zu all den Niederlagen kam noch dazu, dass viele der Soldaten an Fleckenfieber beziehungsweise Fleckentyphus und der gefürchteten Ruhr erkrankten. Das führte ebenfalls zu einer Schwächung der Truppen, denn eine Heilung brachte den Erkrankten nur ein längerer Aufenthalt im Lazarett.

Auch in der 14. Kompanie wütete die Krankheit, es gab viele Infizierte, darunter auch Hubert und weitere Kameraden, die nach der Ausheilung, trotz verschärfter Lage, einen Genesungsurlaub in die Heimat erhielten.

„Endlich raus aus dem Schlamassel", freute sich Hubert und schloss nach langer, umständlicher Fahrt seine Friedel und die Familie in die Arme.

Die kleine Inge war nun schon drei Jahre alt und er hatte sie nicht aufwachsen sehen. Bei den wenigen kurzen Urlaubstagen, die es zwischenzeitlich gab, konnten sie kaum eine innige Bindung aufbauen. Er beschäftigte sich mit ihr, so oft es die Zeit während seines begrenzten Aufenthaltes erlaubte, sah aber zu, dass auch die restlichen Mitglieder der Familie nicht vernachlässigt wurden.

Friedel war glücklich und traurig zugleich, musste doch ihr Hubert bald wieder von ihnen gehen, in eine gefährliche, lebensbedrohende Welt. Um sich auch selbst zu beruhigen, beschwor sie ihn, den Schutzbrief der Familie bei sich zu tragen und steckte ihn in seine Uniformjacke.

„Tu es mir und unserem Kind zu Liebe", bat Friedel, als er sie ungläubig ansah.

„Dieser Brief hat schon viele Mitglieder von unserer Familie beschützt, so auch meinen Vater im 1. Weltkrieg, er ist von Großmuttel Pauline und seit Generationen in Familienbesitz."

Lange und eindringlich sah sie ihn an, er konnte noch immer nicht ihren schönen, dunklen Augen widerstehen und versprach: „Ich werde ihn bei mir tragen und versuchen, an seine Hilfe zu glauben." Das war eine Bedingung, die mit dem Schriftstück verbunden war, so besagte es die jahrhundertealte Vorschrift.

Der Abschied nahte und mit ihm eine beunruhigende Meldung aus dem Radio, die ihre Nachbarn heimlich von einem englischen Sender abgehört hatten, schon wieder wurden deutsche Städte bombardiert.

Auf dem Weg zum Bahnhof, begleitet von Friedel und Inge, wirkte Hubert bedrückt, und erst kurz vor dem Einsteigen in den Zug wandte er sich an sie mit den Worten: „Ich habe dieses Mal so ein ungutes Gefühl, wie ich es noch nie hatte. Wenn wir doch endlich wieder ein ruhiges, normales Leben führen könnten." „Ach, seufzte Friedel, dass wäre auch mein innigster Wunsch, und irgendwann wird er sich erfüllen, hab Mut, mein Lieber."

Nach einer liebevollen Umarmung sprang er auf den schon langsam anfahrenden Zug, beugte sich weit aus dem Abteilfenster und winkte, so lange er noch die beiden in der Ferne immer kleiner werdenden Gestalten sehen konnte.

Mit großen Sorgen um seine Familie im Gepäck erreichte Hubert nach Tagen umständlicher Zugfahrt endlich seine Kompanie. Die Kameraden begrüßten ihn mit einem kräftigen Schulterschlag und der unerfreulichen Botschaft, dass eine Großoffensive gegen die russische Front geplant war. Die meisten der deutschen Soldaten und sicher auch viele ihrer Vorgesetzten waren kriegsmüde, sie sollten durch vermehrt angesetzte Übungen wieder in Schwung gebracht und zu Heldentaten animiert werden. Hubert, erholt vom Heimaturlaub, ging das Ganze locker an. Inzwischen fuhr er wieder ein Fahrzeug, zusammen mit einem neuen Begleiter, dem Feldwebel Heinze, sie verstanden sich auf Anhieb gut und hatten die gleiche Wellenlänge. Heinze kehrte nicht den Vorgesetzten heraus, war bodenständig und behandelte alle Kameraden gleich.

Willi und Otto kamen auch ein paar Tage nach Hubert vom Genesungsurlaub zurück, das Fleckenfieber hatte sie ebenfalls erwischt, dazu noch die Ruhr, das sah damals ziemlich schlimm für die beiden aus. Der Einzige, den es in ihrem Trupp verschonte, war tatsächlich der ehemals so schwächliche Franzel.

Er stellte sich seinem Schicksal und hatte sich in den drei Jahren zu einem stattlichen Soldaten entwickelt. Sein Humor löste manche Spannung innerhalb der Truppe und obwohl er die kräftige Gestalt von Otto nie bekommen würde, so erreichte er fast alles mit seiner Zähigkeit. Die Gruppe, zusammengeschweißt zu einer festen Gemeinschaft, überstand schon viele gefährliche Situationen, und einer stand dem anderen bei. Es war eher eine Ausnahme, dass die vier noch immer beieinander waren, denn durch Versetzungen und Verluste durch Gefechte gab es immer mal neue Zusammensetzungen. Zwar verloren auch sie Kameraden in ihrem Zug, aber Gott sei Dank nicht in ihrem engsten Umfeld. Hoffentlich blieb es so, dachte Hubert, hatte aber noch immer ein flaues Gefühl in seinem Magen.

Der Gegenangriff der deutschen Wehrmacht begann am 5. Juli 1943 im Gebiet Kursk – Belgorod, um die Rote Armee zurück zu drängen. Anfangs gelang das auch, aber dann wendete sich das Blatt zugunsten der Russen, die Kämpfe wurden immer härter und gnadenloser.

Es war die Zeit so um Mitternacht, den ganzen Tag gab es schon Geschützfeuer auf beiden Seiten. Endlich trat etwas Ruhe ein, die Geschütze schwiegen, und die Soldaten gaben ihrem Schlafbedürfnis nach, nur Hubert und Franzel waren mit ihren Gedanken beschäftigt und sahen ab und zu auf die schlafenden Kameraden. Es herrschte keine vollständige Dunkelheit, von irgendwo leuchtete ein diffuses Licht. Willi und Otto hatten es sich im Unterstand etwas bequem gemacht, dösten vor sich hin, und Heinze saß im Fahrzeug, dass etwas abseits stand, als unverhofft das ganze Theater wieder losging. Wer zuerst geschossen hatte, war nicht nachvollziehbar. Vielleicht wurde das Aufglimmen einer Zigarette zum Auslöser, jedenfalls wusste man nun, dass die Russen ganz in der Nähe auf der Lauer lagen, denn sie waren sofort gefechtsbereit. Überall im Umkreis schlugen Granaten ein, war mal eine Ruhepause, prasselte das Gewehrfeuer los. Noch ehe das Geschütz von Huberts Trupp abgefeuert wurde, schlug eine Granate unmittelbar in der Nähe ihrer Stellung ein. Vielleicht ungezielt, aber Unheil bringend.

Hubert bemerkte noch einen harten Schlag am Oberschenkel, dann spürte er nichts mehr, es tat nichts weh, nur etwas Warmes, Klebriges machte sich unter dem zerfetzten Hosenbein bemerkbar. Er sah noch, dass Franzel ihn mit aufgerissenen Augen ansah und dann kopfüber auf ihn drauf fiel, danach wurde die Welt um ihn ganz dunkel, ihm schwanden die Sinne. Er hörte noch entsetzte Schreie, die leiser und leiser wurden und sich immer weiter entfernten, bis er nichts mehr wahrnahm.

Zu sich kam er erst wieder, als ihn kräftige Hände packten und auf ein Raupenfahrzeug legten, nun bemerkte er auch einen heftigen Schmerz im Bein, er versank wieder in wohlige Bewusstlosigkeit.

Beim erneuten Erwachen spürte er wieder einen stechenden Schmerz im Bein und sah, fast wie im Traum, dass ein großes Benzinfass auf ihn zurollte. Am Hang des Grabens, wo noch andere Verwundete lagen, bewegten sich noch die Ketten des auf der Seite liegenden Fahrzeuges, auf dem sie zuvor transportiert wurden. Es war bei der schnellen Flucht aus dem Kampfgebiet und dem Umfahren der tiefen Krater von der Strecke abgekommen und in den Graben gestürzt.

Das alles nahm Hubert in der beginnenden Morgendämmerung noch wahr, auch, dass ein vorbeifahrendes Fahrzeug anhielt. Die Besatzung vom Kommandowagen der SS, der unbeliebten Kettenhunde, bargen kurzerhand Hubert und einige andere Verletzte aus dem Graben, nahmen sie bis zum nächsten Verbandszelt mit und verbrachten damit mal eine gute Tat.

Die Schwerverwundeten wurden von den Ärzten zuerst versorgt und für den Weitertransport nach Kiew vorbereitet. Dort waren die Möglichkeiten für schwierige Operationen besser.

Die große Wunde am Oberschenkel von Hubert hatte ein Granatsplitter verursacht, und kleinere Splitter steckten noch im Schienbein, im Knöchel und in anderen Körperteilen. Die starke Blutung wurde gestoppt, die Schenkelwunde erst mal gesäubert und ein Notverband angelegt. Um die nächsten wichtigen Maßnahmen sollten sich die Ärzte im Lazarett in Kiew kümmern. Die Schmerzen im Bein ließen Hubert kaum Schlaf finden. Er lag auf seinem Feldbett und hörte das Stöhnen und die Schreie der neben und hinter ihm liegenden Verletzten. Krankenschwestern und Helferinnen versuchten deren Qualen zu lindern, sie bewegten sich eilig zwischen den schmalen Gängen und Pritschen hin und her, ohne auch nur einmal verschnaufen zu können.

Die Gedanken schwirrten in Huberts Kopf wie Hornissen. Langsam kehrte er aus diesen, wie im dichten Nebel verschwundenen Ereignissen wieder in die reale Welt zurück. Sein erster bewusster Gedanke war: Ich lebe, wie geht es meinen Kameraden? Ganz plötzlich und deutlich sah er Franzels entsetzte Augen, wie sein Körper sich neigte, über ihn fiel und schlaff auf ihm liegen blieb.

Was war mit Otto und Willi geschehen, lebte Heinze noch?

Die Antwort auf all seine Fragen bekam er schneller, als er dachte. Ein Kamerad aus einem anderen Zug der Kompanie wurde von dem Sanitäter vorsichtig zu einem Bett geführt. Sein Arm war geschient und um seine Stirn trug er einen blutdurchtränkten Verband. Bei seinem Blick in die Runde erkannte er sofort den Hubert und rief erleichtert, ja erfreut: „Hubert, du lebst! Wir dachten es hat euch alle erwischt." Nun erfuhr Hubert, dass Franzel, von einem Granatsplitter im Rücken getroffen, sofort tot war. Dem Otto zerfetzte ein anderer Splitter den Leib, die Eingeweide quollen heraus, er schrie so entsetzlich, immer und immer wieder, ohne sein Bewusstsein zu verlieren.

Willi konnte es nicht mehr ertragen, er erlöste seinen Kameraden, auf dessen bittenden Blick, mit einem gezielten Schuss von seiner Qual. Tief geschockt von dem, was er soeben getan hatte, rannte er wie von Sinnen direkt in die Richtung der Angreifer. Dabei feuerte er sein Gewehr ab, bis die Patronen verschossen waren und brach im Kugelhagel des Feindes zusammen.

Wo Heinze verblieben war, wusste der Überbringer dieser so tragischen Nachrichten auch nicht. Für Hubert war das Maß des Erträglichen voll, er schämte sich nicht seiner Tränen, die über seine Wangen liefen und im unrasierten Kinn versiegten. Die Trauer um seine Kameraden, die in Freud und Leid immer zusammen gehalten haben, kam aus tiefsten Herzen. Seine Gedanken weilten bei Friedel, seinem heimlichen Schutzengel und dem Brief in seiner Uniform.

Wurden vielleicht doch magische Kräfte freigesetzt, die ihn vor noch Schlimmeren beschützt hatten? So wirbelten unaufhaltsam die Fragen durch seinen Kopf, und er verfiel in einen wohltuenden Dämmerzustand.

Der Weitertransport nach Kiew gebot höchste Eile, denn der Zustand von Hubert hatte sich, vielleicht auch durch die Nachricht vom Tode seiner Kameraden, rapide verschlechtert. Zu den Schmerzen bekam er auch noch hohes Fieber, und der Verdacht auf Wundbrand bestand. In Kiew angekommen, wurde er sofort operiert, um jedoch sein Bein vor einer Amputation zu retten, musste er noch einige Male auf den OP-Tisch.

Durch den Sturz in den Graben war sehr viel Schmutz in die Wunde gelangt.

Das Bein konnte gerettet werden, aber die Schmerzen verschlimmerten sich, und obwohl das Abheilen der Wunde erstaunlich gut verlief, konnte Hubert das Bein weder anheben noch bewegen, eine Drehung war unmöglich.

In diesem Zustand verlegte man ihn zur Ausheilung nach Krakau. Erst hier stellte ein Arzt fest, dass bei Hubert am verwundeten Bein noch zusätzlich der Unterschenkel gebrochen war. Den dortigen Ärzten erschien es unverständlich, so etwas nicht schon eher bemerkt zu haben. Das Bein wurde geschient, endlich ließen die Schmerzen nach.

Nun fiel es Hubert wie Schuppen von den Augen. Wie eine Woge der Erkenntnis sah er ein Bild vor sich, und zwar sein Erwachen aus der Bewusstlosigkeit nach dem Sturz in den Graben, der fürchterliche Schmerz und das Wegrollen eines Benzinfasses. Als das Fahrzeug in den Graben rutschte und umkippte, rollten die Fässer von der Plattform, eins davon landete auf seinem verwundeten Bein. So kam es zu dem zusätzlichen Bruch, den aber bei der Hektik und dem Durcheinander im Lazarett keiner bemerkt hatte. Seit der Stabilisierung des Beines verlief der Heilungsprozess bestens, und Hubert kam zur weiteren Behandlung nach Außig, im Sudetenland, damit war er der Heimat wieder ein großes Stück näher gekommen.

Die Nachricht von Huberts Verwundung überbrachte der Friedel ein Soldat, der im Krankensaal neben ihm sein Bett hatte und dessen Heilung so weit fortgeschritten war, dass er den bewilligten Genesungsurlaub antreten konnte. Bei den Gesprächen, die beide ab und zu führten, stellte sich heraus, dass auch er in der Nähe von Lüben sein Zuhause hatte. Vor der Krankenhausentlassung bat ihn Hubert, doch ein paar Zeilen an Friedel zu schreiben, die er ihm diktierte. Sein rechter Arm, der auch durch Splitter verletzt war, steckte noch im Verband und machte es unmöglich, ihr selbst zu berichten.

Schon zwei Tage später stand der Kamerad im Wohnzimmer von Friedel und versuchte so schonend wie möglich von Huberts Verwundung zu berichten.

Tapfer kämpfte sie gegen den Ausbruch der Tränen und ihrer Gefühlsregung an, denn sie wollte Inge nicht ängstigen. Bei dem Gedanken, es hätte ja viel schlimmer ausgehen können, fand sie Trost und war dem Schicksal dankbar, dass ihr Hubert lebte und sie sich bestimmt bald wiedersehen würden.

Eine leichte Vorfreude breitete sich in ihr aus, sie drückte Inge fest an sich, beide schauten auf das Bild, dass Hubert in Uniform zeigte, das Käppi keck in die Stirn gezogen.

Seit dem Aufenthalt in Außig machte seine Wundheilung große Fortschritte, sicher trug auch die freudige Erwartung dazu bei, denn der Besuch von Friedel stand bevor. Gleich nach dem Erhalt seiner Nachricht hatte sie ihm geschrieben und Mut gemacht. Das Wiedersehen am Krankenbett war sehr bewegend, vor allem für Friedel, als sie ihren sonst so vitalen Hubert matt und hilflos im Bett liegen sah, das Bein in einer Schlinge hängend, der Arm im dicken Verband, aber ein glückliches Lächeln im Gesicht. Sie strich zärtlich über seine dunklen Haare, die Wangen mit den Bartstoppeln, die immer so schnell nachwuchsen, und küsste die rissigen, trocknen Lippen. „So ein Engel müsste immer in meiner Nähe sein", flüsterte Hubert dicht an ihrem Gesicht und biss zart in das Ohrläppchen. „Au, dir scheint es aber recht gut zu gehen", lachte Friedel, „bist ja schon wieder für Schabernack zu haben." Ein langer Kuss folgte und machte sie erst einmal sprachlos für einige Zeit.

Noch ehe sie von ihrer Reise berichtete und Hubert nur zögerlich über die Einzelheiten der Verwundung Auskunft gab, meldete sich in ihr die Führsorge und Hilfsbereitschaft. Friedel holte sich alles, was sie brauchte, bei den Krankenschwestern, wusch das so liebe vertraute Gesicht und tupfte vorsichtig eine Creme auf die rauen Lippen. Während dieser Tätigkeiten erzählte sie von Erwin, Huberts jüngstem Bruder, der sie beim nächsten Besuch begleiten würde. In dieser unruhigen Zeit war eine längere Reise nicht ungefährlich, vor allem für eine junge Frau ohne männlichen Schutz. Erwin, inzwischen sechzehn Jahre alt, hatte eine Lehre zum Stellmacher begonnen und sich zu einem kräftigen jungen Mann entwickelt.

Friedel berichtete auch von den anderen Mitgliedern der Familie, vor allem aber von der kleinen Inge, die so gern zu ihrem Vati wollte und nur nach langem Zureden einwilligte, bei der Oma Klara zu bleiben. Die Zugfahrt von Lüben nach Außig war für ein Kind zu anstrengend.

Viel zu schnell näherte sich das Ende der Besuchszeit, aber Friedel versprach dem Hubert, bald wiederzukommen. Zweimal noch reiste sie in Begleitung von Erwin nach Außig, als ihr bei einem Gespräch am Krankenbett die Idee kam, um eine Überführung zu bitten. Einen Versuch war es schon wert, und sogleich machte sie sich auf den Weg zur Schwesternstation. Der Zufall wollte es, dass auch der leitende Oberarzt anwesend war, und er hörte sich, freundlich lächelnd, Friedels Bitte an. Die Verlegung von Hubert nach Bunzlau wäre kein Problem, und er würde sich darum kümmern.

So richtig überzeugt war Friedel jedoch nicht von der Umsetzung ihres Planes, aber als ein paar Tage später die Nachricht eintraf, dass Hubert in Bunzlau, also ganz in ihrer Nähe, auf der Krankenstation lag, da war die Freude groß. Endlich konnten ihn alle Familienmitglieder besuchen, vor allem jedoch sah seine Inge nun öfter ihren Vati. Nach einigen Wochen spazierten sie alle drei durch die Anlagen des Krankenhauses, Hubert noch mit Hilfe der Krücken, aber das Laufen ging von Mal zu Mal besser. Bald war der Tag der Entlassung aus dem Krankenhaus gekommen, und man gewährte ihm noch einen Genesungsurlaub, bevor er sich wieder zum Dienst melden musste. Doch zuvor verlebte die kleine Familie noch eine schöne gemeinsame Zeit. Sie unternahmen viele Ausflüge in die Umgebung, besuchten die Verwandten und Bekannten und waren gern gesehene Gäste von so mancher Feierlichkeit. Mit einer unverhofften Mitteilung überraschte Friedel noch den Hubert, bevor er sie wieder verlassen musste. „Stell dir vor, mein lieber Hubert, ein großer Wunsch ist in Erfüllung gegangen und unsere Inge bekommt ein Geschwisterchen. Beim Arztbesuch heute bestätigte sich meine Vermutung, und ich wollte dich damit überraschen." Erstaunt sah er sie eine Weile an, sein Gesicht sprach Bände, dann fasste er sich und nahm sie in die Arme. „Dies ist dir auch gelungen!"

Trotzdem wurde er hin und her gerissen von dieser Nachricht, einerseits freute er sich, andererseits war der Zeitpunkt sehr ungünstig, weil keiner voraussehen konnte, wie sich alles entwickeln würde. Seit seiner Verwundung und dem Tod der Kameraden war seine Einstellung eine andere geworden, keiner blieb verschont, und das Schicksal konnte immer wieder zuschlagen.

„Meine liebe Friedel, wie willst du es schaffen, vielleicht zwei Kinder allein aufzuziehen? Mit der Möglichkeit, dass mir wieder was passiert und das Glück nicht auf meiner Seite steht, müssen wir immer rechnen." Entsetzt über diese Einstellung schrie sie ihn zum ersten Mal seit ihrem Zusammensein an: „Wie kannst du nur so reden, diesen Gedanken lass ich gar nicht erst zu, du wirst wieder nach Hause kommen!" Nach diesem Gefühlsausbruch weinte sie lange, denn sie wusste, dass Hubert eigentlich Recht hatte und sie die Wahrheit nur verdrängte. Sachte strich er über ihr Haar und sagte mit tröstender Stimme: „Kopf hoch, meine kleine Kämpferin, du schaffst das und ich freue mich auf unser zweites Kind."

Es wurde ein schwerer Abschied für alle drei, nach der ziemlich langen Zeit, die sie zusammen verbracht hatten. Mit zwiespältigen Gefühlen verließ Hubert, Mitte Dezember 1943, erneut seine kleine Familie. Den vorgesehenen Einsatz in Russland konnte man ihm noch nicht zumuten, und so versetzte ihn die zuständige Kommission in eine Ersatz- bzw. Reservekompanie der deutschen Wehrmacht, nach Wien in Österreich.

Die Einteilung in die Versorgungskompanie verdankte er seinem Beruf und der Tatsache, dass noch Schonung notwendig war. Beharrlich auftretende Schmerzen von der Verwundung machten Hubert noch zu schaffen und sein Arzt erklärte ihm, dass die völlige Ausheilung noch längere Zeit in Anspruch nehmen würde.

Kurz vor dem Weihnachtsfest empfahl ihm sein Vorgesetzter einen Lehrgang zum Unteroffizier zu absolvieren. Begeistert reagierte Hubert nicht gerade, doch nach einer zweiten Aufforderung konnte er nicht wieder kneifen, auch keine passende Ausrede hatte er parat. Er sagte zu und bereute es auch später nicht, denn die Vorteile, die er als Unteroffizier hatte, waren nicht zu verachten. Dabei spielten auch die finanziellen Verbesserungen eine Rolle. Beim Dienst in der Kaserne wurden ihm als UVD, also Unteroffizier vom Dienst, auch einige Sonderrechte gewährt. Die Zeiteinteilung bezog sich auf 24 Stunden Dienst, danach 24 Stunden dienstfrei, somit entfielen für ihn die lästigen morgendlichen Übungen und so manches mehr.

In seiner Freizeit erkundete er die Sehenswürdigkeiten von Wien, besichtigte das Schloss Schönbrunn, den Prater mit seinem Riesenrad, den berühmten Stephansdom. Er war erstaunt über die große Anzahl der Besucher, die in dieser so unruhevollen Zeit noch Interesse an den Kunstwerken zeigten.

Der Einsatz in Österreich tat Hubert gut, seine neuen Kameraden akzeptierten ihn, die Verletzungen heilten völlig aus und als die Nachricht von der Geburt seines Sohnes eintraf, war das Glück vollkommen.

Seine Friedel hatte es geschafft und am 15. August 1944 einen gesunden Jungen zur Welt gebracht, den kleinen Karl-Heinz. Den erbetenen Urlaub bekam Hubert ohne Schwierigkeiten, und er konnte mal wieder seine kleine Familie in die Arme schließen. Der Gang zum Fotograf war der nächste Schritt, und das angefertigte Familienfoto trug er fortan, zusammen mit dem Schutzbrief, dicht an seinem Herzen, in der Tasche seiner Uniform.

Zurückgekehrt nach Wien, dauerte es nicht lange und die Truppe erhielt den Befehl zur Versetzung nach Merisch Bad Kirchen, ebenfalls in Österreich. Der Dienst sowie die Übungen wurden wieder intensiver. Im Osten bedrohte die immer weiter vordrängende Rote Armee die zurückweichende deutsche Wehrmacht, und im Westen hatten die Alliierten eine zweite Front gebildet und griffen die Deutschen vom Norden und Süden her ununterbrochen an.

In die erbitterten Kämpfe geriet, ohne dass Hubert es ahnte, sein Bruder Erwin.

Der war in den vergangenen Jahren zu einem unternehmungslustigen jungen Mann herangewachsen und hatte seine Lehre zum Stellmacher erfolgreich abgeschlossen.

Das war kurze Zeit nachdem er die Friedel nach Außig begleitet hatte.

Damals, vor ungefähr einem Jahr, ahnte weder er noch seine Familie, dass auch für ihn der baldige Kriegseinsatz bevorstand.

In Außig, noch im Krankenbett liegend, beschwor ihn Hubert mit den Worten: „Mein lieber Erwin, falls es so weit kommt, dass man auch noch so junge Männer wie dich in den Krieg schickt, dann spiele nicht den Helden. Bitte versprich es mir und denke vor allem an unsere Eltern, sie haben doch schon den Paul verloren."

Fast gleichzeitig hatten daraufhin Friedel und Erwin geäußert: „Bis dahin wird der Krieg doch sicher beendet sein."

Dieser Wunsch erfüllte sich jedoch nicht, Erwin leistete den vorgeschriebenen Arbeitsdienst ab und trat danach seinen Wehrdienst an.

Die Ausbildung zum Fallschirmjäger verschlug ihn nach Gardelegen in Mecklenburg. Doch dazu sollte es nicht mehr kommen, denn durch die hohen Verluste unter den deutschen Kampffliegern zerfiel auch diese Waffengattung. Es ergab keinen Sinn, noch eine Ausbildung für neue Wehrpflichtige als Fallschirmjäger zu beginnen, viel dringender brauchte man Nachschub und Verstärkung für die angeschlagene deutsche Westfront. Diese wurde durch die Alliierten, die von Italien kommend zuerst Toulon erreichten und vom Norden her über Belgien eine breite Front gegen Deutschland errichteten, sehr geschwächt und zurückgeschlagen.

Die Ausbildung der jungen Wehrdienstler wurde kurzerhand umgestellt und sie marschierten als Infanteristen, mit wenig Erfahrung, dem Ansturm der Alliierten entgegen. Erwins Einsatz begann in der Eifel, und zwar im kalten Winter 1944. In Erdlöchern, tagelang durch den Dauerbeschuss der Gegner darin gefangen, erfroren sich viele der Soldaten die Füße. Kälte und Nässe wurden zur Qual, bis die Beine gefühllos waren, die Zehen färbten sich fast schwarz, starben ab, und nur eine Amputation rettete den meisten Soldaten das Leben.

So erging es leider auch Erwin, den man zwar unversehrt in einer Gefechtspause aus seiner Stellung holte, aber nachdem er sich nicht auf seinen Füßen fortbewegen konnte, sofort in ein Lazarett einlieferte. Die Ärzte gaben sich alle Mühe, seine Zehen noch zu retten, schafften es aber nicht und mussten beide Füße bis zur Hälfte amputieren. Er war nach dem Erwachen aus der Betäubung fassungslos und verzweifelt. Laut schrie er seine Wut heraus und wollte es einfach nicht akzeptieren, als er auf seine verbundenen Fußstümpfe sah.

„Noch nicht mal 18 Jahre alt und schon zum Krüppel gemacht, der verfluchte Krieg, ich will nicht mehr und kann nicht mehr!" Wild schlug er um sich, die herbei geeilte Krankenschwester versuchte ihn zu beruhigen, schaffte es jedoch nicht und holte Hilfe.

„Ich habe doch noch alles vor mir, ich will tanzen, Mädchen kennen lernen und eine Familie gründen", sagte er weinend zum behandelten Arzt, der neben seinem Bett stand.

Ergriffen schaute der kurz weg, dann legte er seine Hand auf Erwins Bein und versuchte ihm Mut zu machen: „Ja, es ist furchtbar, was ich alles tagtäglich so sehen muss, aber Sie haben noch ihre Arme und Beine. Vielen meiner Patienten wurden ein oder gar mehrere Glieder zerfetzt, vielleicht ist es ein kleiner Trost, wenn ich ihnen verspreche, dass sie wieder laufen werden."

Ungläubig schaute Erwin ihn an und fragte: „Wie soll denn das gehen, so ohne Zehen und nur mit halben Füssen?"

„Oh, da können unsere Orthopäden schon eine ganze Menge tun, die exakt angefertigten Schuhe und ein bisschen Geduld vollbringen oft Wunder."

Allein die beruhigenden Worte erzeugten in Erwin schon wieder neuen Lebensmut, er lag ganz entspannt auf seinem Laken und versuchte ein zaghaftes Lächeln. „Wenn sie das sagen, dann glaube ich es und werde es schaffen!" Nachdenklich verließ der Arzt seinen jungen Patienten und war froh, mal wieder einem Verzweifelten den Glauben an die Zukunft und sich selbst zurückgegeben zu haben. Das machte seine Arbeit wieder sinnvoll, auch für ihn selbst.

Was nützte ein zusammengeflickter Körper, wenn die Seele krank war und tiefe Hoffnungslosigkeit das weitere Leben bestimmte? So waren seine Gedanken, als er sich dem nächsten Verletzten widmete und es wurde ihm klar, man hätte dem Ganzen schon viel eher Einhalt gebieten müssen.

Während Erwin eine schwere Zeit in einem Krankenhaus im Schwarzwald verbrachte und in tiefe Depression verfiel, war Hubert in Königsbrück bei Dresden stationiert und hatte gerade eine Ausbildung zum Panzerschützen hinter sich gebracht.

Er wusste nichts von seiner Friedel, nichts von der Familie, kein einziger Brief hatte ihn erreicht.

Innerhalb kürzester Zeit war es zum Chaos gekommen. Die Russen standen im Osten vor der Oder, die Alliierten im Westen vor Aachen und Trier, es spitzte sich zu, wie sollte alles weitergehen?

Die Ungewissheit machte Hubert zu schaffen. Wenn die Russen Schlesien einnehmen, was geschieht mit der Bevölkerung, wie schafft Friedel es mit den beiden Kindern?

Er ahnte nichts von ihrer Flucht, die Friedel mit Inge und Karli bereits in der Nacht zum 29. Januar antreten musste, auch nicht, dass sie nach langen Irrwegen in Lichtensee bei Riesa eine vorübergehende Unterkunft gefunden hatten.

All diese Mitteilungen standen in Friedels Brief, den sie nach Wien an seine vorherige Adresse schickte.

Auch sie wusste nichts von Huberts neuem Aufenthalt. Als seine Nachricht in Lüben eintraf, falls sie überhaupt ankam, da war Friedel ja schon auf der Flucht.

Den verheerenden Angriff auf Dresden in der Nacht vom 13. zum 14. Februar 1945 durch englische und amerikanische Bombengeschwader erlebte Hubert ganz aus der Nähe mit. Nur wenige Kilometer weit entfernt hatte zur gleichen Zeit seine Familie Zuflucht gefunden, aber das konnte er nicht ahnen.

Das eigentliche Ziel von Friedel wäre an diesem Tag Dresden gewesen, um dort nach dem tagelangen Umherirren in fremden Gegenden endlich nach einer festen Bleibe zu suchen.

Gezwungen von einem Zusammenbruch ihrer Inge musste sie jedoch eine Pause einlegen, der Hunger und die Kälte schwächten den kleinen Körper so sehr, dass sie nicht weiterziehen konnten.

Im Pfarrhaus eines kleinen Ortes erhielten sie Asyl für ein paar Tage, und das Schicksal hielt sie auf diese Art von der Erreichung ihres Zieles ab, bewahrte sie so vor dem wahrscheinlich sicheren Tod. Sie sahen Dresden im Widerschein der Flammen und wussten nicht, wie nahe ihnen ihr Hubert war.

Durch die aufopfernde Betreuung von der Haushälterin im Pfarrhaus hatte Inge wieder Kräfte gesammelt, und Friedel konnte mit den Kindern ein paar Tage später weiter ziehen. Sie erreichten völlig erschöpft Riesa an der Elbe, auch dort verwehrte man eine Unterkunft. Die Stadt war überflutet von Flüchtlingen, deshalb sah man sich gezwungen, die Neuankömmlinge in die umliegenden Orte zu verteilen. Auf diese Weise erhielten sie eine Einquartierung in Lichtensee, ungefähr zwölf Kilometer von Riesa entfernt.

In einem Haus mit Garten, bei der Familie Guth, bezogen sie ein kleines Zimmer und hatten nun endlich mal wieder vier Wände für sich allein.

Friedel war außer sich vor Freude, und aus Dankbarkeit half sie im Haushalt der Familie oder überall wo ihre Hilfe gebraucht wurde. Auch Inge und Karli erholten sich von den ausgestandenen Strapazen der Flucht und fanden durch die Kinder der Familie Guth nette Spielkameraden. Die Bewohner verstanden sich mit den Aufgenommenen so gut, als wären sie schon immer eine Hausgemeinschaft gewesen.

Eines Tages durchquerte ein Treck den Ort, und ein wundersamer Zufall brachte Selma, die Schwiegermutter von Friedel und Oma von den Kindern, zusammen. Es war der Mallmitzer Treck, und als Friedel aus einem Geschäft an der vorüberführenden Straße trat, sah sie eine Bekannte, die rief ihr zu: „Deine Schwiegermutter befindet sich in einem der hinteren Wagen."

Das war eine Überraschung, weinend lagen sich Friedel und Selma in den Armen.

„Oma bleibt bei uns", rief Inge und klammerte sich an Selma.

Familie Guth, von so viel Entschlossenheit beeindruckt, gewährte auch Selma eine kleine Kammer als Unterkunft. Der Treck zog ohne sie weiter.

Friedel erfuhr von Selma, dass ihr Schwiegervater Paul kurz vor Antritt der Flucht einen Unfall hatte, ins Lübener Krankenhaus kam und Selma dringend bat, ohne ihn mit dem Treck mitzuziehen. Sie ließ sich aber erst überzeugen, als der Arzt ihr versicherte, dass im Notfall auch die Patienten aus dem Krankenhaus evakuiert würden. Es gab keine andere Lösung, Selma musste sich von Paul verabschieden und auf ein baldiges Wiedersehen hoffen.

Nun hatte sie zufällig ihre kleine Familie gefunden und blieb zur Freude aller bei ihnen.

Diese Nachrichten schrieb Friedel in den Brief an Hubert, den sie in großer Eile zur Post brachte, weil sie endlich eine feste Adresse angeben konnte.

Viele Irrwege musste der Brief zurücklegen, bis er endlich Hubert erreichte, denn er war an die alte Adresse in Wien gerichtet und das Nachsenden dauerte sehr lange.

Allein, in einer stillen Ecke der Kaserne, las er die Zeilen, die vor seinen Augen verschwammen, weil er mit den Tränen kämpfte.

Sie leben, sind gesund, und Mutter Selma ist bei ihnen, so dachte er. Der geplante Abmarsch in Richtung Westen fiel ihm nun weniger schwer. Schon seit Tagen hieß es, dass der Abtransport kurz bevorstand und sie die Stadt Riesa passieren würden, wahrscheinlich gäbe es dort einen längeren Aufenthalt, weil um Leipzig herum laufend mit Bombardierungen zu rechnen war. Ein Kamerad aus der Schreibstube gab ihm diese Information und schon reifte in Hubert ein Plan, den er nicht mehr aus seinem Kopf bekam, irgendwie musste es ihm gelingen, dass er seine Familie wiedersah.

Der Zug setzte sich langsam in Bewegung, war völlig überfüllt mit Soldaten, denn er wurde schon in der Tschechei eingesetzt und brachte auch von dort Nachschub für die deutsche Wehrmacht. Er erreichte tatsächlich um die Mittagszeit den Bahnhof von Riesa, ohne Luftangriffen durch die Alliierten ausgesetzt zu sein. Was Hubert schon erfahren hatte, teilte nun ein Vorgesetzter den anderen Soldaten mit. Die Weiterfahrt würde sich durch gewisse Umstände um rund vierundzwanzig Stunden verzögern, der Zug konnte verlassen werden, aber nur für den Aufenthalt auf dem Bahnhofsgelände. Eine Entfernung ohne Erlaubnis wäre eine Straftat. Gründe erklärte man nicht, es sickerte jedoch die Parole durch, dass Leipzig und seine Umgebung laufend bombardiert wurden. Die Umleitung der Züge auf andere Strecken nahm viel Zeit und Organisation in Anspruch, deshalb trat die Verzögerung ein.

Zu diesem Zeitpunkt hatte die Disziplin innerhalb der einzelnen Truppenteile schon erheblich gelitten. Die Soldaten saßen am Bahnsteig auf allen möglichen Sitzgelegenheiten oder standen in losen Gruppen herum. Kaum einer der Vorgesetzten kümmerte sich darum, auch sie liefen planlos hin und her, diskutierten aufgeregt miteinander und machten einen hilflosen Eindruck. Die berühmte preußische Zucht und Ordnung war aus den Fugen geraten. Vielleicht trug dieser Zustand dazu bei, dass Hubert auf die Bitte, seine in der Nähe untergebrachte Familie aufzusuchen, so schnell eine positive Antwort bekam.

Der Leutnant, der ihm die Erlaubnis erteilte, war wegen seiner weniger strengen Art bei den Soldaten beliebt, und Hubert hatte ihn bewusst ausgewählt.

Eindringlich mahnte er jedoch mit erhobener Stimme: „Unteroffizier, sie sind in vierundzwanzig Stunden wieder an dieser Stelle, sonst sind wir beide dran!" „Jawohl, Herr Leutnant – danke", erwiderte Hubert und schon war er weg, dass man ihn ja nicht wieder zurück beorderte.

Bei seiner überstürzten Entfernung von der Truppe hatte er doch völlig vergessen, sich ein Schriftstück, einen Urlaubsschein oder sonstige Bescheinigungen, geben zu lassen. Diese Nachlässigkeit bemerkte Hubert jedoch erst, als er schon eine längere Strecke zurückgelegt hatte. Das konnte ins Auge gehen, der Schreck fuhr ihm in die Glieder. Er mied Straßen, Alleen und Orte, um nicht den Patrouillen in die Hände zu fallen, er wusste, dass die „Kettenhunde" der SS kein Pardon kannten und er ihnen ohne Papiere gnadenlos ausgeliefert wäre. Die hängten ihn gleich an den nächsten Baum, mit einem Schild um den Hals „ein Deserteur und Verräter".

So wollte er beim besten Willen nicht enden, denn oft genug auf ihren Märschen sahen sie solche Bilder an den Straßenrändern. Es genügte eine Anzeige, wenn man jemanden aus dem Weg räumen wollte, und ohne Ge-

genbeweise oder gute Beziehungen war der Denunzierte ein Opfer dieser Unmenschen.

Hubert war verärgert über seinen Leichtsinn, aber die Freude auf ein Wiedersehen mit seinen Lieben verdrängte die Angst, dass Glück würde ihn sicher nicht im Stich lassen. Um den richtigen Weg nicht zu verfehlen, fragte er einige Landarbeiter die auf den Feldern mit der anstehenden Frühjahresbestellung begannen. Sie beschrieben ihm eine Abkürzung durch ein Waldgelände, die ihn schneller an sein Ziel bringen würde. Hubert hatte den Wald fast durchquert, als er auf eine Gruppe älterer Männer stieß, die zu militärischen Übungen von einem Uniformierten Befehle erhielten.

„Wenn es schon so weit ist, dass man die Alten, den so genannten „Volkssturm", mobil machte, dann war die Wehrmacht in großer Bedrängnis", murmelte er vor sich hin. Wie komme ich bloß, ohne große Erklärungen, an denen vorbei?

Er tat instinktiv genau das Richtige in dieser Situation, hob die Hand zum militärischen Gruß und setzte seinen Weg unbehelligt fort. Entweder waren sie mit ihrer Ausbildung zu sehr beschäftigt oder aber sie wollten ihn nicht sehen, auf jeden Fall erreichte er am späten Nachmittag den Ort Lichtensee, fand auch ziemlich schnell das Haus der Familie Guth und stand atemlos vor dem verschlossenen Tor.

Dahinter hörte er die ihm so vertraute Stimme von Friedel: „So Kinder, ich denke für heute haben wir genug frische Luft gehabt, Karli ist auch müde geworden, nun wird es Zeit ins Haus zu gehen." „Mutti, soll ich dir den Kinderwagen holen? Er steht noch im Garten." „Ja, mein Ingele, das wäre schön, ich warte solange im Hof auf dich."

Nach diesen Worten hielt es Hubert nicht mehr aus, und er klopfte beherzt ans Tor.

Sein Herz pochte heftig, als sich ein Schlüssel im Schloss drehte und die Tür sich öffnete. Vor ihm stand seine völlig überraschte, sprachlose Friedel mit dem kleinen Karli auf dem Arm, und nach einem kurzen Zögern stürzte auch Inge mit einem Freudenschrei auf ihn zu: „Vati – unser Vati ist gekommen!" So schnell hatte Friedel den Karli noch nie in den Wagen gesetzt, und sobald ihre Arme frei waren, umschlangen sie auch schon den Hubert und ließen ihn lange nicht los.

„Mein lieber Hubert, so eine Überraschung, woher kommst du, musst du wieder weg?" „Langsam, langsam, wie soll ich so schnell antworten, mein Schatz."

„Ach, du meine Güte, bin ich zittrig und aufgeregt, ach wie ich mich freue."

In der Zwischenzeit rannte Inge ins Haus, um allen Mitbewohnern die freudige Botschaft zu verkünden und wäre fast auf der Treppe gestürzt.

„Unser Vati ist da", rief sie vor Freude strahlend ins Zimmer, wo sich gerade Anna, Elli und Selma lebhaft über eine unbeliebte Nachbarin lustig machten.

Diesem Thema setzte Inges Mitteilung sofort ein Ende, die drei Frauen eilten aus dem Raum, um selbst zu sehen, ob Inge sich vielleicht nur einen Scherz erlaubt hatte.

Selma stand voller Erwartung in der Haustür, als Hubert und Friedel lächelnd auf sie zukamen, in ihren Augen waren Tränen der Freude, und die Hände strichen zärtlich über das Gesicht ihres Sohnes. „Mein Junge, ist das schön, dich gesund wiederzusehen." „Ja, Mutter, auch ich bin glücklich, euch alle gesund anzutreffen, man hört ja so viel Schreckliches jeden Tag. Ich kann gar nicht begreifen, dass ihr zu Hause alles liegen lassen musstet, nur um euer Leben zu retten. Friedel hat mir schon von Vaters Unfall erzählt, wie furchtbar. Leider kann ich euch nicht helfen, morgen früh muss ich wieder los, es geht in Richtung Westen. Darüber reden wir aber lieber im Haus, ich bin nämlich nur illegal zu euch gekommen und will nicht zu viel Aufsehen erregen."

Nachdem sich die Wiedersehensfreude etwas gelegt hatte, berichtete Friedel von der Odyssee ihrer Flucht und von den Angriffen der feindlichen Bomber auf die unschuldigen Menschen. Sie erzählte von den Trecks auf den Landstraßen, vom Hunger und der Kälte, auch dem Verjagen von den Gehöften, wenn sie um ein Quartier baten. Ergriffen lauschte Hubert ihren Worten, vor allem, als sie von der glücklichen Fügung sprach, wie sie durch Inges Zusammenbruch dem Chaos von Dresdens Bombardierung entgingen.

„Ich muss aber auch erwähnen", sagte Friedel, „dass es Menschen gab, die hilfsbereit waren, die uns kurzzeitig ein Obdach gewährten und von ihrer wenigen Nahrung noch etwas abgaben."

„Nun danke ich noch dem Schicksal, dass wir zusammen mit Mutter Selma hier eine Bleibe gefunden haben und dass es dich zu uns geführt hat. Hoffentlich gibt es bald ein Ende dieses elenden Krieges und wir können nach Hause, dorthin zurück, wo wir alles verlassen mussten."

Gedankenverloren sah Hubert vor sich hin und fügte dann hinzu: „Dieser Wunsch regt sich sicher in vielen Menschen, auch in mir, aber er soll uns heute nicht zu nachdenklich werden lassen. Ich sehe mal nach den Kindern, dann feiern wir ein bisschen unser Wiedersehen."

Friedel und Hubert genossen jede kostbare Minute ihres unvorhergesehenen Zusammenseins.

Selma beschäftigte sich mit den Kindern und behielt sie bei sich in der kleinen Kammer bis zum nächsten Morgen, denn die beiden Glücklichen sollten die kurze Zeit, die sie hatten, ungestört miteinander verbringen.

Sehr zeitig am nächsten Tag machte sich Hubert bereit, um den Rückweg nach Riesa anzutreten und sein gegebenes Versprechen einzuhalten. Die Kinder schliefen noch, als der Abschied nahte, lange blickte er liebevoll in ihre kleinen, friedlichen Gesichter, als wollte er sie sich für immer einprägen. Seiner Mutter Selma strich er über das silbergraue Haar und umarmte sie lange, ohne ein Wort sagen zu können.

Sie rief ihm, als er zum Hoftor schritt, mit von Tränen erstickter Stimme nach: „Pass auf dich auf, mein Junge!"

Eng umschlungen begleitete ihn Friedel noch ein Stück auf dem Weg, den er vor Stunden so erwartungsvoll gekommen war. Sie konnten beide nicht voneinander lassen, bis Hubert sich sanft aus der Umarmung löste, ein letzter Kuss, ein zärtlicher Blick, dann gab er sich einen Ruck und eilte davon.

Traurig sah Friedel der so vertrauten Gestalt nach, bis sie in der Ferne immer kleiner wurde und schließlich im Morgenlicht entschwand. Verzweifelt ließ sie ihren bisher so tapfer zurückgehaltenen Tränen freien Lauf, dann drehte sie sich entschlossen um und ging in Richtung ihrer Unterkunft, wo Inge und Karli schon ungeduldig warteten.

Friedel wusste, hier wurde sie gebraucht.

Nach dem pausenlosen Marsch von Lichtensee nach Riesa erreichte Hubert zwar pünktlich wie versprochen den Bahnhof, doch der Zug und seine Truppe waren nicht mehr da. Es hatte sich ergeben, dass die Abfahrt in Richtung Leipzig vorzeitig erfolgte, nun war guter Rat teuer. Was mache ich jetzt, wie geht es weiter, waren seine Gedanken, als er im Gewimmel auf dem Bahnsteig einen früheren Vorgesetzten erkannte. An ihn wandte er sich und berichtete von seiner verfahrenen Situation.

Ohne lange zu zögern wies dieser ihn an, mit ihm in den abfahrbereiten nächsten Zug zu steigen, der ebenfalls Leipzig als Ziel hatte, dort würde Hubert sicher seine Truppe wiederfinden. Gesagt – getan! Der Zug setzte sich in Bewegung und schon nach kurzer Fahrt sickerte die Nachricht durch, dass eine erneute Bombardierung die Anfahrt von Leipzig verhindere und als Ausweichstation Engelsdorf, ein Vorort von Leipzig, dienen sollte.

Bei der Ankunft stellte sich jedoch heraus, dass auch hier die alliierten Bomber großen Schaden hinterlassen hatten. Es fuhren keine Züge, einige Schienen waren beschädigt, viele Gebäude brannten. In dem Durcheinander versuchten dienstbeflissene Vorgesetzte wieder Ordnung in die Truppenteile zu bekommen.

Hubert verließ den Zug, stand mitten in dem Chaos, als er seitwärts vom Bahnsteig eine Wache entdeckte und einen Gefreiten ansprach. Dieser riet ihm mit einem Bus nach Wahren, ebenfalls ein Ortsteil bei Leipzig, zu fahren. Die Haltestelle der Busse war ganz in der Nähe des Bahnhofes, und er sollte sich beeilen, denn lange könnte man auch diese Beförderung nicht mehr aufrechterhalten.

Er schrieb noch die Transport- und Zugnummer von Huberts Einheit auf einen Zettel und meinte: „Wenn du Wahren erreichst, findest du auch deinen Trupp wieder, denn alle angekommenen Züge wurden dorthin umgeleitet." Hubert war erleichtert, fand recht schnell den Bus, der ihn fast bis zum Bahnhof von Wahren brachte. Danach lief er an den Bahngleisen entlang, in der Hoffnung seinen Zug zu finden. Keuchend vor Anstrengung rief er immer wieder abwechselnd die Namen seiner Kameraden, vor allem den von Walter, mit dem er seit dem gemeinsam verbrachten Lehrgang zum Unteroffizier zusammen war.

Endlich wurde auf seine Rufe geantwortet, ein kleines Wunder bei diesem Lärm, der überall herrschte.

„Hier, Hubert", schrie Walter, außer sich vor Freude, dass sein Freund nicht verloren gegangen war. „Los, spring auf, wir ziehen dich rein! Verflucht bist du schwer, hat dich deine Friedel so gut gefüttert?" Die Kameraden neckten ihn und halfen Walter, der den erschöpften Freund von den Gleisen zu sich in das Abteil zog. Der Zug befand sich schon in Bewegung und wurde immer schneller, denn bald konnten auch hier wieder die Bomben einschlagen.

Eine Zurechtweisung oder gar Bestrafung erwartete Hubert nicht, in dem Wirrwarr war seine Entfernung von der Truppe gar nicht aufgefallen, und der Leutnant, der ihm die Erlaubnis erteilt hatte, würde nichts erwähnen, schon um sich nicht selbst zu schaden.

Koblenz am Rhein war das Einsatzgebiet für die Soldaten im Zug. Während der Fahrt hatte Hubert Gelegenheit, seinen Kameraden von seinem gefährlichen Ausflug, ohne Urlaubsschein und sonstigen Papieren, zu berichten. Er erzählte auch vom Wiedersehen mit seiner Familie und dem Riesenschreck, als er erfuhr, dass der Zug mit seinem Trupp Riesa schon verlassen hatte. Kaum am Ende des Berichtes angekommen, stoppte der Zug. Sie waren kurz vor Limburg und erfuhren, dass eine Weiterfahrt zu ihrem Einsatzgebiet zwecklos geworden war, weil die Amerikaner das Gebiet um Koblenz schon eingenommen hatten. Limburg stand ebenfalls unter starker Bombardierung. Diese Mitteilung erhielten die Truppenteile gleich nach dem Halt des Zuges von ihrem Kompaniechef, der selbst überrascht war und noch äußerte, dass weitere Befehle folgen würden. Unruhe machte sich in den Abteilen unter den Soldaten breit, was hatte das alles zu bedeuten?

Kommandos erschallten: „Alles verlässt den Zug – Sammeln zum Weitermarsch!"

„**Oh, du schöner deutscher Westerwald**", dieses bekannte und oft von den Soldaten gesungene Lied ertönte aus voller Kehle von Hubert und seinen Kameraden, als sie unterwegs waren auf den Straßen im Westerwald, nun aber auf „Schusters Rappen". Nach einem langen Marsch erreichten sie endlich den Ort, der schon auf ihre Einquartierung in dem großen Saal des Gasthofes vorbereitet war. Zu ihrem Erstaunen entdeckten sie eine große Anzahl Fahrräder. Sollten die etwa als neue Fortbewegung dienen? fragten sich die müden und sehr hungrigen Kameraden. Die Wirtin bereitete ihnen ein ausgiebiges Abendessen, bevor die Erschöpften auf ihr Lager fielen. Erst am nächsten Tag erfuhren sie dann, dass die Fahrräder tatsächlich organisiert wurden, um ihnen ein schnelleres Weiterkommen zu ermöglichen. Aus den „Infanteristen" entstand eine „Fahrradkompanie", die sehr bald die Taunusregion erreichte und im Gebiet um Oberursel auf den Einsatz wartete. Die Unterbringung erfolgte dieses Mal in den umliegenden Gehöften. Die Bevölkerung freute sich über die Anwesenheit der Soldaten, empfing sie freundlich, versorgte sie und fühlte sich beschützt. Denen tat wiederum die Ruhepause nach dem Hin und

Her auf den Straßen gut, denn einmal ging es dem Gegner entgegen, dann kam erneut der Befehl zum Rückzug. Man hatte oft den Eindruck, dass die rechte Hand nicht wusste was die Linke tat. Von überlegener Kriegsführung war schon lange keine Rede mehr und der Zusammenhalt der Wehrmacht durchlöchert, kaum ein Ansporn für die kriegsmüden Soldaten.

Hubert stand vor dem Tor seiner Unterkunft, einem großen Bauernhof, rauchte in Gedanken versunken eine Zigarette, als beim Betrachten der Landschaft urplötzlich zwei Berittene auftauchten. Zum Verschwinden war es zu spät, sie hatten ihn bestimmt schon gesehen, und das wäre erst recht verdächtig gewesen. Also überlegte er sich blitzschnell eine passende Ausrede, falls die Frage wegen seines legeren Aufzuges gestellt würde. Die Uniformjacke lose übergezogen, kein Gewehr bei sich und die noch glimmende Zigarette in der Hand. Schnell warf er diese noch hinter sich, ehe sich die beiden näherten.

Es waren ein Major und ein Leutnant. Hubert nahm Haltung an und machte Meldung, wobei ihn die zwei nur mit einem kurzen Blick bedachten. Einer rief ihm zu: „Halten Sie weiter Ihre Truppe zusammen", und schon ritten beide im Galopp davon. Hubert wunderte sich über dieses Verhalten, auch sah man sonst die Feldgendarmerie, besagte „Kettenhunde", meistens zu viert. Walter äußerte laut, was alle dachten, als ihnen Hubert von seiner Begegnung berichtete: „Die haben die Hosen voll und bringen sich in Sicherheit, weil ihnen der Ami im Nacken sitzt. Nur wir müssen wieder unseren Kopf hinhalten." „Mensch Walter, sei vorsichtig, sonst landest du noch vor dem Kriegsgericht", warnte ihn einer der Kameraden.

Das sonderbare Verhalten der beiden Reiter hatte jedoch auch bei den anderen den Eindruck erweckt, dass die sich aus dem Staub machen wollten, weil sie besser informiert waren über die aussichtslose Lage, in der sich die Wehrmacht befand. Da wurde aus so manch großspurigem Helden ein elender Feigling, der seine ihm anvertrauten Leute einfach im Stich ließ.

Schon einen Tag nach diesem Ereignis wurde der Befehl erteilt, dass sechs Unteroffiziere mit je zehn Mann einen Spähtrupp bilden sollten, um die Gegend zu erkunden. Nun wurde es ernst, dass spürte ein jeder der Soldaten.

Hubert und Walter holten sich die zuverlässigsten Kameraden in ihren Trupps und kontrollierten zwei Gebiete, die nicht weit auseinander lagen. So hielten sie gegenseitigen Kontakt, und Walter, der sich bei Höchst aufhielt, tauchte ab und zu bei Hubert auf, um die neuesten Informationen auszutauschen und eine Zigarette zu rauchen. Hubert kontrollierte mit seinem Trupp das Gebiet um Gelnhausen/Gründau, unweit von Höchst.

Die Amerikaner kamen aus Richtung Frankfurt, die Stadt war schon eingenommen und die Lage für die deutschen Verteidiger ziemlich aussichtslos, dass ahnten auch Hubert und Walter, die nebeneinander im bergigen Gelände hockten. Sie hatten, ohne die Erlaubnis eines Vorgesetzten einzuholen, ihre beiden Spähtrupps zusammen geführt. Überall herrschte ein wirres Durcheinander und kein Befehlshaber war in Sicht. Völlig auf sich selbst gestellt, versuchten sie das Richtige zu machen und die ihnen anvertrauten Kameraden zu schützen, so gut es eben möglich war.

Beide schreckten auf, als urplötzlich das Geschützfeuer aus dem von den Amerikanern besetzten Gebiet, gegenüber ihrer Stellung eröffnet wurde. Jemand aus ihren Reihen, die schon geraume Zeit in Deckung lagen, hatte anscheinend die Nerven verloren und feuerte zurück.

„Verdammte Scheiße, nun wissen die Tommys, wo wir sind", kaum hatte Walter den Satz beendet, da schlugen auch schon die Geschosse hinter und neben ihnen ein. Rückwärts kriechend, auf allen Vieren, zogen sich Walter, Hubert und einige der Kameraden in das bergige Gelände und die dort befindlichen Eingänge der angelegten Kellergewölbe zurück. Die Einschläge der Granaten kamen immer näher und zwangen die Verschanzten zum weiteren Rückzug.

In einiger Entfernung entdeckte Walter einen alten Friedhof mit halbzerfallenen Gräbern, einem Mausoleum und einer Gruft, schnell zog er Hubert mit sich hinter ein großes Grabmal, das sie ausreichend schützen würde. „Wenn es nicht so ernst wäre, könnte man fast lachen, flüsterte Hubert, ausgerechnet auf einem Friedhof Schutz suchen, daran hätte ich im Traum nicht gedacht." „Die Idee finde ich gar nicht so schlecht, die Toten schweigen und können uns nicht verraten", versuchte Walter zu scherzen. „Na, du hast ja einen Galgenhumor, sag mal, wo haben sich eigentlich die anderen verschanzt?" „Die meisten sind in unserer unmittelbaren Nähe, ich glaube, sie sind uns gefolgt und warten ab, was auf uns zukommt." „Na bestimmt nichts Gescheites."

Wie auf Kommando trat plötzlich Ruhe ein, das Geschützfeuer verstummte, beide saßen mit angespanntem Gesichtsausdruck nebeneinander und holten erleichtert tief Luft, als alles ruhig blieb. Sie zündeten sich eine Zigarette an, sogen den Rauch in ihre Lungen und genossen die wohltuende, eingetretene Entspannung, als, wie aus dem Nichts, ein „Hands up!" ertönte. Neben ihnen tauchte ein riesiger Farbiger in amerikanischer Uniform auf. Seine Waffe war auf sie gerichtet, sein breites Lächeln, das die blitzend weißen Zähne zeigte, wirkte auf Hubert und Walter fast einladend. Ganz langsam richteten sie sich, mit über dem Kopf erhobenen Händen, auf.

„So ein Mist, hab ich es doch geahnt", presste Hubert durch die Lippen, und Walter erwiderte: „Vielleicht ganz gut für uns, die Entscheidung ist gefallen, nur nicht die Helden spielen."

Nun waren sie zwar Gefangene, aber doch irgendwie erleichtert, als der amerikanische Soldat sie aufforderte, ihm zu folgen.

War für sie endlich der Krieg vorbei? Diese Gedanken gingen den beiden durch den Kopf, während sie, von ihrem Bezwinger getrieben, den Hang hinunterstolperten.

Unweit vom Ort ihrer Gefangennahme, in einer ehemaligen großen Viehkoppel, verbrachten Hubert, Walter und die anderen Mitgefangenen unter strenger Bewachung die Nacht. Als der Morgen graute, begann der Abtransport mit LKWs und anderen zur Verfügung stehenden Fahrzeugen in Richtung Frankreich.

Da fast alle Brücken über den Rhein zerstört waren, wurde der Fluss mit Hilfe einer provisorisch erbauten Brücke überquert, um den Transport der Gefangenen ab der französischen Grenze mit dem Zug weiterzuleiten. Die vorläufige Endstation war Cherbourg am Atlantik, den die meisten der Soldaten zum ersten Mal sahen. Zusammengepfercht mit zig Tausenden anderer Gefangener in einem riesigen Sammellager, wartete Hubert mit seinen

Kameraden darauf, was wohl das Schicksal für sie bereithielt.

In den nächstfolgenden Tagen wurden die Gefangenen von ihren Bewachern, je nach Dienstgrad und Rang, in verschiedene, abgegrenzte Bereiche gebracht. Die Soldaten ab dem Rang Unteroffizier aufwärts, kamen in amerikanische Gefangenschaft. Auf sie warteten schon Schiffe, meistens Frachter, die schon amerikanische Soldaten über den Atlantik nach Europa gebracht hatten. Die einfachen deutschen Soldaten blieben zum größten Teil in französischer oder englischer Gefangenschaft. Sie hatten das schlechtere Los gezogen und mussten bis zur Erschöpfung in Bergwerken schuften oder unter schlechtesten Bedingungen in Arbeitslagern körperlich schwere Tätigkeiten verrichten. Im schlimmsten Fall aber litten die Gefangenen unter dem Hass der Franzosen, die sich auf diese Weise für die von den Deutschen begangenen Untaten während der Besatzungszeit rächten.

Dagegen wurde das Leben in der amerikanischen Gefangenschaft für die Betroffenen fast wie ein Urlaub auf ungewisse Zeit, nach den harten Jahren des Krieges.

Der Schiffskonvoi, mit dem Hubert, Walter und die vielen Mitgefangenen unterwegs waren, brauchte ungefähr drei Wochen zur Überquerung des Atlantiks und traf am 1. Mai 1945 im Hafen von New York ein. Nach dem Anlegen des Schiffes erschallten die Kommandos der Bewacher. Die Ankömmlinge wurden gruppenweise durch Schleusen in die vorgesehenen Duscheinrichtungen geschickt, um sie danach ohne Umschweife in einen bereitstehenden Zug zu führen. Dadurch vermied man jeglichen Kontakt zur Außenwelt. Doch zuvor mussten sie eine Leibesvisite über sich ergehen lassen, wobei das wenige Wertvolle, was sie noch besaßen, in die Hände der Aufseher geriet. Noch auf dem Schiff hatten die meisten der Gefangenen ihren Ehering oder Schmuck in ein Stück Seife gedrückt, damit er nicht bei der bevorstehenden Filzung entdeckt wurde. Doch dieser Trick nützte wenig, er war schon zu bekannt in der Branche. Hubert hatte Glück, sein Ring wurde übersehen, weil sein Filzer durch irgendetwas abgelenkt war, allerdings büßte er seine Armbanduhr ein. Der Aufseher, der sie ihm abnahm, sagte in gebrochenem Deutsch: „Du nicht musst wissen wie spät – am Tag hell, in Nacht dunkel – okay" und grinsend wandte er sich dem Nächsten zu.

Der Zug mit seinen Insassen befuhr die Strecke von New York – Carolina – Florida. Es war ein so genannter Pullman-Zug, mit Durchgang und Schlafwagen und mit bequemen Sitzen. Die Gefangenen staunten über den Komfort, den sie genießen durften auf der langen Fahrt bis zum Zielbahnhof. Von dort ging es weiter, teils mit Bus oder Lastwagen, in das Auffanglager „Fort Break". Das ehemalige Ausbildungslager für amerikanischen Soldaten diente nun als Gefangenenlager und war so riesig, dass gut 15 000 Mann untergebracht werden konnten. Es glich einer Stadt mit Holzbaracken auf Pfählen, allen möglichen Einrichtungen, wie Wäschereien, Großküchen, Shops, Sportplätzen und vielen anderen Notwendigkeiten, um die Versorgung so vieler Menschen abzusichern.

„Also, das ist ab heute unser neues zu Hause", stellte Hubert fest und trat entschlossen vor die ihnen zugewiesene Baracke. Walter zögerte noch einen Augenblick, bevor er ihm folgte, dann betraten sie neugierig ihre neue Behausung über eine stabile Holztreppe. Nach dem Öffnen der Tür konnte man die Überraschung in ihren Gesichtern ablesen, als sie die Betten mit den weißen Bezügen und die auf keinen Fall spartanische Einrichtung des Raumes erblickten. Das hatten die Ankömmlinge nicht erwartet, nachdem sie die Überfahrt auf dem Schiff nur in Hängematten und auf engsten Raum verbringen mussten. Die von den meisten der Männer erlittene Seekrankheit war noch das Harmloseste, und am Tag für eine Stunde Aufenthalt an Deck zu gehen, galt schon als purer Luxus.

„Mann, oh Mann, das haben wir aber wieder mal gut getroffen, findest du das auch, Hubert?" „Auf alle Fälle, so lass ich es mir gefallen, wenn nun noch das Essen stimmt, dann kann man es aushalten."

Die beiden ließen ihrer Freude freien Lauf, warfen übermütig die schweren Seesäcke von der Schulter und nahmen das ihnen zugeordnete Bett in Besitz. Mit Hubert und Walter teilten sich noch zehn weitere Kameraden den Raum, sie alle gaben sich Mühe, die Zeit der Gefangenschaft so gut wie möglich zu überstehen.

Fast zeitgleich geschah Huberts Gefangennahme und Friedels erneute Flucht vor der immer näher rückenden Ostfront geschehen. Anfang April 1945 wurde die Evakuierung der Bevölkerung im Gebiet um Riesa angeordnet, somit auch in Lichtensee, wo Friedel sich noch mit ihrer Familie befand. Die ganze Umgebung würde binnen kürzester Zeit zur Kampfzone werden, alle Einwohner, auch die Flüchtlinge, die nach langem Umherirren endlich eine Bleibe gefunden hatten, mussten erneut die Orte verlassen.

Selma und Friedel mit den Kindern packten ihr Hab und Gut, was ihnen noch verblieben war, auf einen Handwagen und zogen mit dem Flüchtlingsstrom über die Elbe bei Riesa in Richtung Oschatz. Nach langem

Suchen fanden sie ein neues Quartier in Liebschütz, erfuhren hier vom Zusammenbruch der deutschen Wehrmacht und am 8. Mai 1945, vom Ende des Krieges. Für sie und viele tausende Betroffene war das aber der Anfang einer weiteren Odyssee auf den Straßen des Landes, ausgesetzt dem Hunger und den Schikanen der Sieger und Besatzer.

Nur knapp entging Friedel einer Vergewaltigung, die ihr dank einer Fügung des Schicksals erspart blieb. Immer wieder schaffte sie es, zusammen mit Selma dem Hungertod zu entrinnen und die Kinder heil durch diese schwere Zeit zu bringen.

Mit Ausdauer, viel Energie und einer Portion Glück ermittelte Friedel den Aufenthaltsort ihrer Eltern, die mit dem Treck in Sachsen, nahe Blankenhain, gelandet waren. Sehr oft in der Zeit ihrer Flucht hatte Friedel es schon bitter bereut, dass sie das Angebot ihrer Eltern, mit ihnen zusammen im Schwarzauer Treck die Flucht anzutreten, nicht genutzt hatte.

Sie erinnerte sich noch daran, als wäre es gestern gewesen, als ihre liebe Mutter Klara vor der Tür stand, völlig außer Atem und einem sehr besorgten Gesichtsausdruck.

Sie war bei Schneesturm mit dem Fahrrad bis nach Lüben gefahren, um ihre Tochter zu überreden, dass es im Treck für sie und die Kinder sicherer wäre. Doch Friedel konnte und wollte nicht glauben, dass es eine Evakuierung geben würde, außerdem hatten beide Kinder Keuchhusten und brauchten ärztliche Hilfe. Sie blieb also in der Stadt und hoffte, die richtige Entscheidung getroffen zu haben. Leider erwiesen sich die Parolen, dass die Front zurückgeschlagen wurde als falsch. Zwei Tage nach Klaras Besuch musste auch Friedel mit den Kindern ihr

Zuhause verlassen. Völlig auf sich selbst gestellt trat sie die Flucht an und wäre gern in der Obhut ihrer Eltern gewesen. Nun, nach langem Suchen hatte sie Mutter Klara und Vater Hermann endlich gefunden und war dem Schicksal dankbar dafür.

Noch einen glücklichen Zufall gab es. Ganz in der Nähe des Trecks, und zwar in Weida, befand sich Paul, den Selma im Lübener Krankenhaus zurück lassen musste, er kam in den Ort durch die Evakuierung der Krankenhausinsassen. Friedels Mutter Klara erfuhr davon, holte ihn zu sich in die Treckgemeinschaft und nach Kriegsende wurden sie umgesiedelt von Blankenhain nach Seeburg bei Eisleben, wohin ihnen bald auch Friedel, die Kinder und Selma folgen konnten.

Die Schwarzauer vom Treck bauten sich in der neuen Heimat eine Existenz als Neubauern auf, so auch Klara und Hermann. Friedel unterstützte sie bei der Arbeit so gut es ging, kümmerte sich um die Kinder und das nächste Ziel war für sie, das Schicksal von ihrem Hubert und von Schwager Erwin zu erfahren.

Dabei half ihr das stetige Nachfragen beim Suchdienst des „Roten Kreuzes".

Viel Ausdauer und Geduld waren wieder nötig, bis eine erste Nachricht eintraf, die den Aufenthaltsort von Erwin mitteilte. Friedel setzte sich dafür ein, dass er in ein Krankenhaus in der Nähe ihrer neuen Heimat überführt wurde. Die Besuche der Familie beschleunigten Erwins Heilung. Es dauerte nur kurze Zeit, bis auch er im Seeburger Schloss Einzug hielt. Mutter Selma und Vater Paul waren glücklich, ihren Jüngsten wieder in die Arme schließen zu können. Wie eine Schwester kümmerte sich

Friedel um Erwin. Sie verband seine Fußstümpfe, strickte ihm aus weicher Wolle passende Hausschuhe und begleitete ihn bei seinen ersten, zaghaften Schritten in das neue Leben. Wie oft sprach sie ihm Mut zu: „Du schaffst das, Erwin, hab Geduld, wir helfen dir alle." „Ach Friedel, du meinst es so gut mit mir, aber auch du kannst mich nicht trösten. Welche Frau will schon einen Krüppel zum Mann?" „Es gibt sicher viele Frauen, die schauen nicht auf einen makellosen Körper, sondern ins Herz und deins schlägt auf dem richtigen Fleck." Solche Worte richteten Erwin immer wieder auf. Tatsächlich lernte er die Frau, mit der er sein Leben verbringen sollte, wenig später in Seeburg kennen.

Nach Wochen des Wartens erhielt Friedel endlich die Nachricht, dass Hubert sich in amerikanischer Gefangenschaft in einem Lager in Nordcaroline aufhielt, und die Adresse befand sich ebenfalls bei dem Schreiben.

Glücklich und erleichtert, dass er überlebt hatte, war für Friedel die Entfernung, die beide trennte, nicht von allzu großer Bedeutung. Sie verspürte tief in ihrem Herzen, dass sie sich bald wiedersehen würden. Mehrere Briefe schickte sie über den Ozean und hoffte, sie würden ihr Ziel bald erreichen.

Sommer in Nordcaroline. Hubert erwachte nach einem Geräusch, das er nicht zuordnen konnte. Vielleicht ein umherstreunendes Tier, nachts schlichen öfter welche an den Baracken entlang, um etwas Fressbares zu finden. Es war eine warme Nacht. Er hörte das Gezirpe der Zikaden und die Schlafgeräusche seiner Mitbewohner, starrte lange in die Dunkelheit, an Weiterschlafen war nicht mehr zu denken. Seine Gedanken kreisten, wie so oft, um Friedel und die Familie. Wo waren sie, was passierte nach seinem Besuch in Lichtensee, hatten alle den schrecklichen Krieg überlebt? Unaufhörlich bohrten diese Fragen in seinem Kopf.

Seit Anfang Mai war der Krieg beendet, und die Gefangenen im Lager durften nun zu einer Arbeit eingesetzt werden. Zuvor galten sie noch als Wehrmachtsangehörige, die zwar Kriegsgefangene waren, aber das ermächtigte die Amerikaner nicht dazu, sie für sich arbeiten zu lassen.

Im Fort waren auch viele ranghöhere deutsche Offiziere untergebracht, und man hatte Bedenken vor einer Zusammenrottung oder gar Revolte im Lager. Diese Situation änderte sich nach der Kapitulation und dem Ende des Krieges für die Amerikaner zum Positiven. Die Gefahr war gebannt, selbst die hartgesottensten Hitleranhänger gaben auf.

Viele der Kameraden, unter ihnen auch Hubert und Walter, wären für so eine absurde Idee einiger Fanatiker sowieso nicht zu begeistern gewesen, sie waren froh, das Chaos überlebt zu haben.

Während Hubert, ohne den ersehnten Schlaf finden zu können, wach auf seinem Bett lag, wanderten seine Gedanken von einem Thema zum nächsten, bis endlich der Morgen graute. Noch bevor der obligatorische Weckruf ertönte, schlüpfte er in seine neue Khakikluft, die nach der Abgabe der Wehrmachtsuniform nun alle Gefangenen trugen.

Durch diese Neueinkleidung wurden die Insassen des Lagers auf eine Ebene gestellt, es gab weder Rang noch Namen, vor allem keine Ausnahmebehandlungen.

Jeder Gefangene wurde noch fotografiert, eine Vorder- und eine Seitenansicht, darunter kam die jeweilige Registriernummer, das Ganze erinnerte an ein Suchbild aus der Verbrecherkartei. Hubert und Walter zogen die Sache ins Lächerliche und meinten, sie wären ganz gut getroffen auf dem Bild. Bald darauf bekamen die Lagerinsassen, je nach Können und beruflicher Ausbildung eine Arbeit zugewiesen, die auch dementsprechend honoriert wurde. Nach dem morgendlichen Appell, mit anschließender Anwesenheitsmeldung, begann ihr Arbeitstag.

Die neue Tätigkeit von Hubert spielte sich in einer der zahlreichen Küchen des Objektes ab. Er gehörte zum Personal, dessen Aufgaben das Ein- und Abdecken der Tische, die Essenausgabe und leichte Zubringerarbeiten waren. Binnen kürzester Zeit zog man ihn schon als Helfer bei der Zubereitung von den Mahlzeiten hinzu. Weil die Amerikaner fast alles in Öl frittierten, angefangen bei Hähnchen über Fisch bis zu den Kartoffeln, war diese Beschäftigung zwar schweißtreibend, aber leicht zu handhaben. Übrigens, die wichtigste Beigabe zum Essen jeder Art war Ketchup, für die Mehrheit der Gefangenen eine völlig neue Erfahrung, die sich aber bald allgemeiner Beliebtheit erfreute.

Viele zeigten Begabung beim Erlernen der wichtigsten englischen Worte, aber die Verständigung bereitete kaum Schwierigkeiten, weil fast alle amerikanischen Beschäftigten im Lager ein wenig die deutsche Sprache beherrschten, mit Gesten klappte es eigentlich fast immer.

Dennoch zeigten die meisten der Männer ein reges Interesse an dem angebotenen Englischlehrgang, dieser wurde ausgiebig genutzt.

Walter verschlug es als Mitarbeiter in die Kleiderkammer, wo er für die Ausgabe neuer Bekleidung zuständig war, so herrschte eigentlich nie Mangel an sauberen Sachen in seiner Truppe, und dank Hubert war der Tisch in ihrer Baracke immer reichlich gedeckt.

Die Großzügigkeit der Lageraufsicht überraschte die Gefangenen immer wieder aufs Neue. So wurden alle möglichen Veranstaltungen organisiert, unter anderem auch ein gemeinsames Handballspiel, an dem die Insassen in großer Runde zuschauen durften. Hubert saß neben Walter, sie hatten sich die besten Zuschauerplätze ergattert und spornten mit Rufen und Pfiffen ihre Favoriten an. Die beiden Mannschaften bestanden aus sportlich interessierten Gefangenen und einer Gruppe Aufsichtspersonal. Die begeisterten Zurufe nahmen zu, und die Stimmung steigerte sich nach den ersten Tortreffern.

Der Pfiff zur Pause ertönte gerade, als auf Huberts Schulter der leichte Schlag einer Hand landete. Eine raue Stimme hinter ihm rief: „Mensch Hubert – alter Schwede, dass wir uns noch mal wiedersehen!"

Erstaunt drehte sich Hubert um und blickte in das lachende Gesicht seines ehemaligen Hauptfeldwebels aus dem Russland-Feldzug, der bei einem Gefecht verwundet wurde und die Truppe verlassen musste. Keiner der damaligen Kameraden wusste etwas über seinen Verbleib und wohin es ihn verschlagen hatte.

Das war eine Überraschung für die beiden, hier, tausende Kilometer von der Heimat entfernt, sahen sie sich nun wieder.

Das Spiel wurde plötzlich zur Nebensache, denn es gab so viel zu berichten, und die Fragen brannten auf der Zunge. Um sich zu treffen, bestachen sie die Wache mit Zigaretten und anderen Genussmitteln, die sie von ihrem verdienten Geld in einem der vielen Shops kaufen konnten. Man durfte als Gefangener nicht so einfach durch die

Gegend spazieren, weil die einzelnen Bereiche voneinander getrennt waren und ein Zusammentreffen eines oder mehrerer Mitgefangener immer eine Genehmigung erforderte. Bei den wenigen Zusammenkünften, die sie hatten, blieb ihnen jedoch genügend Zeit, um von den vergangenen Erlebnissen zu berichten.

Leider war ihnen auch das nicht mehr lange vergönnt, weil ein Teil der Gefangenen, darunter auch Hubert, Walter und viele Männer aus ihrem Umfeld, nach Camp Budnay, das sich ebenfalls in Nordcaroline befand, versetzt wurden.

Der Abtransport im August 1945 war gut organisiert, und wieder brachte man die Gefangenen mit dem Bus oder Lastwagen an ihr Ziel.

Die Erntezeit der Erdnüsse, vom Mais und den anderen Feldfrüchten war im vollen Gange, dafür wurde jede Hand gebraucht. Der Transport der Ankömmlinge im Camp hatte also einen plausiblen Grund, und schon in den nächsten Tagen wurden sie als Erntehelfer eingesetzt.

Die Farmer holten die zugewiesenen Einsatzkräfte am frühen Morgen mit dem Rover oder Jeep vom Lager ab und brachten sie am Abend wieder zurück. Man hörte nie von Zwischenfällen oder gar, dass jemand die Flucht ergriffen hätte, trotz lockerer Bewachung lief alles zur Zufriedenheit beider Seiten.

Der zuständige Farmer für Hubert und Walter war ein Ire, mit dem typisch rötlichen Haar, groß und von stämmiger Figur, gutmütig und gerecht bei all seinen Entscheidungen. Wer gute Arbeit leistete wurde von ihm voll anerkannt, und zwischen Weißen und Farbigen machte er keinen Unterschied.

Ein Farbiger war zum Beispiel sein Vorarbeiter und bester Mann, der die Neulinge anlernte und die Aufsicht führte.

Die Erdnüsse erntete man wie Kartoffeln, sie wurden jedoch samt dem Kraut über Holzgestelle gehängt und getrocknet, um danach in der Dreschmaschine zu Kernen und Spreu getrennt zu werden. Die in Säcke gefüllten Kerne transportierte man mit Fahrzeugen zur Weiterverarbeitung an die Orte, wo die verschiedensten Sachen aus ihnen hergestellt wurden.

Die Zusammenarbeit zwischen Farbigen und Gefangenen verlief im guten Einvernehmen, auch mit dem Vorarbeiter Bill gab es keine Probleme. Er besaß selbst eine kleine Farm mit eigenem Land und erhielt die Erlaubnis vom Boss, wie der Ire von der Großfarm genannt wurde, die Leute zum Teil bei der Einbringung seiner eigenen Ernte zu beschäftigen. Bill war überrascht, wie kräftig die ihm Anvertrauten zupackten, und lud sie nach getaner Arbeit zu sich nach Hause ein. Hubert und die anderen aus der Gruppe staunten nicht schlecht über die Sauberkeit im Haus und dessen Bereich. Weil noch etwas Zeit bis zum Abtransport ins Lager blieb, nahmen sie gern die Einladung von Bill an, zum Abendessen zu bleiben.

Die Frau des Hauses, ebenfalls eine Farbige, war eine ausgezeichnete Köchin und bewirtete die Helfer nach deren schweren Arbeit mit einer wohlschmeckenden Mahlzeit. Bill tischte ihnen dazu noch einen heimischen Schnaps und ein kühles Bier auf, aus dem anfänglichen Beschnuppern entwickelte sich im Laufe der Zeit eine feste Freundschaft.

Der Herbst näherte sich seinem Ende, die Ernte war inzwischen eingebracht, und die ersten kalten Tage kündigten den bevorstehenden Winter an. Das Klima in der Region war dem in Deutschland herrschenden sehr ähnlich, erfuhren die Helfer von den Farmern.

Um die Insassen vom Lager weiter zu beschäftigen, setzte man sie nun, da die Felder abgeerntet waren, zur Waldarbeit ein. Unter Anleitung erlernten sie das fachgerechte Fällen der Bäume und kümmerten sich um den Abtransport der zuvor grob bearbeiteten Stämme. Das verlangte viel Kraft und Geschicklichkeit, wobei auch so mancher Unfall nicht zu vermeiden war.

Es gab auch immer wieder Drückeberger, die sich einfach krank meldeten, um dieser schweren Arbeit zu entgehen.

Die Nachricht, dass alle Gefangenen ab Februar 1946 die Lager und Amerika verlassen sollten, kam gerade deshalb zum richtigen Zeitpunkt. Sie löste eine Welle der Freude unter ihnen aus.

Huberts Begeisterung war jedoch verhalten, noch hatte er keine Nachricht aus der Heimat, wie schon einige seiner Kameraden.

Was sollte er in einem zerbombten Deutschland, wenn er seine Familie nicht wieder fand? Die allgemeine Vorfreude über das Verlassen der Lager ließ jedoch auch bei den anderen Kameraden nach, als sie erfuhren, dass es zwar per Schiff nach England ging, die Gefangenschaft für sie jedoch noch nicht beendet war.

Es war Anfang April 1946. Die neu eingekleideten Gefangenen standen in Reihe und Glied zum letzten Appell im Camp Budnay. Bei diesem Vorgang verteilte man noch die neu eingetroffene Post an die vom Reisefieber gepackten Insassen.

Hubert stand wie vom Donner gerührt, als er plötzlich seinen Namen hörte. Womit er überhaupt nicht mehr gerechnet hatte, traf ein. Jemand drückte ihm einen Luftpostbrief in die Hand, und es kam ihm vor, als träumte er. Noch vor ein paar Tagen war er deprimiert, als Walter eine Nachricht aus der Heimat erhielt und Hubert wieder leer ausging. Heute, kurz vor der Abfahrt, kam eine Antwort auf all seine Fragen, die ihn Tag und Nacht gequält hatten. Viel zu langsam vergingen für ihn die Minuten bis zum Ende des Appells, der Brief brannte förmlich in seiner Hand.

Walter freute sich mit ihm: „Endlich eine Nachricht Hubert, dass hatte ich mir so sehr für dich gewünscht", dabei strich er beruhigend über den Arm seines Freundes.

„Sie leben", schrie Hubert völlig außer sich, nachdem er den Brief geöffnet hatte.

Er umarmte seinen Kameraden, wirbelte durch die Baracke, warf sich auf das nun leerstehende Bett und ließ seinem Gefühlsausbruch freien Lauf.

Still wartete Walter, bis sich sein Freund beruhigt hatte. Danach hievten sie ihre Seesäcke über die Schulter und verließen, ohne noch einmal zurückzuschauen, ihre bisherige Unterkunft. Sie setzten sich zu den anderen Kameraden in den Bus, der sie zum Hafen brachte, wo das Schiff ablegen würde. Ihre Gedanken weilten bei den vielen Freunden, die sie hier gefunden hatten und wahrscheinlich nie wieder sehen würden. Der Abschied von Bill und seiner Familie war besonders schwer. Eine leichte Wehmut machte sich breit, doch da erblickten sie schon das Schiff, das sie der Heimat ein Stück näher bringen würde.

Der Rücktransport erfolgte wieder mit einem Handels –
bzw. Frachtschiff, das sie über den Atlantik nach Europa
bringen sollte, und bis auf die drei Tage, an denen das
Meer vom Sturm aufgepeitscht wurde, verlief die Überfahrt gut.

Oft begleiteten Delfine ihr Schiff, die viele der Kameraden als Glücksbringer für eine neue Zukunft be-
trachteten.

Schon Ende April legten sie im Hafen von Liverpool,
der englischen Küstenstadt, an. Sie waren wieder in Europa, leider noch nicht in ihrer Heimat und noch immer
Kriegsgefangene. Die englische Bevölkerung verhielt sich
ihnen gegenüber sehr distanziert. Zu viel Wut und Hass
gegen die Deutschen hatte sich bei den Betroffenen nach
den Bombardierungen zu Anfang des Krieges breit gemacht, zu viel Elend und Trauer in den Familien trugen
dazu bei.

Nach der Ankunft in Liverpool verteilte man die Gefangenen in verschiedene Lager zum Arbeitseinsatz. Hubert und Walter hatten Glück bei der Einteilung, sie kamen gemeinsam nach Schottland in ein Lager bei Glasgow.

Wie schon in Amerika, setzte man sie bei einem
Farmer mit riesigem Landbesitz zur Feldarbeit ein. Der
Fleiß der Deutschen war allgemein bekannt, und bei den
Frühjahrsarbeiten konnten sie diesen unter Beweis stellen. Ziemlich schnell verging die Zeit, und der Sommer
war da, mit der Getreideernte, die von den Arbeitskräften
alles abverlangte. So mancher Schweißtropfen rann über
die Gesichter der beiden Freunde, sie mähten, bündelten
die Garben und standen oft noch nachts auf den
Dreschmaschinen. Ihnen wurde nichts geschenkt, sie
fielen oft wie zerschlagen auf das Nachtlager, und ihnen

graute schon vor dem nächsten Morgen. Aber auch diese Schinderei fand bald ein Ende, der Herbst brachte etwas Ruhe, und eine Mut versprechende Parole machte im Lager die Runde.

Alle Gefangenen, die sich im Krieg eine Verwundung zugezogen hatten, konnten mit einer baldigen Entlassung rechnen, und das sollte noch vor Weihnachten geschehen.

Anfang Dezember erhielten die ersten der Kameraden die Entlassungspapiere, sie waren keine Gefangenen mehr und durften England als freie Menschen verlassen.

Die Euphorie war groß, Tränen der Freude flossen, und viele der ehemaligen Kameraden, die nun getrennt wurden, lagen sich in den Armen. Sie verbargen ihren Abschiedsschmerz unter der Maske von gut gemeinten Ratschlägen und Scherzen.

Unter den Glücklichen, die entlassen wurden, befand sich auch Hubert, doch zu seiner Freude gesellte sich sofort ein Wermutstropfen. Walter, sein Freund und Begleiter, sein Tröster in den oft nicht so leichten Tagen während des Krieges und der Gefangenschaft, bekam noch keine Entlassungspapiere. Eines Tages würde auch er in die Heimat zurückkehren, dann gab es ein Wiedersehen. Trotzdem fiel beiden der Abschied unheimlich schwer.

„Mach's gut, mein treuer Kamerad, alles Gute für dich und die Deinen, halt die Ohren steif." Diese Worte richtete Walter aus tiefsten Herzen an Hubert.

Sie sahen sich ein letztes Mal in die Augen, eine kurze Umarmung und dann sprang Hubert auf den bereitstehenden Transporter.

Freiheit, welch ein herrliches Wort für einen, der sie lange nicht genießen konnte. Hubert hatte die britische Insel verlassen – Befehle gab es nicht mehr.

Mit seinen Entlassungspapieren und dem erhaltenen Marschgeld in der Tasche, fühlte er sich wie ein König und konnte endlich wieder selbst seine Entscheidungen treffen.

Sein erstes Anlaufziel war Cuxhaven, wo er von seinem erhaltenen Geld am Bahnhof einen Fahrschein nach Munsterlager löste.

Er nahm viele Aufenthalte während der Fahrt in Kauf, lief eine längere Strecke, und als es begann dunkel zu werden, suchte er sich einen Platz, wo er die Nacht verbringen konnte.

Nach längerer Suche fand Hubert eine Scheune, wo sich schon andere Heimatlose eingefunden hatten, und hörte aus den Gesprächen, welche Not im ganzen Land herrschte.

Für ein einziges Brot gaben viele ihren kostbaren Schmuck her, um an Heizmaterial zu gelangen, sprangen die Menschen auf fahrende Kohlezüge auf und riskierten dabei ihr Leben. Kleidung war ebenfalls Mangelware und ein begehrtes Tauschobjekt, vor allem der frostige Winter forderte viele Kälteopfer. So mancher neidvolle Blick streifte Hubert in seinen warmen Sachen, als er sich in der Scheune sein Lager zum Schlafen einrichtete.

Vor der Entlassung war er neu eingekleidet worden, mit Schuhwerk, Mantel, Jacke, Hose, eben mit allem, was er trug. Als er zufällig aufsah von seiner Beschäftigung, blickte er direkt in die Augen eines bärtigen, grobschlächtigen Mannes und erkannte in ihnen ein tückisches Glitzern, als dieser gar zu aufdringlich seine Schuhe und den Mantel beäugte.

Hubert, pass auf, der will dich beklauen! Dieser Gedanke schoss sofort durch seinen Kopf und auf diese Weise vorgewarnt, legte er sich vollständig angezogen ins Stroh, seinen Seesack als Kopfkissen benutzend. Den Beutel in dem sich seine Papiere und das Geld befanden trug er an einem Lederband befestigt, um seinen Hals.

Bald herrschte völlige Dunkelheit in der Scheune, auch die letzten Nachtschwärmer hatten sich einen Platz gesucht und Stille breitete sich aus.

Den Feind austricksen hatte Hubert im Krieg gelernt, und das rettete ihn aus so mancher gefährlichen Situation. Er stellte sich schlafend, atmete bewusst gleichmäßig und täuschte ein leichtes Schnarchen vor. Es dauerte gar nicht lange, als das Stroh neben ihm raschelte und warmer Atem sein Gesicht streifte. Bloß jetzt die Nerven nicht verlieren, dachte er, der muss mich erst berühren. Kaum war der Gedanke zu Ende gedacht, da bemerkte Hubert kaltes Metall an seinem Hals. Instinktiv ergriff er den Arm des Angreifers, verdrehte ihn mit vollem Schwung – ein entsetzter Schrei, und es erklang das Geräusch eines fallenden Gegenstandes. Verkrümmt vor Schmerz lag eine Gestalt neben Hubert im Stroh. Der Schrei weckte alle Schläfer im Umkreis, und jemand beleuchtete mit einer Taschenlampe den Tatort.

„So ein Lumpenhund, der wollte dich abmurksen!" Einige Frauen aus einer Ecke der Scheune eilten herbei und redeten wild durcheinander: „Oh Gott, der arme junge Mann, den Krieg hat er überstanden und dieses Scheusal wollte ihn umbringen und bestehlen. Das kann auch jedem von uns passieren. Los, Männer, zeigt ihm, wie man mit solchem Dreck umgeht!" Eine der Frauen verpasste ihm noch einen kräftigen Tritt.

Hubert stand neben der Gruppe, die sich um das jammernde Elend im Stroh gebildet hatte. „Lasst ihn laufen, der hat seine Strafe weg, und mir ist ja nichts passiert!"

Zwei der umstehenden Männer ergriffen den Mann, der aufheulte, als sie unsanft seinen verletzten Arm berührten, dann warfen sie ihn aus der Unterkunft.

Einen Zwischenfall würde es diese Nacht bestimmt nicht mehr geben. Mit diesem Gefühl schlief Hubert endlich ein.

Am nächsten Morgen machte er sich auf den Weg und erreichte per Anhalter die Stadt Braunschweig. An den nächtlichen Zwischenfall dachte er schon nicht mehr.

Überall während seiner Fahrt sah er die zerstörten Städte, die Ruinen, die hungernden Menschen und die Wunden, die der Krieg geschlagen hatte. In ihm breitete sich beim Anblick von diesem Elend zum ersten Mal eine Hoffnungslosigkeit aus, die er zuvor so noch nicht gekannt hatte.

Viele ausweglos erscheinende Situationen ergaben sich für ihn in den vergangenen Jahren, und immer fand sich ein Weg, sie zu bewältigen.

Doch wie sollte man dieses zerschundene Land wieder aufbauen, diese unersetzliche, über viele Jahrhunderte bestehende Kultur, die schon so vielen Anstürmen Stand gehalten hatte und nun binnen weniger Minuten zu Schutt und Asche verwandelt wurde. Diese barbarische Vernichtung war unverzeihlich.

Verzagt und entmutigt setzte er seinen Weg fort, und nur der Gedanke, seine Familie zu finden, gab ihm neuen Antrieb.

Deutschland war inzwischen von den Siegermächten in vier Zonen aufgeteilt worden, und aus Friedels Brief wusste Hubert, dass sie in Seeburg bei Eisleben, in Sachsen-Anhalt, eine neue Heimat gefunden hatte. Sachsen-Anhalt gehörte nun zur so genannten russischen Zone. Sein weiterer Weg führte ihn deshalb von Braunschweig über den Südharz, durch besetzte Gebiete bis nach Ellrich, fast alles zu Fuß, weil teilweise die Zugverbindungen ausfielen. In Ellrich auf dem Bahnhof, wo er auf einen Zug wartete der in Richtung Nordhausen fuhr, fand gerade eine Razzia statt.

Eine Patrouille russischer Besatzer suchte deutsche Männer, die an den Weihnachtstagen im Objekt der Offiziere arbeiten sollten. Von einem Bahnwärter, erfuhr Hubert, dass die Festgenommenen zum Holz beschaffen und zum Holzhacken eingesetzt wurden, um damit die Öfen in den Wohnbereichen der Besatzer zu beheizen. Bäume fällen und für andere arbeiten, davon hatte Hubert genug. Er sah zu, dass er so schnell wie möglich das Weite suchte, um von der Bildfläche zu verschwinden.

Immer in Deckung bleibend, wie er es einmal gedrillt bekam, entging er den Häschern und legte an die acht Kilometer zurück, bis der nächste Bahnhof in Sicht war.

Ungeduldig wartete der Heimkehrer, als endlich ein Zug einfuhr, der ihn auf der Strecke Nordhausen – Sangerhausen – Eisleben – Erdeborn bis nach Oberröblingen brachte. Nun trennte ihn nur noch ein Fußmarsch, so an die sieben Kilometer, von seinen Lieben.

Der „Süße See", an dem Hubert entlang marschierte, war teilweise zugefroren, und das Seeburger Schloss lag, fast wie im Märchen, tief verschneit in der beginnenden Abenddämmerung vor ihm. Einige Kinder befanden sich noch nahe am Ufer auf dem Eis. Sie saßen auf ihrem

Schlitten und bewegten sich damit ziemlich schnell über die Eisfläche, in jeder Hand einen Stock, an dessen Ende ein langer Nagel zu erkennen war, damit stakten sie sich geschickt vorwärts. Das erinnerte Hubert an seine eigene Kindheit, auch er und seine Freunde machten damals Gebrauch von dieser einfachen Erfindung. Die Erinnerung an die längst vergangene heile Welt ließen ihn kurz verharren, verdrängten augenblicklich alle durchlebten, unheilvollen Ereignisse, die nach der langen Zeit der Trennung auf ihn eingestürmt waren. Trotzdem kam Hubert alles so unwirklich vor, sollte er hier in diesem Schloss, wirklich seine Friedel und all seine Lieben wiederfinden?

Vielleicht war alles nur ein Traum, und er würde gleich aufwachen und das verhasste „Stillgestanden" vernehmen?

Es war kein Traum, nur einen Tag vor „Heilig Abend", am 23.12.1946, stand Hubert vor einer kleinen, unscheinbaren Tür im Seeburger Schloss und klopfte an. Dahinter hörte er eine Kinderstimme rufen: „Das ist bestimmt der Weihnachtsmann."

Er öffnete zaghaft die Tür nach dem einladendem „Herein", stand mit dem Seesack über der Schulter einen Augenblick still und ließ den Anblick der gemütlichen Runde am Tisch auf sich einwirken.

Alle schauten in seine Richtung, aber sie erkannten ihn nicht sofort, weil gerade mal wieder Stromsperre war, brannten nur Kerzen auf dem Tisch, und Hubert stand im Schatten der Tür. Mit seinem dunklen Mantel aus dickem Stoff, den er vor der Entlassung erhalten hatte, der Schirmmütze mit den heruntergeklappten Seitenteilen gegen die winterliche Kälte und dem bärtigen Gesicht wirkte er wie einer der vielen Händler aus der nahe gelegenen Stadt. Täglich klopften welche an den Haustüren, um irgendwas von ihrem persönlichen Besitz einzutauschen, gegen Lebensmittel, die es kaum noch gab. Auf dem Lande hatte man da noch die größte Chance, an etwas Essbares zu gelangen. Doch auch die Landbevölkerung hatte nichts im Überfluss, deshalb rief Klara in Richtung der Tür: „Heute haben wir nichts zu tauschen, versuchen sie es bei den Nachbarn."

„Eigentlich habe ich gar nichts zu tauschen, ich wollte nur meine Familie wieder sehen", antwortete Hubert.

Schon nach den ersten Worten warf Friedel die Handarbeit mit der sie sich intensiv beschäftigt hatte auf den Tisch, richtete den Blick mit ihren erstaunten Augen auf die Gestalt an der Tür und stürzte mit einem glücklichen Aufschrei in diese Richtung.

Ehe er wusste, wie ihm geschah, legten sich zwei warme Hände um sein Gesicht und ein Lippenpaar, so zart und weich, küsste ihn immer und immer wieder.

„Hubert, mein lieber, lieber Hubert, nun bist du endlich da, und alles wird gut", flüsterte ihre vertraute Stimme an seinem Ohr.

So lieb konnte nur seine Friedel sein, dachte er noch, dann war er schon umringt von der ganzen Familie. Zaghaft hatte sich auch Inge genähert, denn in der langen Zeit der Trennung war ihr der Vater fremd geworden, doch als er sie an sich zog und umarmte, da war der Bann gebrochen. In seinem Kinderbett stand der zweijährige Karli, der eigentlich schon schlafen sollte, und rief mit heller Stimme: „Heute, Murgen, Weimann kummt!" Die ganze Runde lachte und übersetzte für Hubert: „Morgen kommt der Weihnachtsmann."

Als die herbei geeilten Nachbarn das Zimmer betraten, stand Hubert in der Mitte des Raumes, hatte die Arme um Inge und Karli gelegt, und an ihn schmiegte sich die glücklich lächelnde Friedel.

Von so einem Wiedersehen hatte er lange geträumt, vereint mit seiner kleinen Familie, den Eltern, dem Bruder und all den Freunden aus der ehemaligen Heimat.

Endlich, das Ende einer Odyssee, die der Krieg ihm, seiner Familie und den Millionen unschuldiger Menschen aufgezwungen hatte.

Ein Neuanfang konnte beginnen – jedoch ohne ein Vergessen!

Ingeborg Schmelz
Juli 2010

Teil II

Aus der Heimat in die Ferne
Chronik einer Flucht

Die Ereignisse dieser chronologisch ablaufenden Handlung sind authentisch.

Die Verfasserin, Ingeborg Schmelz, musste ihre Heimatstadt Lüben in Schlesien mit ihrer Mutter Friedel und ihrem Bruder Karl-Heinz am 28. Januar 1945 verlassen und hat die Flucht, so wie geschildert, erlebt.

Die eigenen Erinnerungen und Erlebnisse, vertieft und gefestigt durch Nachfragen und Schilderungen aller Beteiligten der Erzählung, vor allem von ihrer Mutter Friedel und ihrem Vater Hubert, wurden in diesem Buch zusammengefasst.

Vorwort

Am Ufer des Süßen Sees hatte Inge einen Lieblings-
platz, den sie immer dann aufsuchte, wenn sie etwas be-
drückte oder zu sich selbst finden wollte.

So auch heute, an einem freundlichen warmen
Herbsttag. Vor einiger Zeit jährte sich der Todestag ihrer
geliebten Mutter und sie hatte es noch nicht geschafft,
diese Trennung zu verarbeiten. Zu stark war die Bindung
beider gewesen, durch gemeinsam überstandene Gefahren und Leiden als Vertriebene aus ihrer Heimat.

Fast magisch zog es Inge hierher, an den Platz am
See, den sie schon seit ihrer Kindheit kannte. Der große,
felsenartige Stein war ein guter alter Vertrauter. Er lag
gewiss schon eine Ewigkeit an dieser Stelle am Ufer und
wurde von dichtem Gebüsch vor neugierigen Blicken
geschützt. Sie wählte ihn, wie immer bei ihren Besuchen,
als Ruheplatz.

Ihr Blick wanderte über die glitzernde Fläche des
Sees und ein lauer Wind strich über das ergraute, halblan-
ge Haar. Sie zog den Schal etwas fester um ihre Schultern,
genoss die Stille der Natur und gab sich ihr völlig hin. Die
Lichtreflexe der Sonne auf dem Wasser zauberten eine
besondere Stimmung, die durch das gleichmäßige Geräusch der sanft heran rollenden Wellen noch verstärkt
wurde.

Lange Zeit sah die Betrachterin gedankenverloren
dem Spiel vom Kommen und Gehen der Wellen zu. Sie
umspülten den alten, bemoosten Stein und zogen sich

beim Herannahen der nächsten Welle, über den schmalen Strand, in den See zurück.

Auch ihre Erinnerungen hatten sich im Laufe der Jahre in den hintersten Winkel ihres Gedächtnisses zurückgezogen. Nun, beim Anblick dieses Naturspiels, wurden sie Stück für Stück wieder freigegeben, wie das Wasser aus der Tiefe des Sees für die sich stetig neubildenden Wellen. So, wie sich Welle an Welle reihte, machten es auch Inges Gedanken. Sie schufen Bilder und Geschehnisse aus längst vergangenen Zeiten. Auf einmal war alles ganz nah, als wäre es erst gestern gewesen...

Chronik einer Flucht

Schon über fünf Jahre tobte der Zweite Weltkrieg und brachte Tod und Verderben über die Menschheit. Es war Ende Januar 1945, eisige Kälte beherrschte das Land.

Das ferne Grollen und die dumpfen Einschläge der Geschosse hörte man schon seit Tagen. Es erinnerte an ein sich näherndes Gewitter, das sich bald wieder verzog. Die Einwohner der kleinen Stadt Lüben in Niederschlesien verdrängten die Gedanken an Krieg und Frontlinien. Das Leben und die Geschäftigkeit gingen fast so weiter wie bisher.

Ab und zu bildeten sich zwar kleine Menschenansammlungen, man hörte Worte wie „Truppenbewegungen", „Russen" und „Evakuierung", doch die Nachrichten waren vage und verhalten. Es war auch strengstens verboten, Negatives über die Kriegslage zu verbreiten, bei

Missachtung musste man mit harten Bestrafungen rechnen.

Der Rundfunk meldete fast stündlich den Rückschlag des Feindes durch die heldenhaft kämpfende deutsche Wehrmacht. Zwischenzeitlich ertönten Schlager, sogenannte Gassenhauer und Operettenmelodien, zur Aufmunterung und Ablenkung der Bevölkerung vom Kriegschaos. Keiner, oder nur ganz wenige der Einwohner glaubten, dass sie und ihre Stadt bedroht wären.

So auch Friedel, die am Wohnzimmertisch in ihrer kleinen Mietwohnung saß und einen Brief an ihren Hubert schrieb. Sie vermisste ihn sehr und war in Gedanken täglich bei ihm. Sehnsüchtig dachte sie an die vergangenen, schönen, gemeinsamen Jahre. Sie hatten kurz vor Ausbruch des Krieges geheiratet. Friedel war zwanzig und Hubert fünfundzwanzig Jahre alt. Er arbeitete als Geselle in einer renommierten Fleischerei mit dazugehöriger Gastwirtschaft in Lüben. Hier lernte Hubert seine Friedel kennen. Sie half im Haushalt der Familie, übernahm teilweise die Kinderbetreuung und bediente auch die Kundschaft im Laden, deshalb sahen sie sich täglich. Schon bald verabredeten sich beide zu Kinobesuchen und Tanzveranstaltungen, und aus der anfänglichen Zuneigung entwickelte sich eine große Liebe.

Ihre Begegnung verdankten die beiden dem Schicksal, denn Friedels Lebensweg sollte eigentlich eine andere Richtung nehmen. Nach dem Abschluss der Schule vermittelte ihre Mutter Klara, die zeitweise als Köchin im Schloss von Schwarzau tätig war, ihr eine Stelle als Zimmermädchen bei Frau von Wallenberg. Diese fand Gefallen an Friedels gutem Benehmen, der netten zurückhaltenden Art und Ausstrahlung und stellte sie sich als ihre zukünftige Zofe und Reisebegleiterin vor. Die entsprechende Ausbildung sollte der Privatlehrer ihrer Kinder übernehmen. Allerdings äußerte Mutter Klara Bedenken, Friedel war noch sehr jung und unerfahren. Die vielen Gesellschaften und Empfänge zogen sich bis in die Morgenstunden hinein und ihre Teilnahme war unablässig. Man sah ihr schon jetzt die Überbeanspruchung an, die Bedienung der Gäste und der wenige Schlaf hatten Spuren hinterlassen. Die besorgte Klara bat um ein Gespräch mit Frau von Wallenberg, die anschließend leicht enttäuscht, aber mit viel Verständnis und im guten Einvernehmen Friedel von ihrem Dienst im Schloss entband. So kam es zu der Anstellung in der Stadt, wo sich Hubert und Friedel fanden.

Ein Jahr nach der Hochzeit ging beider Wunsch in Erfüllung. Töchterchen Inge erblickte das Licht der Welt und Eltern zu sein war für sie eine neue aber schöne Erfahrung. Diese Zeit zu Dritt dauerte leider nicht lange an, denn der inzwischen ausgebrochene Krieg forderte seinen Tribut und machte all ihre Wünsche und Pläne zunichte.

Hubert bekam, drei Monate nachdem er Vater geworden war, den Einberufungsbefehl. Dieses Schriftstück war der Alptraum vieler Familien. Man wusste nie, kehrte der Vater oder Sohn gesund, vor allem jemals wieder nach Hause zurück. Friedel und Hubert, bisher von Schicksalsschlägen verschont geblieben, waren besonders betroffen. Paul, der fünf Jahre jüngere Bruder von Hubert, wurde kurz nach Inges Geburt bei einem Spähtruppeinsatz in Belgien getötet. Er war ein lebensbejahender, lieber Mensch und hatte noch so viel vor. Erst zwanzig Jahre alt, hinterließ Paul seine Frau Liesel und Gottfried, seinen kleinen Sohn.

Der Krieg kannte kein Mitleid, so auch nicht mit Hubert und seinen Lieben. Nun musste auch er, weil man ihn dazu zwang, in diesen unheilbringenden Krieg ziehen. Abgesehen von einem Kurzurlaub, befand er sich schon viele Monate fern seiner Heimat und stets in Gefahr. Nur die Briefe, die sich Hubert und Friedel schrieben, gaben Trost und Hoffnung in dieser schweren Zeit. So vergingen drei Jahre voller Sehnsucht und Angst, als Hubert endlich einen längeren Heimaturlaub erhielt. So schön wie das Wiedersehen war, so schwer fiel der Abschied. Beide quälte die Sorge, dass er vielleicht nicht mehr zurückkehrte, wie so viele seiner Kameraden.

In ihrer Verzweiflung dachte Friedel an den Schutzbrief, ein Vermächtnis ihrer Großmutter, und sie bat Hubert dieses Schriftstück an sich zu nehmen. Dieses wertvolle Dokument hatte, laut Überlieferung, schon vielen Generationen der Familie geholfen. Es stammte aus dem Jahr 1724, wurde weiter vererbt, und Friedel erhielt es aus den Händen ihrer geliebten, sehr gläubigen Großmutter Pauline. Dieses geweihte Pergament würde auch ihren Hubert vor allen Gefahren beschützen und sie steckte es in die Brusttasche seiner Uniform. Friedel glaubte fest an die Kraft des Schutzbriefes, denn auch ihr Vater Hermann trug ihn im ersten Weltkrieg bei sich und kehrte gesund nach Hause zurück. Glaube macht Mut und tröstet in den schwersten Stunden.

Hubert befand sich im feindlichen Gebiet, im fernen Russland, als das Schicksal zuschlug und dieser Brief ihn vielleicht vor dem Tod bewahrte. Der Einschlag einer feindlichen Granate im Gefechtsstand kostete vielen seiner Kameraden das Leben.

Er selbst wurde durch Splitter am Bein, hauptsächlich am Oberschenkel, schwer verletzt. Zum Glück war ein Rot-Kreuz-Lastwagen in der Nähe der die Verwundeten, trotz heftig anhaltendem Beschuss, aus der Gefahrenzone brachte. Die verletzten Soldaten saßen oder lagen wo gerade Platz auf der Ladefläche war. Hubert lag in der Nähe einiger, geladener Benzinfässer und bei der eiligen, hektischen Zickzackfahrt um die ausgehobenen Schützengräben und Einschlagkrater, rollte ihm eines der Fässer über das verwundete Bein. Der Aufprall verursachte einen zusätzlichen Beinbruch, und die heftigen Schmerzen versetzten Hubert in eine tiefe Ohnmacht. Erst im Lazarettzelt kam er wieder zu sich und ganz allmählich wurde ihm bewusst, in welch einer schrecklichen Lage er sich befand.

Trotz allem hatte aber Glück im Unglück mitgespielt – er lebte! Nach mehreren Operationen in den verschiedensten Krankenstationen russischer Städte, die zuvor von der deutschen Wehrmacht besetzt wurden, ging es mit einem Verwundetentransport endlich Richtung Heimat. Erst jetzt wurde ihm klar, dass ihn seine Verwundung vor der Teilnahme an der verheerenden „Schlacht von Stalingrad" bewahrt hatte, dem Grab tausender deutscher und russischer Soldaten. Griff vielleicht schon hier das Schicksal ein? Huberts nächste Krankenstation war Außig im Sudetengau. Er benachrichtigte Friedel, die ihn dort, in Begleitung seines jüngeren Bruders Erwin, schon zweimal besuchen konnte. Das Reisen in den Wirren des Krieges verlief aber nicht ohne Gefahren.

Bei einem ihrer Besuche bat Friedel deshalb um ein klärendes Gespräch mit dem leitenden Oberarzt, dem sie ihre Situation schilderte. Ihre Bitte wurde erhört und man genehmigte, dass Hubert in die Nähe ihrer Heimatstadt verlegt wurde. Nun sahen sie sich so oft es möglich war. Auch Inge durfte mit. Sie war schon drei Jahre alt und hatte ihren Vater selten gesehen, aber beide gewöhnten sich schnell aneinander.

Nach der Entlassung aus dem Krankenhaus und dem anschließenden Genesungsurlaub festigte sich die Bindung der kleinen Familie durch das viele Beisammensein bei den Ausflügen in die Umgebung. Die Besuche im Kreis der Familien von Friedel und Hubert waren Höhepunkte ihrer Unternehmungen, denn da gab es immer etwas zu bereden oder zu feiern.

Leider ging auch diese schöne Zeit viel zu schnell vorüber. Der Abschied nahte und wurde dieses Mal besonders schwer, denn Friedel war in guter Hoffnung. Sie wollte es so, ein zweites Kind von ihrem Hubert. Er sorgte sich sehr, wie wollte sie all das schaffen, ohne seine Hilfe und Anwesenheit? – Sie schaffte es! Mitte August 1944 wurde ihr Söhnchen geboren. Nun hatte auch Inge das lang ersehnte Geschwisterchen. Sie durfte auch den Namen aussuchen und entschied sich für Karl-Heinz. Sein Kosename wurde Karli. Die Nachricht von der Geburt des Sohnes erreichte Hubert in Wien, in Österreich, denn dort war seine neue Einheit stationiert. Beim nächsten Heimaturlaub war die Freude groß, alles war gut gegangen und die Familie zum Kleeblatt geworden.

Das war ein schöner Anlass, im Lübener „Atelier am Ring" ein Familienfoto machen zu lassen. Eins dieser

Bilder, zusammen mit dem Schutzbrief, trug Hubert nun immer bei sich. Es gab ihm Trost und Kraft, als er erneut, getrennt von seinen Lieben, hinaus musste, in diesen verhassten Krieg.

Friedel schaute sehnsüchtig auf das Foto von Hubert. Es zeigte ihn in seiner Uniform, die Mütze keck in die Stirn gezogen. Schmuck sah er aus. Der Brief an ihn war geschrieben, und sie wollte ihn gleich noch zur Post bringen. Inge spielte mit ihrer „Püppi" und Karli, so nannten sie inzwischen den kleinen Karl-Heinz, lag in seinem Babybett und schlief. Im Zimmer war es gemütlich warm, trotz der eisigen Kälte draußen und alles war so friedlich. Friedel zog den Mantel an und machte sich auf den Weg. Sie beeilte sich, denn die Kinder sollten nicht zu lange allein bleiben. Trotz Eile bemerkte sie Hektik und eine gewisse Unruhe auf den Straßen. Menschen, mit Gepäck beladen, hasteten vorbei, Soldaten, einzeln oder im Trupp, durchquerten die Stadt. Irgendwie war es anders als sonst, fast als drohte Unheil. Friedel erinnerte sich an den gestrigen Aufruf des Kreisleiters, dass die Einwohner ihre Stadt verlassen sollten. Sie wollte es nicht wahrhaben, sie ignorierte die Anweisung.

Heute bemerkte Friedel, dass die Anzahl der Trecks zugenommen hatte, auch einige Detonationen vom nahegelegenen Flugplatz beunruhigten sie. War die Warnung ihrer Mutter Klara berechtigt, wurde es zu gefährlich für sie und die Kinder? Den Beschuss einiger Orte, die im östlichen Kreisgebiet lagen, hörte man schon seit Tagen. Doch erst nachdem Flüchtlinge aus der Oderregion berichteten, wie nah sich die Front vor der Stadt befand, bezweifelte Friedel die Aussage der Parolen, die den erfolgreichen Widerstand der deutschen Wehrmacht verkündeten.

Als sie wieder zu Hause war, verspürte sie den Drang, alles Wichtige für eine längere Abwesenheit zusammenzusuchen, dabei weilten die Gedanken bei ihren Eltern. Gestern stand überraschend ihre liebe Mutter Klara vor der Tür. Sie war die sieben Kilometer lange Strecke von Schwarzau, ihrem Wohnort, bis in die Stadt, trotzt heftigen Schneetreibens mit dem Fahrrad gefahren. Das musste einen wichtigen Grund haben. Aufgeregt und völlig erschöpft von der Fahrt berichtete sie, dass Frau von Wallenberg die Leute vom Dorf dringend aufforderte, sich in Sicherheit zu bringen. Sie sollten alle Pferdegespanne, Planwagen und Fuhrwerke zu Trecks zusammenstellen und Schutz in den angrenzenden Wäldern suchen. Klara beschwor Friedel, mit den Kindern die Stadt zu verlassen und sich dem Treck anzuschließen. Es wäre noch Platz auf dem Planwagen der Eltern. Die Kinder hätten eine größere Überlebenschance bei der zurzeit herrschenden Kälte von minus zwanzig Grad. Sie wären geschützt in den mitgenommenen Decken und Federbetten. Auch für Friedel würde die Unterstützung durch die Familie von Vorteil sein. Lebensmittel und etwas Hausrat waren schon verstaut, am nächsten Morgen sollte es losgehen. Lange saßen Mutter und Tochter beisammen und besprachen das Für und Wieder. Friedel blieb bei ihrer Meinung, dass es in der Stadt sicherer wäre und konnte sich nicht vorstellen, ihr Zuhause aufzugeben. Zum wichtigsten Grund hier zu bleiben, zählte die ärztliche Betreuung der Kinder. Beide hatten Keuchhusten, der war für ein fünf Monate altes Baby ohne entsprechende Medikamente lebensgefährlich. Auch die Frage, wo Hubert sie finden sollte, falls sie ihr Heim verließ, machte ihr zu schaffen. Das überzeugte schließlich auch Klara und sie nahm weinend Abschied von Friedel und ihren Enkeln. Hoffentlich sahen sich alle bald gesund wieder.

Das war erst gestern und schon heute zweifelte Friedel an der Richtigkeit ihrer Entscheidung. Was sie auf den Weg zur Post gesehen hatte, verstärkte ihre Unruhe. Frau von Wallenberg, die Klara beim Gespräch erwähnt hatte, pflegte Beziehungen in die höchsten Kreise der Gesellschaft. Aus dieser Quelle erfuhr sie beizeiten, wenn Gefahr drohte.

Allmählich bereute Friedel ihre Absage, sich dem Treck, zu dem ihre Eltern gehörten, nicht angeschlossen zu haben. Nun war es zu spät und die Eltern befanden sich fast eine Tagesreise von ihrem Heimatort entfernt.

Sie musste eine Entscheidung treffen und holte den Koffer aus der Abstellkammer. Dokumente, samt warmer Kleidung für sie und die Kinder waren schnell verstaut. Die notwendigen Sachen wie Windeln, Fläschchen, Cremes und Pflegemittel für Karli, verstaute Friedel in einer großen Tasche. Einige haltbare Lebensmittel, wie Grieß, Zucker, Kakao, Milchpulver und Konserven fanden auch noch Platz. Das Töpfchen Schweineschmalz, vom letzten Schlachten auf dem elterlichen Hof fand auch noch eine Ecke. Zum Schluss steckte sie, einer Eingebung folgend, noch eine Packung Haushaltskerzen und Streichhölzer in die Seitentasche.

Inge sah mit staunenden Augen dem Treiben zu und fragte, ob sie verreisen wollten. Für ihr Alter von viereinhalb Jahren war sie schon sehr verständig und Friedel erklärte ihr, dass sie vorübergehend von zu Hause weg müssten.

Durch die Gespräche der Erwachsenen und das manchmal so traurige Gesicht von Mutti Friedel ahnte Inge, dass der Krieg etwas ganz Schreckliches und Böses war. Nur durch seine Schuld sah sie Vati Hubert so selten. Vor einiger Zeit erhielt auch sein Bruder Erwin, ihr Onkel, mit knapp siebzehn Jahren den Einberufungsbefehl an die Front. Inge vermisste auch ihn sehr, er hatte sie oft zu seinen Eltern, ihrer Oma Selma und Opa Paul nach Mallmitz geholt. Im Sommer mit dem Fahrrad und im Winter mit dem Schlitten. Bei diesem Unternehmen ging es immer recht lustig zu, nun war er weit weg und auch sie sollten ihr Zuhause verlassen? Da mussten aber als Trost die geliebte Püppi und die Lieblingsfotos mit in den Koffer. Doch der war so voll gepackt, die Fotos gingen noch rein, für ihre Püppi gab es leider keinen Platz mehr. Friedel tröstete, dass sie doch bald zurückkommen würden und Püppi im Puppenbett solange schlafen konnte. Der Abend verlief im gewohnten Gang, der kleine Karli wurde gebadet und Inge durfte ihm das Fläschchen geben. Sie machte das gern, denn sie liebte ihren Bruder. Nachdem Ruhe eingekehrt war, ging auch Friedel zu Bett.

Sie schlief unruhig und war sofort wach, als es an der Tür klopfte und jemand ihren Namen rief. Es waren die Nachbarn, reisefertig und sehr aufgeregt. Die Frau weinte und rief mit zitternder Stimme: „Friedel, wir müssen weg. Die Russen haben bei Steinau die Oder überquert und nähern sich der Stadt. Die machen alles nieder, nehmen keine Rücksicht, auch nicht auf Kinder, pack schnell das Nötigste, auf dem Bahnhof stehen Züge bereit, wir müssen alle flüchten!"

Ganz benommen stand Friedel im Zimmer. Die Kinder waren wach geworden, und Karli bekam einen Keuchhustenanfall. Sie konnte gar nicht reagieren. Inge stand neben dem Bett, näherte sich langsam, noch benommen vom Schlaf und schmiegte sich ganz fest an sie.

Diese Geste rüttelte Friedel aus ihrer Hilflosigkeit und Verzweiflung. Die Kinder, das Wichtigste in ihrem Leben, brauchten sie und mussten in Sicherheit gebracht werden. Sie handelte fast automatisch, holte den Kinderwagen ins Zimmer, umwickelte die Matratze mit zwei dicken Decken und legte Karli, eingepackt in seine flauschige Babydecke, auf die warme Unterlage. Behutsam deckte sie ihn mit seinem Daunenbett zu. Man sah nur noch sein kleines Gesicht unter der Wollmütze hervorlugen. Die fertig gepackte Tasche kam ans Fußende des Wagens und der Koffer darüber, befestigt an der Griffstange. Das ergab zur Not einen Sitzplatz für Inge. Eine so genannte Pferdedecke platzierte sie so, dass diese bei Kälte und Schneesturm über das ganze Gefährt gedeckt werden konnte. Friedel zog sich und Inge die doppelte Menge Kleidung an, darüber die Wintermäntel, legte ihren Fuchskragen um den Hals und die goldene Uhr ums Handgelenk. Zuletzt hängte sie noch die an einem Band befestigten Blechtöpfchen an die Kinderwagenstange und steckte eine Schachtel Streichhölzer in die Manteltasche. Ein letzter trauriger Blick auf ihr gemütliches Heim, dann schloss Friedel die Wohnungstür ab, im Glauben an eine baldige Rückkehr.

Es war dunkel und eisigkalt, als sie mit den Kindern aus der Haustür trat. An ihr vorbei strömten Menschen mit Koffern bepackt, zogen Handwagen oder andere

Transportmittel hinter sich her, alle in eine Richtung – zum Bahnhof.

Friedel schloss sich der Menge an, schob mit einer Hand den Kinderwagen und an der anderen Hand hielt sie Inge, damit sie im Gedränge nicht verloren ging. Es war kurz nach Mitternacht, am 28. Januar 1945. Die Flucht nahm ihren Lauf.

Die Bahnhofshalle, vor allem die Bahnsteige waren von Menschen und Gepäck überfüllt. Der Lärm fast unerträglich, alles schrie und rannte durcheinander. Die Zugschaffner konnten sich kaum Gehör verschaffen. Der Zug war voll, nichts ging mehr, doch niemand kümmerte sich darum – nur weg.

Selbst als der Zug sich langsam in Bewegung setzte, hingen noch Leute wie Trauben an den Abteiltüren, weil sie unbedingt mitwollten. Panik und Angst besiegte die Vernunft, nachdem durch neueste Parolen verbreitet wurde, die ersten Dörfer vor der Stadt wären vom Feind überrannt worden. Die Fahrt des Zuges wurde schneller, einige Leute ließen den Haltegriff los und stürzten auf den Bahnsteig. Die Rücklichter des letzten Wagens entschwanden im Dunkel der Nacht. Viele enttäuschte Zurückgebliebene sahen dem Zug hinterher, auch Friedel gehörte zu ihnen. Sie hatte es nicht geschafft mit den Kindern in ein Abteil zu gelangen und fast wäre es noch zu einer Tragödie gekommen. Hilfreiche Hände hatten den Kinderwagen, samt Karli, in den Zug gehoben und geschoben, Friedel mit Inge an der Hand stand aber noch auf dem Bahnsteig. Die rücksichtslose Menschenmenge drängte rechts und links der Zugtür dermaßen, dass es für beide unmöglich war, ins Abteil zum Kinderwagen zu gelangen. Friedel hielt Inge noch fester an der Hand und kämpfte sich wie eine Löwin durch das Gedränge. Fortwährend rief sie durch die noch offene Tür, dass die Leute den Wagen wieder herausgeben sollten. Keiner reagierte, jeder dachte nur an sich. Unglücklicherweise hatten dutzende Menschen die Plattform zum Ausgang blockiert. Der vorbeieilende Zugbegleiter bemerkte die Szene und griff helfend ein. Der Kinderwagen mit dem schreienden Karli landete wieder auf dem Bahnsteig, kurz bevor der Zug sich in Bewegung setzte. Es war noch mal alles gut gegangen und Friedel machte die Erfahrung, wie schnell und grausam das Schicksal zuschlagen konnte. Nachdem sie sich langsam von diesem Schock erholt hatte und ruhiger wurde, kam wieder Bewegung in die wartende Menschenmenge. Der nächste herannahende Zug gab laute, schrille Signale und hüllte alles in eine dichte Qualmwolke, als er anhielt. Das Gedränge und Gezanke ging von neuem los, aber dieses Mal gelang es Friedel mit den Kindern in eins der Abteile zu kommen. Es war bitterkalt, doch die dicht zusammen gedrängten Menschen wärmten sich gegenseitig. Um Inge warm zu halten, knöpfte Friedel den Mantel auf und zog sie ganz nah an ihren Körper. Erst jetzt bemerkte sie, dass ihr schöner Fuchskragen fehlte. Irgendjemand hatte ihn im Gedränge abgerissen – auf nimmer Wiedersehen. Trotz der schlimmen Situation, in der sie sich befand, war Friedel traurig über den Verlust. Den Kragen hatte sie, gemeinsam mit dem symbolischen Ring, als Verlobungsgeschenk von ihrem Hubert erhalten. Hoffentlich war der Verlust kein schlechtes Omen. Aber was zählen schon materielle Dinge, wenn es ums nackte Überleben geht. Die Hauptsache war, dass der Zug endlich losfuhr und sich mit jedem zurückgelegten Kilometer immer weiter von der nahenden, unheilbringenden Front entfernte.

Das gleichmäßige Fahrgeräusch des Zuges, und die überstandenen Aufregungen ließen Friedel einnicken. Sie hatte sich eine kleine Ecke auf der Sitzbank erkämpft und Inge auf den Schoß genommen. Der Kinderwagen mit Karli stand dicht neben ihr, nun konnte sie endlich ein wenig Ruhe finden. Selbst das Stimmengewirr der vielen Menschen um sie herum störte nicht, ihre Erschöpfung war einfach zu groß. Erst die kreischenden Bremsen des Zuges schreckten Friedel auf, sie war doch tatsächlich eingenickt. Beim Blick aus dem Abteilfenster erkannte man in der Morgendämmerung einen Bahnhof. Das Ortsschild war durch die angelaufenen Scheiben kaum zu sehen, aber bald, nachdem der Zug stand, erfuhren die Leute wo sie sich befanden. Es war eine kleine Stadt in der Oberlausitz. Aus dem Lautsprecher des Bahnhofs ertönte die Ansage, dass alle Personen den Zug verlassen sollten, um weitere Anweisungen auf dem Bahnsteig entgegenzunehmen. Plötzlich kam Bewegung in die Massen, jeder drängte zum Abteilausgang. Kinder weinten, weil sie von ihren Angehörigen getrennt wurden, und es gab Verletzungen durch umhergestoßene Gepäckstücke. Schwierig wurde es auch für Friedel mit Inge und dem Kinderwagen unbeschadet aus dem Zug zu gelangen. Hilfe erhielt sie von einem älteren Mann, doch bevor sie sich bedanken konnte, verlor sie ihn im Gewühl aus den Augen.

Auf dem Bahnsteig wimmelte es vor Menschen, man konnte weder vor, noch zurück. Erstaunlich war für alle die große Anzahl der Soldaten, die mit ihrem Marschgepäck in Reihe und Glied vor dem nun leeren Zug standen. Eine Erklärung brachte die nächste Ansage aus dem Lautsprecher. Der Zug wurde für den Truppentransport gebraucht, das hatte Vorrang. Ob ein Ersatzzug für die Weiterfahrt der Flüchtlinge später zur Verfügung stehen würde, teilte man den in eisiger Kälte verharrenden Menschen nicht mit. Laute Protestrufe schallten über den Bahnhof, aber eine Lösung aus der Misere gab es nicht.

Inzwischen verteilten Helferinnen der Bahnhofsmission an die frierenden Leute warme Getränke. Friedel ergatterte einen Becher Tee für sich und für Inge Kakao. In kleinen Schlucken genossen sie das erste Warme seit Stunden. Leider bekam Inge einen dieser schrecklichen Keuchhustenanfälle und erbrach das eben Getrunkene, teilweise auch über ihre Kleidung. Eine der Helferinnen beobachtete zufällig diesen Vorfall. Sie hatte Mitleid und bahnte sich unter großer Mühe einen Weg zu Friedel und den Kindern. Gemeinsam schob sich die kleine Gruppe durch die Menschenmenge bis zur Bahnhofsmission. Im Toilettenvorraum, in dem sich auch mehrere Waschgelegenheiten befanden, standen zwei provisorisch aufgestellte Tische, auf denen Babys und Kleinkinder versorgt werden konnten. Nachdem Friedel, so gut es ging, Inges Mantel gereinigt hatte, kümmerte sie sich um Karli. Endlich hatte sie die Möglichkeit den schon geröteten Po von ihm zu reinigen und neu zu windeln. Das war längst überfällig. Hunger und Durst meldeten sich auch bei ihm und durch kräftiges Schreien, unterbrochen von Hustenanfällen, forderte er sein Recht. An Weiterfahrt war noch immer nicht zu denken.

Die Menschen am Bahnsteig standen noch immer ziellos herum, sie warteten ab, wohin sie das Schicksal verschlagen würde. Der Warteraum des Bahnhofs war schon überfüllt, doch irgendwie, mit ein bisschen Glück, fand Friedel eine kleine Nische. Platz genug auch für den

Kinderwagen. Karli weinte und jammerte erneut, deshalb begab sich Friedel auf den Weg in die Missionsküche. Man erfüllte ihre Bitte nach Milch und sie bereitete die Nahrung für Karli zu. Zuvor hatte sie einer Frau, die ihr vertrauenswürdig erschien, die Kinder anvertraut, um bis zu ihrer Rückkehr auf sie zu achten.

Die Frau achtete aber mehr auf die Tasche und deren Inhalt, als Friedel die Sachen zur Zubereitung von Karlis Fläschchen heraussuchte. Das war zu verlockend, etwas mitgehen zu lassen, solange sie mit den Kindern allein war. Inge konnte es nicht verhindern, sie weinte bittere Tränen als Friedel zurückkehrte. Die Frau war von der Bildfläche verschwunden, mit ihr einige Konserven und das kostbare Fetttöpfchen. Liebevoll nahm Friedel ihre Inge in die Arme, tupfte behutsam die Tränen aus dem kleinen Gesicht und beide beschlossen, in Zukunft nicht mehr so schnell Fremden zu vertrauen.

Karli bekam nun sein Fläschchen und schlief zufrieden ein. Die mitgebrachten belegten Brote aus der Missionsküche und die warme Milch, waren das beste Mittel den Kummer über den Verlust ihrer Habseligkeiten zu lindern. So verbrachten sie schon einige Zeit in der Enge des Warteraumes, als sie trotz des Lärmpegels im Raum, ein sich öfter wiederholendes Stöhnen und Wimmern vernahmen. Es kam aus einer Ecke die notdürftig mit einigen Decken und Tüchern vor neugierigen Blicken geschützt war. Aus dem Stöhnen wurde lautes Schreien in immer kürzer werdenden Abständen. Die Anzeichen wiesen darauf hin, dass eine Geburt bevorstand. Verängstigt von dem ungewohnten Vorgang und dem Verhalten der Erwachsenen, drängten sich die Kinder an ihre Mütter und auch Inge griff nach Friedels Hand. Irgendwann hörte das wehleidige Jammern auf, das Weinen eines

Neugeborenen ertönte, alles war gut gegangen. Im Warteraum wurde es, trotz der vielen Menschen, auf einmal sehr ruhig. Einige Frauen kümmerten sich um die Wöchnerin und das Baby, andere flüsterten miteinander, aber die meisten blickten nur still vor sich hin. Vielleicht erinnerten sie sich an die Geburt der eigenen Kinder oder waren in Gedanken bei ihren Männern und den viel zu schnell erwachsen gewordenen Söhnen an der Front.

Auf der einen Seite wird neues Leben geboren, auf der anderen Seite so sinnlos geopfert. Viele kamen mit diesem Schicksal nicht zurecht, – so auch der ältere, verhärmt aussehende Mann. Als der lang erwartete Zug den Bahnhof erreichte, warf er sich vor die noch fahrende Lok. Wie sich später herausstellte, war er es, der Friedel aus dem Zug geholfen hatte. Seine Familie war im Bombenhagel umgekommen und die Söhne waren an der Front gestorben.

Hatte dieser tragische Vorfall die Menschen auf dem Bahnsteig so geschockt oder war es die Erkenntnis, dass am Bahnhof kein Personenzug sondern ein Güterzug angekommen war? Keiner der Wartenden stürmte in die Waggons, einige sahen sich nur ratlos an. Erst als ein Schaffner zum Einsteigen aufforderte, kam Bewegung in die Menge. Das Drängen und Stoßen wurde immer brutaler und forderte sogar Opfer. Um die nachströmenden Leute vom Einsteigen abzuhalten, zogen die Insassen der schon vollen Waggons mit voller Wucht die Schiebetüren zu, ohne Rücksichtnahme wer oder was dazwischen geriet. Einem Flüchtling sind bei dem Vorgang die Hand und einem anderen drei Finger abgequetscht worden. Der Anblick war fürchterlich und was weiter mit ihnen geschah, erfuhr man nicht, weil jeder mit sich selbst zu tun hatte.

Irgendwie schaffte es auch Friedel mit den Kindern in einen der Wagen zu kommen und sie war froh, dass es kein offener Waggon war. In seinem Inneren herrschte jedoch ein ekelerregender Geruch, den das ausgebreitete, verschmutzte Stroh verbreitete. Im dichten Gedränge versuchte sie einen geeigneten Platz zu finden. Dunkelheit machte sich breit, nachdem die Waggontür geschlossen wurde, nur ab und zu leuchtete jemand mit einer Taschenlampe, wenn etwas gesucht wurde. Die ganze Situation war erniedrigend und unmenschlich. Um seine Notdurft zu verrichten, musste man sich in einer Ecke, auf eine Art Tonne mit provisorischem Sitz hocken, – von Menschenwürde keine Spur. Der Zug fuhr schon einige Zeit, jedoch mit geringem Tempo, hielt oft an und niemand wusste, wo man sich befand. Ab und zu öffnete einer der Insassen einen Spalt breit die Schiebetür, um etwas zu sehen, doch sofort protestierten die Anderen wegen der eindringenden Kälte. Außerdem sah man kaum etwas, denn die Dämmerung ging über in tiefe Dunkelheit. Eine zweite, unruhige Nacht, mit wenig Schlaf stand allen bevor. Wer die Möglichkeit hatte saß auf seinem Gepäck, andere im schmutzigen Stroh, was spielte das schon für eine Rolle in dieser unwürdigen Lage. Friedel setzte sich auf den Koffer, den sie vom Kinderwagen heruntergenommen hatte, legte eine zusammengerollte Decke auf den gepolsterten Rand des vorderen Wagenteils, das ergab einen Sitzplatz für Inge. Die Füße konnte sie unter die Zudecke von Karli schieben, so hatte es das Mädel schön warm. Auf diese Weise verbrachten sie die Nacht und auch Karli schlief bis zum Morgen.

Viele der Leute dösten noch im Halbschlaf, als der Zug mal wieder hielt. Die Waggontür wurde ruckartig von außen geöffnet und ein Mann in Eisenbahneruniform machte mit schrillen Pfiffen aus der Trillerpfeife auf sich aufmerksam. Er verkündete, dass die Fahrt zu Ende sei und ab jetzt ginge es zu Fuß weiter. Eine Antwort auf die Frage, was los sei und wohin man sollte, wusste auch er nicht. Zögernd stiegen einige der Insassen aus und liefen ziellos am Zug entlang. Weit und breit gab es weder einen Bahnhof, noch einen Ort, wo man Informationen bekam.

In der Morgendämmerung zeigten sich die Umrisse einer Straße, die wahrscheinlich in den nächstgelegenen Ort führte. In der Nacht hatte es wieder geschneit und der Schnee knirschte unter den Füßen derer, die sich in Richtung Straße in Bewegung setzten. Friedel schloss sich dem kleinen Trupp an, vielleicht bekam sie im nächsten Dorf bei einem der Bauern ein bisschen Milch. Karli war hungrig und weinte schon eine Zeitlang vor sich hin.

Inge stapfte tapfer im Schnee der ihr bis zum Ansatz der hohen Schuhe reichte. Sicher hatte sie schon nasse Strümpfe und eiskalte Füße dachte Friedel und streichelte ihr mitfühlend über die geröteten, kalten Wangen.

Leider verloren sie schon bald die Leute vom Trupp aus den Augen, denn der Schnee stoppte immer wieder die Weiterfahrt des Kinderwagens. Er blockierte durch Verklumpen die Räder und das Schieben des Wagens wurde zur Qual. Als Friedel das Dorf endlich erreicht hatte, erwartete sie eine erneute Herausforderung. Die vor ihr liegenden Gehöfte wurden schon von den zuerst eingetroffenen Flüchtlingen, auch von denen die Friedel überholt hatten, belagert. Meistens blieben die Hoftore verschlossen, denn nur wenige Einheimische empfanden

Mitleid für die Heimatlosen und gaben etwas von ihren Nahrungsmitteln ab. Dort, wo man etwas verteilte, bildete sich sofort ein Menschenandrang und die Tore wurden schnell wieder verriegelt. Die Bauern hatten Angst vor den vielen Fremden, sie wussten ja nicht mit wem sie es zu tun hatten.

Auf die riesige Welle der Massenflucht war vor allem die ländliche Bevölkerung nicht vorbereitet.

So wurden die Bewohner in weiten Teilen des Landes vom Flüchtlingsstrom überrascht. Friedel blieb nichts anderes übrig, sie verließ die Hauptstraße und versuchte ihr Glück auf Nebenwegen, etwas weiter weg von den Massen. Sie schob und quälte sich durch den hohen Schnee zu einem etwas abseits stehenden Gehöft. Als sie zaghaft ans Tor klopfte, bellte ein Hund, aber sonst rührte sich nichts. Enttäuscht griff sie nach Inges Hand und wandte sich zum Kinderwagen, weil Karli wieder lauter weinte.

War es sein Schreien oder Friedels trauriger Abgang, jedenfalls öffnete eine ältere Frau eines der Fenster und forderte sie auf zu warten. Nach einigen Minuten erschien sie am Tor und holte die durchgefrorenen Bittsteller in das Haus. In der geräumigen Wohnküche konnten sie sich aufwärmen und die Fragen der hilfsbereiten Frau beantworten. Friedel berichtete von der nahenden Front, der Flucht aus ihrer Stadt, dem Aussetzen aus dem Zug in unbekanntes Gebiet, auch dass sie nun heimatlos waren und nicht wüssten, wie es weitergehen sollte.

Es tat gut einem einfühlsamen Menschen sein Herz auszuschütten, denn in den vergangenen Tagen hatte es fast nur Rücksichtslosigkeit gegeben.

Die Fürsorge der Frau Kunze, so hieß sie, und die Selbstverständlichkeit mit der sie bewirtet wurden, war etwas Unerwartetes und nichts Alltägliches. Friedel war gerührt. Sie konnte Karli baden und versorgen, Inges nasse Schuhe samt den Strümpfen fanden zum Trocknen einen Platz in der Nähe vom Küchenherd. Viel zu schnell vergingen die Stunden mit diesen Beschäftigungen und den geführten Gesprächen am Küchentisch. Der Tag neigte sich dem Ende und nach der Dämmerung wurde es schnell dunkel. Schon bald kehrten die restlichen Mitglieder der Familie Kunze von ihrer beruflichen Tätigkeit heim und zeigten sich erstaunt über den fremden Zuwachs im Haus. Es war der Hausherr und die zwei erwachsenen Töchter, sie hatten zwar schon von der Flüchtlingswelle gehört, waren jedoch der Meinung ihr Dorf läge zu abseits und sei nicht betroffen. Ihr Einverständnis, das Friedel mit den Kindern für eine Nacht bei ihnen bleiben könnte, erfolgte jedoch nach einem kurzen Zögern. Die kleine Kammer der Magd, die einen Tag dienstfrei hatte, sollte als vorläufiges Nachtquartier dienen. Am nächsten Morgen verabschiedete sich Friedel voller Dankbarkeit, und Frau Kunze drückte ihr noch einen Beutel mit Lebensmitteln in die Hand. Voller Mitgefühl schaute und winkte sie den Davonziehenden nach, bis die kleine Gruppe nicht mehr zu sehen war.

Tagelang irrte Fiedel mit den Kindern in der Gegend umher, von einem Dorf zum nächsten. Im ländlichen Raum kam man günstiger an etwas Essbares und an eine Übernachtungsmöglichkeit. Die Städte waren von Flüchtlingen überfüllt und Aufnahmestellen oder Quartiere gab es kaum noch. Von diesen Zuständen berichteten Leute, denen Friedel überall auf ihrem Weg begegnete. Manchmal schloss sie sich einem Treck mit vielen Pferdefuhrwerken an, dort fühlte sie sich sicherer und geborgener als in einer Meute fremder Menschen auf der Landstraße. Vor allem nachts, wenn sie keine Unterkunft gefunden hatte, war Friedel froh, in einer Treckgemeinschaft Schutz zu finden. Oft fiel auch eine Kleinigkeit Essen ab, wenn der Treck eine Pause einlegte, die Frauen vom Wagen kletterten, um sich die Beine zu vertreten und eine Mahlzeit anzurichten.

Da staunte Friedel, wie man mit ein paar Handgriffen einen provisorischen Ofen baute. Es reichten drei Back- oder Ziegelsteine, zur Not auch größere Feldsteine, die legten die Frauen so, dass in der Mitte eine Feuerstelle angelegt werden konnte auf die man den Kochtopf stell- te. Holzscheite und Backsteine hatten die meisten auf ihrem Wagen. Das Wasser zum Kochen lieferte der Schnee oder die nachgefüllten Wasserbehälter. So wurden einfache Mehlspeisen, Kartoffeln oder Nudeln mit wenig Aufwand zubereitet.

Friedel hatte schon öfter die erbettelte Milch für Karli und Inge mit Hilfe der mitgenommenen Kerzen ange- wärmt. Dass die Blechtöpfe Henkel hatten, war von gro- ßem Vorteil, trotzdem gab es einige Brandblasen an den Händen. Leider waren die Kerzen bis auf zwei kleine Reste aufgebraucht. Schon deswegen schätzte sie dieses neuerworbene Wissen, wie man eine Feuerstelle in der freien Natur errichtet.

Für die Nacht suchten sich die Leute vom Treck meis- tens einen Platz in der Nähe einer Scheune. Sie schützte vor Wind und Wetter, und im Stroh zu schlafen war wärmer und bequemer als auf dem Fuhrwerk. Auch für Friedel und die Kinder boten diese Orte die häufigste Übernachtungsmöglichkeit. Nie wieder fanden sie in den vergangenen Tagen so eine Gastlichkeit, wie in dem Heim der Familie Kunze.

Wenn sie nun vor fremden Haustüren stand und um etwas Milch, vielleicht auch ein Stück Brot bat, schickte man Friedel, ohne Mitleid mit den Kindern zu haben, weiter. So ging es von einem Gehöft zum nächsten, bis sich mal eine Familie erbarmte, ein wenig vom eigenen Essen abgab und Unterkunft für eine Nacht im Stall gewährte. Mit der Zeit gewöhnte sie sich an diese Umstände, bei den Tieren war es sogar wärmer, als in den großen Scheunen. Ein großer Vorteil war auch, dass es hier Wasser gab, oft nur in den Tiertränken, aber nicht zu Eis gefroren. Nun konnte Friedel, so gut es ging, den Karli reinigen, sich selbst und auch Inge waschen, sogar in einem alten Eimer die Windeln ausspülen. Zum Trocknen dafür eigneten sich die Balken im Stall.

Früh am Morgen, wenn die Tiere gefüttert wurden, fiel auch mal für die Obdachlosen eine warme Mehlsuppe ab, bevor sie weiterzogen ins Ungewisse. Manchmal, falls das Glück ihnen hold war, entdeckten sie auf ihrem Weg am Rand der Felder entlang eine angelegte Miete. Die Erdhügel kannte Friedel noch aus ihrer Kindheit. Auch ihre Eltern hatten auf diese Art Kartoffeln, Möhren und Rüben überwintert. Nach der Ernte im Herbst kamen die Erdfrüchte in eine ausgehobene Grube. Danach überdeckte man das Vorratslager schichtweise mit Stroh und Erde, bis es zu einem kleinen Erdhügel wurde. Auf diese Weise vor dem strengen Frost geschützt blieb das Gelagerte haltbar bis zum Frühjahr.

Not macht erfinderisch, vor allem darf man auch mal was Unerlaubtes tun, war Friedels Meinung. Das erklärte sie der staunenden Inge bei ihrem Vorgehen, an etwas Essbares zu gelangen. Flink buddelten dann beide mit klammen, kalten Händen, mal Kartoffeln, ein anderes Mal schöne, feste Möhren aus der Miete. An einem geeigneten Platz baute Friedel die Kochstelle genauso auf, wie es ihr die Frauen vom Treck gezeigt hatten. Stroh zum Entfachen des Feuers nahm sie nach jeder Übernachtung aus der Scheune mit. Friedel stopfte es zwischen Matratze und die Seitenwände vom Kinderwagen als Isolierschicht gegen die eisige Kälte. Drei Ziegelsteine lagerten griffbereit unter Karlis dicker Unterlage. Ein paar Holzscheite und Späne fanden sich fast immer in der Nähe der Bauerngehöfte, rund um die gestapelten Holzschober. Mit Stroh und den Holzspänen entfachte Friedel zwischen den aufgebauten Ziegeln ein Feuer, das sich bald nach Zugabe der Scheite zu einer kräftigen Glut entwickelte. Im daraufgesetzten Topf schmolz der eingefüllte Schnee in kurzer Zeit zu Wasser, darin kochte sie die Kartoffeln. Es dauerte schon eine ganze Weile bis sie gar waren, aber es ging. Auch Karli aß den zerdrückten Brei aus Kartoffeln, manchmal sogar mit etwas Milch. Der Topf zum Kochen war übrigens ein zerbeultes Soldatenkochgeschirr. Inge fand es im Straßengraben, als sich mal wieder das Rad vom Kinderwagen löste und dort landete. Der Wagen hatte unter der Last des Koffers, der Tasche und der Ziegelsteine sehr gelitten. Die langen Märsche durch den Schnee führten zusätzlich zu diesem Verschleiß, jedenfalls wurden die Abstände immer kürzer, in denen sich die Räder lösten. Die Stahlfedernippel, die sie an der Wagenachse hielten, hatten schon seit geraumer Zeit ihre Spannung eingebüßt. Friedel war in großer Sorge wie lange sie überhaupt noch damit fahren konnte.

Oft waren ihre Gedanken bei Hubert, ihren Eltern, den Schwiegereltern und sie fragte sich, wo sie sind und wie es ihnen geht. Bei jedem Treck der am Horizont auftauchte, wünschte sie sich, dass es der aus Schwarzau wäre, an den sich ja ihre Eltern mit ihrem Gespann angeschlossen hatten. Sicher zogen auch sie in Richtung Westen, denn die Wälder im Umfeld ihres Dorfes boten keinen Schutz mehr, seit die feindliche Linie so weit vorgedrungen war. Laut Gerüchten befand sich das ganze Gebiet Schlesien schon in der Gewalt des Gegners. Viele der Betroffenen, die es später noch geschafft hatten zu entkommen, berichteten von Gräueltaten ohne Ende. Dörfer wurden geplündert und angezündet, das zurückgelassene Vieh abgestochen oder in die Wälder gejagt. Am Schlimmsten betroffen waren jedoch all die Menschen, die ihr Heim, Haus und Hof nicht verlassen wollten oder konnten. Die Frauen, ob jung oder alt, wurden zu Freiwild. Ganze Horden von Besatzern fielen über sie her und vergewaltigten die Wehrlosen oft über mehrere Stunden. Vor den Augen der eigenen Kinder wurden deren Mütter geschlagen und geschändet. Griff jemand helfend ein, richteten die Täter die Waffe gegen diese Person oder erschlugen sie mit dem Gewehrkolben. Viele der misshandelten Frauen starben noch unter den Händen ihrer Peiniger. Opfern, die sich mit aller Kraft gegen die Misshandlungen wehrten, steckte man einfach ein Holzscheit oder irgendeinen Gegenstand ins Geschlecht, ließ sie liegen und verbluten.

Alles war schlimmer, als man es sich je vorstellen konnte. Die Bestie Krieg zeigte ihre Zähne und die Menschen entarteten. Diese Schilderungen trieben auch Friedel an, Schutz und eine feste Bleibe zu suchen. Vielleicht in einer großen Stadt, soweit würde es der Feind nicht schaffen, ohne von der deutschen Wehrmacht aufgehalten zu werden. – So waren ihre Gedanken.

Inzwischen befand sie sich in der Nähe von Dresden und wählte diese Stadt als vorübergehendes Ziel. Noch eine Nacht in der Scheune verbringen, die schon am Horizont auftauchte und am nächsten Tag wollte sie dann losziehen. Hoffentlich hielt Inge durch. Seit zwei Tagen machte sich Friedel Sorgen um sie. War es das wenige Essen oder die Kälte, schlapp und lustlos lief Inge neben dem Kinderwagen, hielt sich oft an der Wagenstange fest oder wollte eine längere Pause. Kurzerhand setzte Friedel sie vorn auf den Wagen und schob, schweißüberströmt nach dem anstrengenden Marsch, die schwere Fuhre in die Scheune. Es wurde schon dunkel und erschöpft, ohne was zu essen, fielen beide auf ihr Strohlager. Dicht aneinander geschmiegt, in ihre Mäntel gehüllt, die Pferdedecke um sich gewickelt, schliefen sie ein. War es Karlis Husten oder ein anderes Geräusch, Friedel wurde wach und horchte. Als sie schlief, waren noch andere Flüchtlinge gekommen und suchten Schutz in der Scheune, aber an solche Geräusche hatte sie sich gewöhnt, die störten sie nicht. Karli schlief auch fest und Inge lag ruhig atmend an ihrer Seite. Es war zwar dunkel, aber durch die Ritzen der Scheune schien der Mond, deshalb ließen sich deutliche Umrisse erkennen. In einem geringen Abstand, nur ein paar Meter von ihr entfernt, saß eine Gestalt.

Erst nachdem sich Friedels Augen an das schummerige Dunkel gewöhnt hatten, nahm sie eine Frau wahr, die leise vor sich hin weinte. Ab und zu wurde das Weinen von schweren rasselnden Atemzügen unterbrochen. Einen Augenblick lang überlegte Friedel wie sie sich verhalten sollte, schlafend stellen oder Hilfe anbieten. Sie entschied sich für Letzteres, als die Frau einen Hustenanfall bekam und nach Luft rang. Leise erhob sie sich und stützte die zitternde Frau, die etwa ihr Alter hatte. Während ihrer Hilfeleistung stellte sie fest, wie dünn und unterernährt die Frau war. Sie hatte sicher Fieber. Ihre Hände, die sie dankbar umklammerten, waren ganz heiß, obwohl sie keine Decke bei sich hatte und ihr Körper ziemlich dürftig bekleidet war.

Friedel wurde das Gefühl nicht los, dass ihr die Frau etwas mitteilen wollte. Behutsam legte sie den Arm um die zerbrechliche Gestalt und nickte ihr aufmunternd zu.

Mit kraftloser, leiser Stimme berichtete sie von ihrer Heimat, einem Dorf in der Nähe von Liegnitz. Die Mehrzahl der Einwohner flüchtete, als die Front immer näher rückte. Sie selbst brachte es nicht fertig, ihre sterbenskranke Mutter allein zu lassen. Zwei Tage nachdem die Dorfbewohner den Ort verlassen hatten, starb jedoch ihre Mutter. Mit Hilfe eines Nachbarn, der seinen Hof nicht aufgeben wollte und im Dorf geblieben war, begrub sie die geliebte Mutter auf dem örtlichen Friedhof.

Bei dem gefrorenen Boden ein mühseliges Unterfangen. Allein und hilflos blieb sie mit ihrem zweijährigen Sohn im Haus. Am darauf folgenden Tag rollten die ersten feindlichen Panzer durch den Ort und sie schaffte es gerade noch in eine alte verfallene Mühle abseits des Dorfes zu fliehen. Dort versteckte sie sich mit ihrem Kind und konnte in der Nacht entkommen. Auch sie berichtete von den teilweise bestialischen Taten der feindlichen Soldaten. Bei ihrem plötzlichen Aufbruch hatte sie nichts mitnehmen können, nur eine Decke die sie um ihr Kind wickelte, um es warm zu halten. Sie trug es in ihren Armen bei Schneesturm, Kälte, Tag und Nacht. Es war zu klein, um längere Strecken zurück zu legen.

Vor Hunger und Erschöpfung musste sie immer öfter eine Ruhepause einlegen, manchmal konnte sie sich auch einem Treck anschließen und das Kind auf einen der Wagen setzen. Doch die Trennung von seiner Mutter verstand der Kleine nicht, er weinte und schrie, bis sie ihn wieder herunter nahm. Das wenige Essen und die täglichen Strapazen schwächten den Jungen so sehr, dass er in der nächsten Zeit nur noch apathisch in ihren Armen lag. Auch sie war am Ende ihrer Kräfte, schleppte sich unter großer Anstrengung in die Scheune. Hier sank sie, ihr Kind fest an sich gedrückt, bewusstlos ins Stroh.

An dieser Stelle unterbrach die Frau den Bericht, erneut von quälendem Husten gepeinigt, dem ein Weinanfall folgte.

Still verharrte Friedel neben ihr, bis die Leidende wieder sprechen konnte und den Bericht fortsetzte.

Die Frau erinnerte sich, dass sie aus ihrer Ohnmacht erwachte, weil jemand an ihrer Schulter rüttelte. Einige Leute die auch in der Scheune übernachten wollten, standen um sie herum und sahen bedrückt aus. Was sie noch nicht ahnte, wussten die anderen schon. Der Sohn, alles was ihr noch geblieben war, lag starr und leblos neben ihr im Stroh. Sie hob den kleinen Körper hoch, drückte ihn an ihre Brust und wünschte sich nichts sehnlicher, als auch zu sterben. Der Schmerz über den Verlust war so groß, dass sie weder weinen noch schreien konnte. Die ganze Nacht sowie den langen nächsten Tag hielt sie den Kleinen in ihren Armen. Nur mit viel Geduld und Verständnis schafften es einige Leute die Frau zu überzeugen, dass ihr totes Kind nicht in der Scheune bleiben konnte. Doch bei dem starken Frost war eine Bestattung unmöglich, die Erde war tief gefroren und hart wie Stein. So legte man den kleinen Körper, umwickelt mit der

Decke, in eine Vertiefung im Straßengraben und bedeckte ihn so gut es ging mit Schnee. Stundenlang saß die Mutter neben dem Schneehügel bis man sie, fast mit Gewalt, wieder in die Scheune brachte. Sie aß und trank nichts, fiel in tiefe Trauer und Aussichtslosigkeit.

Nun saß Friedel an ihrer Seite und hörte mitfühlend die tragische Geschichte einer jungen Frau, die nicht mehr lange leben würde. Der geschwächte Körper hatte keine Kraft mehr, die sich anbahnende Lungenentzündung zu bekämpfen. Legt mich neben mein Kind flehte sie mit kaum hörbarer Stimme. Am frühen Morgen war sie tot, keiner konnte mehr helfen, man erfüllte nur noch ihren letzten Wunsch.

Das Leben der anderen Heimatlosen, die sich frierend und unschlüssig vor der Scheune versammelten, musste weitergehen. Sie befanden sich noch etliche Kilometer von Dresden entfernt, wo die Mehrzahl der Flüchtlinge hinwollte. Noch beeindruckt von dem traurigen Ereignis, verließ auch Friedel die Scheune. Inge hatte durchgeschlafen, es ging ihr anscheinend besser, als am Tag zuvor. Karli quengelte in seiner Kissenburg im Wagen, sicher hatte er mal wieder Probleme mit der Verdauung. Die unregelmäßige und für ein Kleinkind nicht immer passende Nahrung machte ihm öfter zu schaffen. Doch Friedel war ja froh, überhaupt etwas Essbares aufzutreiben. Auch beim heutigen Marsch klopfte sie meist vergeblich an die verschlossenen Hoftore, denn alle drei brauchten endlich was Warmes in den Magen. Seit Stunden knabberten sie nur Zwieback aus ihrem streng gehüteten Vorrat. Der Ort den sie gerade passierten, mit der kleinen Kirche und dem dazu gehörenden Pfarrhaus, war ein willkommenes Ziel. Hier erhofften sie sich, nicht abgewiesen zu werden. So war es auch. Eine kleine, rundliche Frau öffnete die Tür und lächelte Friedel freundlich an. Sie gab sich als die Haushälterin zu erkennen, dazu passte auch ihre gestärkte, weiße Schürze mit dem passenden weißen Häubchen. Ihr Anblick war so sauber und anheimelnd, wie aus einer anderen Welt, die es auch einmal für Friedel gab. Diese Situation rührte sie zu Tränen, denn die Erinnerung an die verlassene Heimat tat weh. Nach der Aufforderung ins Pfarrhaus einzutreten, holte sie die Kinder, die etwas abseits warteten. Noch ehe die Tür erreicht wurde, taumelte Inge plötzlich, fiel auf den Gehweg und blieb regungslos liegen. Sie war vor Schwäche zusammengebrochen. Schnell eilte die Haushälterin zu ihr, trug sie in die Wohnung, legte den leichten, kleinen Körper auf ein Sofa und kümmerte sich um alles. Friedel war so erschrocken, dass sie nur tatenlos daneben stand und die Hände rang.

Nach einiger Zeit und bangen Warten kam Inge langsam zu sich. Das kleine Gesicht war blass und die großen, dunklen Augen blickten fragend um sich.

Schnell hatte die hilfreiche Frau eine heiße Brühe herbeigezaubert. Diese verabreichte sie in kleinen Schlucken ihrem Schützling, legte die kalten Füße auf eine zurechtgemachte Wärmeflasche und so wurden die Lebensgeister wieder geweckt. Ein paar Tage Ruhe waren aber unumgänglich, das Weiterlaufen kam erst mal nicht in Frage.

So fand Friedel, nach Fürsprache der Haushälterin beim Pfarrer, eine vorläufige Bleibe im Pfarrhaus.

Die folgende Nacht, vom 13. zum 14. Februar 1945, sollte für alle Beteiligte unvergesslich werden. Sie würde als größte Katastrophen- und Leidensnacht der Stadt Dresden in die Geschichte eingehen.

Das unüberhörbare Brummen der gestaffelt anfliegenden, englischen Bomber weckte auch Friedel aus dem Schlaf. An Flugzeuggeschwader, die plötzlich am Himmel auftauchten, hatte sie sich während der Flucht schon gewöhnt. Meistens flogen sie mit ihrer Unheil bringenden Fracht die großen Städte und Industrieanlagen an, verschonten die ländlichen Gegenden und auch die weithin sichtbaren Flüchtlingstrecks. Die Menschen suchten zwar Deckung im Straßengraben oder unter den Fuhrwerken, aber durch den Flug in größerer Höhe empfanden sie sich nicht bedroht. Nur manchmal ließen sich die Piloten dazu hinreißen, einen Tiefflug zu riskieren und auf die wehrlosen, verängstigten Flüchtlinge zu schießen. Man wurde das Gefühl nicht los, dass es aus reinem Spaß geschah, und was sie anrichteten bekamen diese Monster gar nicht mit. Sie flogen weiter, ließen verletzte Menschen, die laut um Hilfe riefen, tote Pferde, die noch im Gespann vor dem Wagen lagen und viele Tote auf den Feldern zurück. Um sich in Sicherheit zu bringen rannten viele der Opfer ziellos davon und wurden abgeschossen wie bei einer Hasenjagd. Ein Chaos ohne Gleichen, ausgelöscht in wenigen Minuten, als wäre das Leben nichts wert.

Ein Trauma für alle, die überlebt hatten und Friedel dachte daran, als sie aus dem Fenster des Pfarrhauses sah. Auch dieses Mal kamen die Bomber im Tiefflug, formiert und in großer Zahl. Ihr Ziel war jedoch die in der Nähe liegende Stadt Dresden. Die Geräusche der Motoren klangen beängstigend, es hörte sich an wie ein gigantischer Hornissenschwarm. Schon bald übertönten laute

Detonationen das Brummen der Motoren und der Himmel über der Stadt nahm die Farbe von gelblich bis orangerot an. Die Einschläge der Tot bringenden Bomben, waren noch in der zig Kilometer entfernten Umgebung zu vernehmen.

Eilig zog Friedel ihre Kleidung an, denn sie hörte die ängstlichen Stimmen und Schreie der Bewohner aus der Nachbarschaft. Lautstark klopfte auch die Haushälterin an die Zimmertür. Inge wurde aus dem Schlaf gerissen, stellte sich zu Friedel ans Fenster und sah staunend auf die bunten Lichter am Himmel. Sie sahen aus wie viele, blinkende Weihnachtsbäume. Die hatte sie noch gut in Erinnerung vom letzten Weihnachtsfest und die sollten Unheil und Gefahr bringen?

Ratlos standen die Leute vor den Häusern, als der Pfarrer die Situation in seine Hände nahm und sie anwies, ihre Kellerräume aufzusuchen oder sich in der Kirche, die sehr massive Mauern hatte, in Sicherheit zu bringen.

Er hatte Berichte aus sicherer Quelle und was in Dresden in dieser Nacht geschah, ließ selbst die Härtesten im Nehmen vor Grauen erstarren. Dresden, die Stadt der Kunst und Kultur brannte lichterloh, sogar Phosphorbomben wurden vom Feind abgeworfen. Menschen, die mit dem brennenden Phosphor in Berührung kamen, wurden zu lebenden Fackeln. In ihrer Todesangst sprangen sie in die eisfreien, kalten Fluten der Elbe, was ihnen aber keine Rettung brachte, denn Phosphor brannte auch im Wasser weiter. Viele Flüchtlinge hatten Zuflucht auf den Elbwiesen gesucht, weil die Stadt keine Aufnahmemöglichkeit mehr hatte, doch das führte zu ihrem Verderben. Auf den fast freien Flächen waren sie dem Bombenhagel schutzlos ausgeliefert. Die meisten von ihnen sahen den nächsten Tag nicht mehr, und auch nicht all das Schreckliche, das Menschen anderen Menschen antun konnten. Darüber berichteten in den nächsten Tagen Überlebende, die dem Chaos entrinnen konnten.

Bevor Friedel mit den Kindern die Kirche, die ihnen Schutz bieten sollte, betrat, schaute sie zum rötlich flackernden Himmel über Dresden. Sie dachte an all die Menschen, die vorher mit ihr gezogen waren und die Stadt schon erreicht hatten. Wurde das ersehnte Ziel für viele von ihnen zur Hölle? Sie selbst dankte dem Schicksal, denn Inges Zusammenbruch und Schwächeanfall hatte es verhindert, dass auch sie in dieses Inferno gerieten. Eine höhere Macht hatte eingegriffen, das war klar und aus tiefsten Herzen kam ihr Dankgebet am nächsten Morgen in der Kirche des kleinen Dorfes. Sie hatten überlebt, hoffentlich auch all ihre Lieben.

Was Friedel nicht wissen konnte, auch Hubert hatte den Angriff auf Dresden mit seinen Kameraden ganz in ihrer Nähe miterlebt. Kurz vor Beginn ihrer Flucht war er von seinem Standort Wien in eine Garnison bei Dresden versetzt worden. Seine Information darüber hatte Friedel nicht mehr erreicht. Auch sie konnte Hubert nicht mehr mitteilen, dass sie mit den Kindern aus der Heimat wegen der nahenden Front geflohen war. Nur wenige Kilometer trennten die kleine Familie und keiner ahnte es.

Friedel zog mit Karli und Inge, die sich wieder erholt hatte, ein paar Tage nach dem Aufenthalt im Pfarrhaus, weiter. Der Pfarrer riet ihr noch, Dresden zu umgehen und Riesa als Ziel zu wählen, dort gäbe es ein großes Auffanglager für Flüchtlinge. Auf ihrem Weg, der sie in nördlicher Richtung an der zerbombten Stadt vorbeiführte, durchquerten die drei Heimatlosen auch die Gegend, wo sich der neue Standort von Hubert befand. Welch ein Hohn, – so nahe und doch unerreichbar, wie sollten sie es auch wissen.

Stand Hubert vielleicht am Fenster der Kaserne, sah er in der Ferne die Straße, wo kaum erkennbar eine Frau und ein Kind mühsam einen mit Gepäck beladenen Kinderwagen schoben? Möglich wäre alles und das Schicksal greift nicht immer helfend ein.

Ein paar Tagesmärsche und Friedel erreichte ihr vorläufiges Ziel, die Stadt Riesa in Sachsen. Das Auffanglager war wie erwartet überfüllt und eine Evakuierung der Flüchtlinge in die umliegenden Ortschaften unumgänglich. So wurde für Friedel und die Kinder, nach wochenlangem Umherirren, der Ort Lichtensee bei Riesa ihre erste feste Bleibe. Sie fanden Unterkunft im Einfamilienhaus der Familie Guth, die ihnen ein kleines Zimmer im Obergeschoss zuwies. Die darin befindlichen Möbel verrieten, dass es ein ehemaliges Schlafzimmer war. Beim Betreten des Raumes fiel der erste Blick auf das gegenüberliegende Fenster mit den hübschen Landhausgardinen, der zweite Blick umfasste den Raum mit dem bescheidenen, restlichen Inventar. An den Seitenwänden stand je ein Bett mit den passenden Nachtschränkchen und im Gang dazwischen ein Tisch mit zwei Stühlen. Links neben der Tür war Platz für ein Kinderbett oder den Kinderwagen und rechts befand sich eine Kommode mit eingebautem Spiegel. Das reichte völlig aus und Friedel fühlte sich nach langer Zeit mal wieder wohl und geborgen. Die Unterbringung erfolgte zwar auf Anweisung, also nicht ganz freiwillig für die Familie Guth, aber sie empfingen die Heimatlosen freundlich und halfen auch, so gut sie konnten, mit den nötigsten Sachen

aus. Über die Zeiteinteilung der Küchen- und Wasch-
hausbenutzung einigten sich bald alle Beteiligten und im
Laufe von ein paar Tagen hatte sich alles eingespielt. So
entstand ein gutes Miteinander.

Friedel meldete sich und die Kinder im Gemeindeamt
an, bezog auch Lebensmittelkarten, und endlich kam
wieder Ordnung in ihr Leben. Inge fand schnell Anschluss und neue Spielgefährten in der Familie, nämlich
deren Kinder, die Gisela und den Horst. Mit ihnen erkundete sie die neue Umgebung und lernte die anderen
Nachbarkinder kennen. Da gab es im Haushalt noch
Mutter Anna, den Vater Franz und Großmutter Ella.
Vater Franz arbeitete in einer Fabrik, in der kriegswichti-
ge Teile hergestellt wurden. Diese Tätigkeit befreite ihn
vom Kriegsdienst. Nach Feierabend werkelte er meistens
im Schuppen neben dem Haus und reparierte auch gleich
die Räder von Karlis Kinderwagen, die sich immer noch
selbstständig machten und in den unmöglichsten Situationen wegrollten. Anna kümmerte sich mit Friedel um
den Haushalt und Oma Ella betreute das Feder- und
Kleinvieh in den Ställen und auf dem Hof.

Gisela war ungefähr so alt wie Inge, der Horst zwei
Jahre älter. Er spielte den Beschützer der beiden Mädchen bei so manchen Streitereien, wie sie üblich sind unter Kindern. So vergingen die Tage und alle warteten auf
das Ende des Krieges. Friedel hatte inzwischen einen
Brief an Hubert geschrieben, versehen mit der Adresse
von Wien. Auf den vielen Seiten des Briefes berichtete sie
ihm, wo sie sich aufhielten, dass sie alle drei gesund waren und von ihrer abenteuerlichen Flucht aus der Heimat.

Abends, wenn im Haus Ruhe eingekehrt war, ihre
Kinder friedlich schliefen, da lag sie wach im Bett und

ihre Gedanken kreisten um Hubert, ihre Eltern und Schwiegereltern. Waren sie noch am Leben, wie ging es ihnen, hatten auch sie es geschafft, dem Chaos zu entkommen? Wie hielt Huberts Bruder Erwin die Strapazen des Krieges aus, er war doch noch viel zu jung für einen Einsatz bei der Wehrmacht. Auch von ihrem Bruder Gustav hatte Friedel seit langer Zeit keine Nachricht erhalten. Er war zehn Jahre älter als sie, doch hatten sie ein inniges, geschwisterliches Verhältnis zueinander. Würden sie sich alle je wiedersehen?

Als Friedel endlich der Schlaf übermannte, träumte sie vom Elternhaus, der Schulzeit mit dem Lehrer Jaite, der sie besonders mochte und von all dem Schönen ihrer geborgenen Kindheit. Die Träume vertrieben die düsteren Gedanken und wenn sie am nächsten Morgen von Karli mit freundlichem Brabbeln und Quieken geweckt wurde, da war das Grübeln der Nacht vergessen.

Auch Inge holte sich mit einem Sprung aus ihrem Bett den üblichen Guten-Morgen-Kuss von Friedel und Karli und der Ablauf des Tages begann. So auch jener Tag, als Friedel im kleinen Kolonialwarengeschäft auf der anderen Seite der Straße Besorgungen erledigen wollte. Eine Frau auf dem Fahrrad kam ihr entgegen, die sie von irgendwoher kannte, auch die Frau sah erstaunt zu ihr hin und stieg vom Rad. Es war Frau Nerlich, eine gute Bekannte ihrer Schwiegereltern aus Mallmitz. Friedel war vor Freude und Überraschung sprachlos. Beide hatten Tränen in den Augen als sie aufeinander zugingen und sich begrüßten. Friedel war besonders ergriffen, denn die erste bekannte Person aus der Heimat, nach so langer Zeit unter Fremden, stand vor ihr. Frau Nerlich war dem nachfolgenden Treck voraus gefahren, um einen passenden Stellplatz für die Fuhrwerke zu finden. Nun berichtete sie, dass Selma, Friedels Schwiegermutter sich auf einem der Wagen des Mallmitzer Trecks befand.

Das war ein Wiedersehen. Mit Tränen der Freude fielen sich Friedel und Selma in die Arme. Inge klammerte sich an ihre Oma und bestürmte sie gleich mit der Frage, ob sie nun bei ihnen bleiben würde. Aufgeregt, ohne auf Selmas Antwort zu warten, wandte sie sich an Familie Guth die am Hoftor erschien und rief: Oma Selma bleibt hier! Bei so viel Entschlossenheit stimmten die Überrumpelten lachend zu. Eine Person mehr im Haus bedeutete kein Problem und die kleine Kammer wäre noch verfügbar. Bei all der Aufregung und Freude über das unverhoffte Wiedersehen hatten sie doch tatsächlich Opa Paul vergessen. Selma erläuterte ihnen erst einmal, weshalb er nicht bei ihr sein konnte. Kurz vor der Abfahrt des Trecks hatte er leider einen schweren Unfall. Die Pferde waren schon am Morgen nervös und unruhig. Paul beruhigte sie vor dem Einspannen und führte sie rückwärts zum Fuhrwerk. Durch irgendein ungewohntes Geräusch erschraken sie, gingen durch und verletzten ihn so schwer, dass er ins Krankenhaus nach Lüben gebracht werden musste. Paul bestand darauf, dass Selma sich auch ohne ihn dem Treck anschließen sollte. Die Leitung des Krankenhauses versicherte, dass er und die andere Patienten rechtzeitig evakuiert würden, falls es notwendig wäre. So blieb Selma keine andere Wahl, sie musste allein im Treck mitziehen, hatte keine Ahnung was mit Paul geschah und wo er sich befand. Sie wollte auch die wieder gefundene kleine Familie nicht verlassen. Ihre Entscheidung, bei Friedel und den Enkeln zu bleiben bedeutete für alle die beste Lösung, um sich gegenseitig Beistand zu leisten.

Der Brief von Friedel mit der Adresse von ihrem neuen Aufenthaltsort in Lichtensee hatte Hubert endlich erreicht. Die Nachsendung von Wien an seinen neuen Standort hatte sich erheblich verzögert. Endlich wusste er, wo sich seine Lieben befanden.

In den nächsten Tagen sollte seine Kompanie Richtung Westen verlegt werden und der Transport mit dem Zug würde die Stadt Riesa passieren. Ein Kamerad aus der Schreibstube erwähnte, dass dort ein längerer Aufenthalt geplant sei. Bei dem Wort Riesa reifte in Hubert ein Plan, den er unbedingt umsetzen wollte.

Anfang April, am frühen Morgen, ging der Transport los, zwar etwas verspätet, aber der Zug traf am Mittag in Riesa ein. In Huberts Kopf wirbelten die Gedanken, denn nur wenige Kilometer trennten ihn von seiner Familie. Er setzte alles auf eine Karte, meldete sich beim diensthabenden Offizier, der wegen seiner humanen Art beliebt war und trug sein Anliegen vor. Nach kurzem Zögern bestätigte dieser, dass der Transport, aus welchen Gründen auch immer, ungefähr vierundzwanzig Stunden in Riesa Aufenthalt hätte. Er beurlaubte Hubert zum Aufsuchen seiner Familie, forderte aber eindringlich, dass er sich vor Abfahrt des Zuges wieder bei ihm melden müsse. Bei Missachtung der Dienstvorschrift kämen sie beide in Teufels Küche. Vor lauter Vorfreude und Aufregung vergaß Hubert sich seine Beurlaubung und Abwesenheit bescheinigen zu lassen. Das war natürlich ein großes Risiko und konnte zur Fahnenflucht ausgelegt werden. Darauf stand nach Kriegsrecht die Todesstrafe.

Bewusst wurde ihm das erst, als er schon eine lange Strecke durch unbekannte Wälder und Felder zurückgelegt hatte. Er mied die Straßen und Ortschaften, fragte unterwegs Leute oder Bauern auf den Feldern nach dem

Weg und legte so an die zwölf Kilometer zurück. Am späten Nachmittag hatte er den Ort erreicht, fragte sich nach dem Haus der Familie Guth durch und stand mit klopfendem Herz vor der gesuchten Hoftür. Hinter dem Tor hörte er Friedels Stimme und die eines Kindes, da hielt ihn nichts mehr.

Friedel wollte gerade mit Inge ins Haus gehen und hatte Karli auf dem Arm, als es am Hoftor klopfte. Es war wie immer zu dieser Zeit verschlossen, weil zu viele Umherziehende Einlass begehrten. Zaghaft öffnete sie und traute ihren Augen nicht. Vor ihr stand, verschwitzt, mit verschmutzen Stiefeln und verrutschter Uniform, ein über das ganze Gesicht strahlender Soldat, – ihr Hubert.

Sie verbrachten die glücklichsten Stunden ihres bisherigen Lebens. Viel Zeit blieb ihnen nicht, aber eine wunderbare, lange Nacht. Da gab es zwischen Liebkosungen und Küssen so viel zu erzählen und die kostbaren Stunden verflogen viel zu schnell. Selma hatte nach der liebevollen Begrüßung ihres Sohnes die Kinder zu sich in die kleine Kammer geholt. Die beiden Wiedervereinten sollten Ruhe und Zeit für sich allein haben. Am nächsten Morgen musste Hubert sehr früh los, er wollte unbedingt sein Versprechen einhalten und pünktlich auf dem Bahnhof sein, bevor man ihn vermisste.

Die Kinder schliefen noch als der Abschied nahte. Leise betrat er die Kammer und stand ergriffen vor dem Bettchen, war tief versunken in ihren Anblick, als wollte er sich die kleinen Gesichter für immer einprägen.

Von Selma, seiner sich sorgenden Mutter, verabschiedete er sich vor dem Hoftor mit der Bitte, Friedel und die Kinder nicht im Stich zu lassen. Dann umarmte er sie lange und strich über ihr silbergraues Haar. „Pass auf dich auf, mein Junge", waren ihre Abschiedsworte.

Hand in Hand verließen Hubert und Friedel das Haus. Sie begleitete ihn ein Stück des Weges, den er vor einigen Stunden und in freudiger Erwartung so schnell zurückgelegt hatte.

Nun konnten sie sich gar nicht voneinander trennen, der Abschied war so unendlich schwer. Eine letzte innige Umarmung und entschlossen machte sich Hubert auf den Weg. Es gab keine andere Lösung.

Mit Tränen verhangenem Blick sah Friedel der so lieben Gestalt nach, bis diese im Morgenlicht am fernen Horizont nicht mehr zu sehen war.

In den Mittagsstunden stand Hubert, so wie versprochen, wieder auf dem Bahnhof in Riesa.

Langsam ging Friedel zurück zum Haus und zu ihren Kindern, für die sie stark sein musste. Aber es dauerte Tage, bis sie es schaffte, wieder sie selbst zu sein.

Dabei half ihr auch, dass der Winter dem Frühling gewichen war. Alles wurde heller und freundlicher, auch die Stimmung unter den Menschen war gelöster, so als wäre ein unsichtbarer Druck gewichen.

Karli wippte und schaukelte in seinem Wagen hin und her, konnte schon sitzen und bestaunte die Welt mit großen Augen. Oft stand der Wagen im Garten und die Schutzplane war nach hinten gekippt, damit Karli eine bessere Sicht auf seine Umgebung hatte.

Die größeren Kinder spielten um ihn herum Verstecken oder Kästchenhüpfen, es gab immer etwas zu sehen.

Meistens saß Friedel neben ihm auf der alten Gartenbank und besserte mühselig die arg zerschlissene Kleidung aus. Bei dieser Beschäftigung hatte sie auch die Gelegenheit, dem Karli die ersten Worte beizubringen, die er eifrig nachplapperte.

Selma und Ella verstanden sich von Anfang an so gut, dass sie fast alles gemeinsam machten.

Den Garten hatten sie unter ihrer Regie und die ersten grünen Spitzen zeigten sich auf den angelegten Beeten. Frühlingsblumen öffneten ihre Knospen, die zurückgekehrten Zugvögel bauten ihre Nester und warben mit ihrem Gesang.

Dieses alltägliche, normale Leben täuschte eine heile Welt vor, bis auch hier das unaufhaltsame Vorrücken der Frontlinie die Bevölkerung in Angst und Schrecken versetzte.

Im April, kurz nach Huberts Aufenthalt bei Friedel, wurde mit der Evakuierung aller Bewohner des Ortes und der Umgebung begonnen. Das Kampfgebiet rückte immer näher und alles musste schnell gehen. Züge einzusetzen war nicht mehr möglich, so machten sich die Bewohner für einen langen Fußmarsch bereit.

Nicht nur die Ostfront rückte immer näher auch vom Westen drohte die Besetzung durch die Amerikaner und deren Verbündete. Die deutsche Wehrmacht war am Ende, sie konnte beide Frontbewegungen nicht mehr aufhalten. Eine Kapitulation hätte viele Menschenleben retten können, doch der Befehl lautete: "Kampf bis zum letzten Mann."

Dieser Wahnsinn konnte nur aus einem kranken Hirn stammen, so dachte sicher die Mehrzahl der betroffen Menschen.

Wieder mussten tausende Flüchtlinge ihr neu gefundenes Zuhause aufgeben und mit ihnen ihre Gastgeberfamilien sowie alle Einwohner des Ortes. Die Sicherheit war nicht mehr gewährleistet, die ganze Gegend würde in wenigen Tagen Kampfgebiet sein.

Friedel und Selma packten das wenige Hab und Gut auf den Handwagen, den Selma mitgebracht hatte, so konnte der Kinderwagen etwas entlastet werden. Von der Familie Guth trennten sie sich schweren Herzens, deren Verwandte aus Thüringen wollten ihnen Unterschlupf gewähren. Inge fiel es besonders schwer, dass sie mit Gisela und Horst nicht mehr zusammen sein konnte. Die Kinder hatten sich gut verstanden und aneinander gewöhnt. Den Fußmarsch bis zur Elbe bewältigten sie noch gemeinsam, jedoch beim Übersetzen auf verschiedenen Booten verloren sie sich aus den Augen.

Die durch Bomben oder Sprengungen zerstörten Brücken über den Fluss verhinderten die Überquerung, deshalb setzte man große Boote ein um die Flüchtenden auf die andere Uferseite zu befördern. Das war aber nicht ganz ungefährlich. Viele Boote kenterten wegen verrutschter Ladung, auch durch das Drängen und Stoßen der verängstigten Menschen. Jeder wollte so schnell wie möglich das Gebiet verlassen und durch Rücksichtslosigkeit und Gewalt kam es zu tragischen Szenen. Personen die ins Wasser fielen und nicht schwimmen konnten ertranken vor den Augen ihrer Familie. Andere verloren all ihre Habseligkeiten in den Fluten, standen fassungslos am Uferrand und stierten mit irrem Blick den Davonziehenden nach.

Selma, Friedel und die Kinder hatten Glück, sie erreichten unbeschadet das andere Ufer. Die Gegend um Oschatz war ihr nächstes Ziel. Im kleinen Ort Liebschütz fanden sie eine Unterkunft. Es konnte doch nicht mehr lange dauern, bis der Krieg zu Ende war und die meisten Bewohner des Ortes hängten als Zeichen der Kapitulation weiße Tücher aus den Fenstern. Es gab aber auch solche Fanatiker, die bis zuletzt im Einzelkampf ihr Haus verteidigen wollten und damit eine ganze Gemeinde ins Verderben stürzen konnten.

Jedoch das Wunder geschah, – Liebschütz blieb verschont!

In Torgau, ganz in der Nähe von Liebschütz, fand die Begegnung der Ost- und Westfront statt.

Russen und Alliierte standen sich auf einer intakt gebliebenen Brücke gegenüber, jedoch nicht in kämpferischer Absicht. Die Befehlshaber der westlichen und östlichen Truppenteile reichten sich die Hände. Diese Geste war der erste gemeinsame Schritt, um die Bevölkerung vor noch Schlimmerem zu bewahren. Nach erbitterten Kämpfen, der Einnahme und Aufgabe von Berlin, war der jahrelang währende Spuk zu Ende.

Am 8. Mai 1945 kapitulierte Deutschland, damit war der zweite Weltkrieg beendet.

Doch damit löste sich noch nicht das Problem der betroffenen Menschen, die der Gewalt und Abhängigkeit der Besatzer ausgeliefert waren. Das Schicksal der vielen Flüchtlinge blieb ungewiss. Sie waren heimatlos, überall unerwünscht und man behandelte sie teilweise wie Aussätzige.

Auch die Einwohner von Liebschütz wollten die Zugewanderten so schnell wie möglich loswerden. Selma und Friedel überlegten, wie es weiter gehen sollte. Vielleicht wäre es das Beste, in ihrer alten Bleibe in Lichtensee wieder Aufnahme zu finden. Sie machten sich auf den beschwerlichen Rückweg durch besetztes Gebiet. Entgingen durch Umwege, Vorsicht und manchmal auch mit ein wenig Glück den zahlreichen Überfällen und Gefahren. Bei ihrer Ankunft in Lichtensee gab es gleich eine erfreuliche Überraschung, denn Familie Guth war schon zurückgekehrt. Die Wiedersehensfreude zeigte sich auf allen Gesichtern, und alles lief wieder wie zuvor, wenn nur die Angst vor den Besatzern nicht gewesen wäre.

Die Frauen waren besonders gefährdet. Schutzlos, wie Freiwild gejagt, versteckten sie sich in den Ställen, Scheunen und Speichern der Häuser. Wenn das Glück auf ihrer Seite war, konnten sie den Häschern entkommen, jedoch waren Vergewaltigungen an der Tagesordnung. Den Bauern beschlagnahmte man das Vieh, holte es aus den Ställen und verwüstete die Gehöfte. Große Herden von Kühen, Schafen und Ziegen, getrieben von zuvor ergriffenen deutschen Frauen zogen in Richtung Osten. Berittene Besatzer machten ein Entkommen unmöglich. Kaum jemand traute sich am Tag noch aus dem Haus. Bevorzugt auf junge, kräftige Frauen machten die Patrouillen Jagd und zwangen die Überwältigten zu diesem Marsch, der fast immer ohne Wiederkehr endete.

Viele kamen um, auf diesem beschwerlichen Weg, andere wurden zwangsverheiratet oder mussten auf so genannten Kolchosen arbeiten.

Nicht alle Besatzer waren haltlos und brutal. Es gab auch viele, die zu Hause in Russland ebenfalls eine Familie hatten, und sie fühlten Mitleid mit den Besiegten. In manchen Orten versuchten auch die Kommandanturen, Ordnung in die verrohten Truppenteile zu bringen. Den Opfern erklärte man, dass die Taten als Racheakt ausgeführt wurden. Die Soldaten wollten der Bevölkerung das Gleiche heimzahlen, was auch die deutsche Wehrmacht ihren Familien angetan hatte.

Auge um Auge, Zahn um Zahn, – wer wollte hier richten?

Überall im Land herrschte Hungersnot. Durch das Wegtreiben der Kühe gab es kaum noch Milch, doch Friedels Kinder brauchten dringend diesen Lebensspender. Es gab nur noch wenige Gehöfte in der Gegend, wo im Stall noch ein, vielleicht zwei Kühe standen.

Überall erhielt sie Absagen, bei ihrer Bitte um etwas Milch.

Nur bei einem Bauern außerhalb des Ortes hatte sie Glück. Er versprach ihr, dass sie jeden Abend nach dem Melken der Kühe am Hoftor einen halben Liter Milch abholen könnte.

Sobald die Dämmerung einsetzte schlich Friedel durch die Felder, duckte sich in Straßengräben bei Pferdegetrappel und erstarrte vor Angst, wenn sie in der Nähe laute Stimmen in fremder Sprache vernahm. Was sollte aus ihren Kindern werden, falls man auch sie fürs Kühe treiben oder Schlimmeres einfing? Bis jetzt war alles gut gegangen, allmählich gewöhnte sie sich an die abendlichen Ausflüge und die drohenden Gefahren.

Der Bauer hielt sich an sein Versprechen, dafür trennte sich Friedel schweren Herzens von ihrer Armbanduhr, die er wie selbstverständlich in seine Hosentasche steckte.

Eines Abends, Friedel erhitzte gerade in der Küche die so kostbare Milch damit sie sich bis zum nächsten Morgen hielt, hörte sie laute, ungewohnte Geräusche vor dem Haus. Schnell lief sie ins Zimmer zu Inge und Karli, aber beide schliefen fest. Ein Blick aus dem Fenster ließ sie jedoch nichts Gutes ahnen, dunkle Gestalten huschten über die Dorfstraße.

Schon krachte es, wahrscheinlich mit den Gewehrkolben, gegen das Hoftor. Alle Bewohner des Hauses erstarrten vor Schreck, verhielten sich jedoch ganz still und warteten ab. Oft waren die Horden nach solchen Attacken weitergezogen, aber dieses Mal öffneten sie mit Gewalt das Tor und an die fünf Besatzer stürmten in den Hof. Die Haustür folg auf durch kräftige Tritte mit dem Stiefel. Als Franz sich ihnen mutig entgegen stellte, packten ihn zwei, stießen und traten auf ihn ein, dann zerrten sie ihn zum Schuppen auf dem Hof. Einer fesselte ihm die Hände auf den Rücken, ein zweiter richtete die Pistole auf seine Brust. Franz stand völlig wehrlos und verzweifelt an der Holzwand, riss an den Fesseln, aber seiner laut um Hilfe rufenden Anna konnte er nicht helfen. Gisela und Horst, die sich an ihre Mutter geklammert hatten, rissen die betrunkenen und grölenden Peiniger von ihr weg und sperrten sie in der Küche ein. Franz hörte noch, dass Anna verzweifelt schrie und seinen Namen rief, als sie von mehreren Soldaten vergewaltigt wurde. Er bäumte sich auf, stieß einen fast unmenschlich klingenden Schrei aus, spürte noch einen harten Schlag auf seinem Kopf, dann hüllte tiefe Dunkelheit ihn ein.

Als sich die Soldaten über Anna hermachten, polterte ein weiterer von ihnen die Treppe hinauf.

Er war betrunken, lallte unverständliche Worte, während er Friedels Zimmertür aufriss. Torkelnd stieß er im

Dunklen an die Kommode und die darauf stehenden Medizinfläschchen fielen klirrend auf die Dielen. Bei diesem Lärm wurde Karli wach, er weinte laut und der Eindringling knipste irgendeine Handlampe an. Im Lichtkegel bot sich ihm ein ergreifendes Bild. Vor dem Bett kniete eine junge Frau, sie hatte die zitternden Hände zum Gebet gefaltet, daneben stand ein kleines Mädchen über dessen Gesicht die Tränen liefen. Der Soldat starrte in die angsterfüllten, großen Kinderaugen des Mädchens. Voller Hass schrie es ihn an, mit Worten, die er nicht verstand. Die kleinen Hände zu Fäusten geballt, bewegte es sich auf ihn zu. Was den Ausschlag gab blieb ungewiss, aber wie von einer unsichtbaren Macht gezwungen, verließ er das Zimmer und stolperte laut fluchend die Treppe hinunter. Unten angekommen rief er laut den anderen Soldaten etwas zu und alle verschwanden durch das kaputte Tor, als wäre nie etwas gewesen. Franz ließen sie am Schuppen liegen. Als er aus seiner Ohnmacht erwachte, hörte man seine verzweifelten Rufe nach Anna, doch es kam keine Antwort. Die Hände noch immer gefesselt, im Hof kniend, weinte er hemmungslos.

Friedel beruhigte mit letzter Kraft die Kinder, dann bekam auch sie einen Weinanfall. Lange stand sie noch in dieser Nacht am Fenster und sah in den Sternenhimmel. Das Schicksal hatte sie und die Kinder auch dieses Mal verschont.

Selma und Ella erfuhren von diesem für Anna so schrecklichen Vorfall erst am nächsten Tag. Sie hatten einige Zeit im Nachbarort bei einer Bekannten verbracht und waren entsetzt über diese Tat. Anna erhielt ihren Beistand und ihre ungeteilte Fürsorge.

Doch Friedel hatte das Gefühl, dass Anna und Franz sich seit dem Überfall zurückhaltender verhielten, vor allem ihr gegenüber. Gönnten sie ihr nicht, dass sie ohne Leid davon gekommen war? Deshalb war sie auch nicht betrübt, als es hieß, die aufgenommenen Flüchtlinge müssten den Ort verlassen, der Notstand sei eingetreten, auch Lebensmittelkarten gäbe es nicht für sie. Angeblich könnten sie in ihre Heimat zurückkehren, – Schlesien sei wieder frei.

Friedel und Selma machten sich mit dem Gedanken vertraut, dass sie Lichtensee bald verlassen würden. Die Aussicht, demnächst in ihre Heimat zurückzukehren beschleunigte die Vorbereitungen.

Der fünfte Geburtstag von Inge stand bevor und eine kleine Feier wurde ausgerichtet. Zur Freude aller Bewohner im Haus gab es sogar eine Torte, zu deren Gelingen jeder etwas beisteuerte. So entstand eine Mehl-Ei-Malzkaffee-Öl-Teig-Mischung, die gebacken herrlich duftete und gefüllt mit Marmelade, umhüllt mit gerösteten Haferflocken, köstlich schmeckte.

So richtige Feierlaune stellte sich jedoch nicht ein, weil für alle in dieser Runde der nahende Abschied im Raum stand. Sie hatten sich in den vielen Wochen des Zusammenlebens sehr aneinander gewöhnt, vor allem die Kinder.

Schon ein paar Tage später war es dann so weit. Sie lagen sich in den Armen, auch Anna und Franz drückten Friedel an sich und baten um Verständnis für das etwas abgekühlte Verhalten ihrerseits, es läge auf keinen Fall an ihr. Beide hätten in letzter Zeit versucht, das Durchlebte verwinden zu können, doch es hatte sich zu tief in ihre Seele eingebrannt.

Nun war alles gesagt und man wollte in Verbindung bleiben. Lange winkten sie den Davonziehenden nach.

Friedel und Selma beschlossen, dieses Mal möglichst auf den Hauptstraßen zu bleiben, da waren sie vor Überfällen sicherer. Täglich legten sie bis zu dreißig Kilometer zurück. Viele Schlesier und Sudetendeutsche hatten das gleiche Anlaufziel, nämlich die Stadt Görlitz an der Neiße. Tausende zogen wieder über die Straßen, doch nun ging es zurück in die Heimat und das beflügelte die Menschen. Aus allen Richtungen strömten sie nach Osten, es glich einer Völkerwanderung. Waren die Menschen auf ihrer Flucht aus der Heimat damals traurig, rücksichtslos und niedergeschlagen, so überwog jetzt die Zuversicht und der Mut, von vorn anzufangen.

Doch die erste Enttäuschung traf sie umso heftiger, als sich herausstellte, dass nach tagelangen Fußmärschen an der Neißebrücke in Görlitz Schluss war.

Die Brücke war unpassierbar und gesperrt, somit Schlesien für die Heimkehrer unerreichbar.

Genau so war es auch an den anderen Übergängen.

Die Polen hatten Schlesien vorerst übernommen und ließen keinen Deutschen ins Land.

Es kam zu Tumulten und gefährlichen Auseinandersetzungen, sogar zu Waffengebrauch, doch die Grenze blieb geschlossen.

Friedel war am Ende, sollte der lange Marsch, mit Hunger, Entbehrungen und den vielen Gefahren umsonst gewesen sein. Auch Selma war enttäuscht, aber sie machte Friedel Mut. Vielleicht änderte sich die Lage zu ihren Gunsten, also hieß es abwarten.

In Kodersdorf, ungefähr zehn Kilometer von Görlitz entfernt, fanden sie eine Notunterkunft. Die ganze Gegend bevölkerten zurückkehrende Flüchtlinge die Woche für Woche warteten, dass die Grenze geöffnet würde. Die Unterbringung für die Menschen war katastrophal und von Versorgung konnte keine Rede sein. Jeder musste zusehen wie er etwas Essbares ergattern konnte. Die Diebstähle wurden immer dreister und brutaler, so manches Opfer wurde wegen einem Brot verletzt oder gar getötet. Sechs lange Wochen harrten Friedel und die anderen drei nun schon in Notunterkünften aus, ihre Geduld war am Ende. Trotz aller Vorsicht hatten sie sich auch noch Läuse eingefangen. Karli litt am meisten unter diesen Plagegeistern. Seine zarte Kopfhaut hatte Schorf gebildet und blutete durch das Kratzen mit seinen Fingerchen an vielen Stellen. Die Parasiten krabbelten auf seinen blonden Locken herum und Friedel versuchte alles, um Abhilfe zu schaffen. Unter anderem besorgte sie auch stinkende Tinkturen und Nissenkämme, die in diversen Einrichtungen ausgegeben wurden.

Da saßen nun alle vier mit eingeriebenem Haar und einem aus den noch vorhandenen Windeln gewickelten Turban auf dem Kopf, in der Hoffnung dass es half. Der kleine Karli schrie vor Schmerz, weil die Tinktur auf seinem wunden Kopf brannte.

Zu all dem Elend brach in der Umgebung auch noch Hungertyphus aus. Kein Wunder bei dem Nahrungsmangel, wo gegessen wurde, was man ergattern konnte und den katastrophalen Hygienebedingungen. Sie überlegten nicht lange, es gab nur eine Lösung, schnellstens weg von hier, denn es konnte nur besser werden. Falls der Übergang in der Zwischenzeit geöffnet würde, kämen sie wieder zurück.

Weiter ging die Odyssee. Dieses Mal hielten sie sich etwas nördlicher. Nach drei Tagen Fußmarsch, sie waren nur einige Kilometer von der Stadt Weißwasser entfernt, hatten sie ein überraschendes Erlebnis. Zum Glück war es ihnen immer gelungen feindlichen Patrouillen auszuweichen, doch nun auf dem letzten Stück des Weges zur Stadt lagerte ein Trupp Besatzer. Selma und Friedel ahnten nichts Gutes und entschlossen sich kurzerhand zur Umkehr, doch bei der übereilten Drehung des Handwagens kippte dieser um und alles Geladene lag im Straßengraben. Selma guckte so verdutzt und fluchte, da brachen die Soldaten in ein brüllendes Gelächter aus.

Einige halfen, nachdem sie sich beruhigt hatten, die Fuhre wieder zu beladen und bedeuteten den Havaristen, sich zu ihnen zu setzen. Denen blieb gar keine andere Wahl, sie befolgten die Anweisung und ergaben sich ihrem Schicksal. Das erste Mal standen sie dem gefürchteten Gegner Auge in Auge gegenüber und stellten erleichtert fest, dass die Besatzer nichts Böses beabsichtigten. Im Gegenteil, es gab für jeden der vier Hungrigen einen Napf Suppe aus dem großen Kessel und dazu ein Stück Brot. Etwas abseits der Truppe löffelten sie die unerwartete Mahlzeit und sie schmeckte prima. Es war eine Art Kartoffel-Rüben-Suppe, in der sogar Fleischstückchen schwammen.

Die Soldaten saßen im Kreis, einige unterhielten sich, manche rauchten und eine Flasche, wahrscheinlich Wodka, machte die Runde. Einer spielte auf einer Ziehharmonika, die meisten summten die melancholisch klingende Melodie auch mit. Alle waren friedlich, fast traurig. Sicher hatten auch sie Heimweh und wollten zu ihren Familien.

Dieses neue Bild der Russen überraschte Friedel und Selma, so hatten sie sich diese Menschen niemals vorgestellt. Durch eigene Erlebnisse sammelten sie in letzter Zeit schlimme Erfahrungen, die durch Hörensagen anderer Betroffener gefestigt wurden. Nun zeigte sich mal wieder, dass man nicht alle Menschen über einen Kamm scheren sollte. Langsam schwand die anfängliche Angst und sie fassten Vertrauen, ja Friedel ließ sogar zu, dass einer der Soldaten den Karli auf den Arm nahm. Er spielte mit den kleinen Fingerchen und drehte sich mit ihm im Kreis, bis Karli vor Vergnügen lachte und jauchzte. Ein junger, dunkelhaariger Besatzer setzte sich neben Inge ins Gras, strich ihr übers Haar und legte einige Riegel Schokolade in ihre Hand. Er hatte lustige, braune Augen und ein verschmitztes Lächeln umspielte seine Lippen. Trotz dieser freundlichen Gesten machte sich bei Friedel eine gewisse Unruhe breit und vorsichtig deutete sie an, dass sie weiter wollten. Als sich die kleine Gruppe zum Aufbruch bereit machte, erhob sich leicht zögernd einer der Soldaten. An seiner Uniform befanden sich viele Abzeichen, auch sein Auftreten wirkte sehr selbstsicher, wahrscheinlich war er ein Vorgesetzter. Er wandte sich an Friedel mit den in holprigem Deutsch gesprochenen Worten: „Warum du laufen und hungern – du bei mir bleiben – du meine Madka werden – dein Mann tot..."

Ängstlich und entsetzt starrte sie ihm ins Gesicht. Ihre Gedanken wirbelten wild durcheinander, – war es jetzt soweit, sollte sie ihre Familie verlieren und eine Russenfrau werden? Doch der Soldat klopfte ihr väterlich auf die Schulter, schaute sie dabei fragend an, nickte vielsagend mit dem Kopf und wartete geduldig wie sie reagieren würde. Allein schon Friedels abwehrende Haltung beantwortete seine Frage. Er blieb jedoch freundlich, richtete den Blick auf seine Kameraden, die seinen Worten, wahrscheinlich in russischer Sprache, respektvoll zuhörten.

Anschließend wandte er sich Friedel zu und schob sie entschlossen in Richtung Straße, wo die anderen Drei schon ungeduldig warteten. Ungläubig drehte sie sich während des Weglaufens um, als seine dunkle Stimme ihr nachrief: „Njet, njet, alles gut, – alles karascho!"

Sicher war alles scherzhaft gemeint, aber die Erwähnung von Huberts und eventuell auch ihrem Schicksal hatte sie schwer getroffen.

Wenige Stunden nach dieser lange nachwirkenden Begegnung mit den Russen standen sie vor einer Behausung, die eher an eine kleine Kate erinnerte. Sie lag am Rand der Muskauer Heide, und weil es schon dämmerte, wollten die vier Obdachlosen um ein Nachtquartier bitten. Ein älterer Mann öffnete nach dem Klopfen an der Tür, auf deren Schild Jansen stand. Mit kritischem Blick musterte er die kleine Gruppe, nickte jedoch bejahend nach der Frage um Übernachtung.

Das Häuschen bestand aus einer Küche mit einem gemauerten Lehmofen, einer kleinen Kammer und einem Wohnraum, dem man ansah, dass er wenig benutzt wurde. Herr Jansen lebte allein im Haus. Seine Frau war verstorben und der einzige Sohn in Kriegsgefangenschaft geraten. Die Bitte um Aufnahme kam ihm also sehr gelegen. Deshalb bot er den beiden Frauen an, dass sie mit den Kindern für einige Zeit hier wohnen könnten. Als Gegenleistung erwartete er jedoch, dass sie im Haus und Garten ihre Hilfe einbringen würden. Jahrelang hatte keine Frau den Haushalt geführt, das bemerkte man an vielen Stellen. Nahrungsmittel gab es für alle ausreichend, denn Herr Jansen lebte sehr bescheiden und hortete so einige lebenswichtige Sachen im Keller. Die Einrichtung war ziemlich anspruchslos, aber zweckentsprechend. Als

Kochstelle und Wärmelieferant diente der alte Lehmofen in der Küche. Im Winter war es bestimmt sehr kalt in dem Haus, aber zum jetzigen Zeitpunkt, es war Sommeranfang, herrschte eine sehr angenehme Temperatur in den Räumen. Herr Jansen überließ seinen neuen Mitbewohnern großzügig sein Wohnzimmer und nach dem Umstellen einiger Möbel entstand ein gemütlicher Wohn- und Schlafraum. Die kleine Kammer beanspruchte der Hausherr als sein privates Rückzugsgebiet und natürlich wurde das respektiert. Der beliebteste und meist genutzte Aufenthaltsort für alle Bewohner blieb jedoch die Küche. Auf dem Lehmofen ließen sich besonders gut Kartoffelpuffer backen, die bald zur Lieblingsmahlzeit für die kleine Wohngemeinschaft wurden.

Hinter dem Haus befand sich ein Gemüse- und Obstgarten. Arbeit gab es genug für Friedel und die emsige Selma und auch die Kinder zählten zu den Stammgästen im Garten. Karli saß im Gras und schaute neugierig zu, wenn Inge für ihre neuen Spielgefährten kleine Behausungen unter den Beerenbüschen baute. Herr Jansen hatte für sie kleine Püppchen gebastelt. Aus Filz und alten Stoffresten formte er den Körper, überzog damit alte Kochlöffelstiele, malte ein Gesicht ins Löffelteil und als Haarpracht umklebte er es mit Wollresten. Inge saß oft neben dem alten Herrn und bewunderte seine Bemühungen, ihr eine Freude zu machen. Mit seinem langen Bart, der weit über das Kinn reichte und dem silbergrauen Haar, erinnerte er sie an den Weihnachtsmann. Die Einquartierung bei ihm war für alle ein großes Glück. Er teilte seine Vorräte mit ihnen und gab durch seine Lebenserfahrung viele gute Ratschläge. Einmal, als Friedel von einem Holzbock befallen wurde und dieser in ihrer

Armbeuge immer größere Ausmaße annahm, half er spontan und wusste genau was zu tun war.

Eines Tages, Inge spielte mit ihren neuen Ersatzpuppen im Garten, da fragte ein junger Mann am Zaun, ob er wohl einen Apfel bekommen könnte. Wahrscheinlich ein ehemaliger Soldat, der aus Gefangenschaft zurückkehrte. Inge reichte ihm gleich mehrere Früchte über den Zaun und man sah ihr an, wie sie sich freute, etwas Gutes zu tun. Es waren die ersten Kornäpfel des Jahres und als der Soldat die Äpfel bezahlen wollte, schüttelte sie verneinend den Kopf. Herr Jansen, der das ganze beobachtet hatte, dachte sich im Stillen, hier geht eine gute Saat auf.

Helfen war seine Lebensdevise, aber solche Menschen gab es in dieser schweren Zeit nur noch wenige.

Die Tage vergingen und Friedel dachte immer öfter an Hubert und ihre Eltern.

Hubert hatte seit seinem unverhofften Auftauchen in Lichtensee nichts mehr von sich hören lassen. Auch Selma sorgte sich um Paul, hatte er den Unfall und den Krankenhaustransport gut überstanden?

Sie mussten beide was unternehmen, um ihre Lieben zu finden, – nur wie?

Dem gutmütigen Herrn Jansen wollten sie auch nicht so lange zur Last fallen. Sie plagte schon ein schlechtes Gewissen, seine Vorräte gingen langsam zur Neige und nirgendwo gab es etwas zu kaufen, um sie wieder aufzustocken.

Sein Sohn überraschte ihn auch mit der Nachricht, dass er bald nach Hause kommen würde, denn laut Beschluss der Siegermächte sollten die Gefangenen nach und nach entlassen werden.

Es war für Friedel und die Ihren wieder an der Zeit ins Ungewisse zu ziehen. Schlesien war noch immer abgeriegelt und für sie unerreichbar, so ging die Suche nach einer festen Bleibe von neuem los. Die Mitteilung ihres Entschlusses kam für Herrn Jansen überraschend, aber die berechtigten Gründe überzeugten ihn schließlich. Jedoch fiel allen das Abschiednehmen schwer.

In der nächsten Zeit übernachteten die Vier nur in Scheunen oder Notunterkünften. Sie vermissten die kleine Kate in der Heide.

Jeder Tag begann mit der Sorge, an etwas Essbares zu gelangen. Das Wenige was mitleidige Leute ihnen zusteckten, reichte oft nur für die Kinder. Dieses unwürdige Leben sollte ein Ende nehmen. Selma rückte schließlich mit einer Idee heraus, die sie schon eine ganze Weile beschäftigte. Ihr Mann Paul hatte einen Stiefbruder, namens Richard, der in Berlin wohnte. Den Stadtteil Tempelhof, etwas südlich gelegen und die Adresse hatte sie noch im Gedächtnis. Da es keine andere Lösung gab, diesem ziellosen Umherziehen zu entrinnen, stimmte auch Friedel diesem Vorhaben zu. Der Zufall wollte es, dass in Spremberg, wo sie gerade angekommen waren, ein Zug in Richtung Berlin zur Abfahrt bereit stand. Kurz entschlossen, ohne lange zu überlegen, stiegen sie mit den Kindern ein. Nach vielen Stopps und längeren Aufenthalten erreichten sie endlich ihr Ziel. Das Gedränge beim Verlassen des Zuges erinnerte sehr an die ersten Tage der Flucht. Doch dieses Mal waren die Mitreisenden keine Flüchtlinge, sondern zum größten Teil Schwarzhändler die in Berlin ihre Geschäfte abwickeln wollten. Das war zwar verboten, doch keiner hielt sich an die Verordnungen. Trotz Kontrollen und Durchsuchungen konnte man dem Treiben keinen Einhalt gebieten. Da gab es Beschlagnahmen, sogar Verhaftungen, aber auch diese Maßnahmen stoppten das Tauschen, Schachern und den Schwarzhandel nicht.

Beim Anblick des zerbombten Berlins wollten Selma und Friedel ihren Plan fast wieder aufgeben.

Ruinen überall, ganze Straßenzüge waren ausgelöscht. Rußgeschwärzte Wände und eingestürzte Fassaden gaben den Blick frei auf ehemalige Zimmer mit den abgebrannten oder verkohlten Einrichtungen. Aus den scheibenlosen Fenstern hingen die rußgeschwärzten, zerfetzten Gardinen, die vor dem Chaos sicher ein gemütliches Heim geschmückt hatten. Unheimlich, fast gespensterhaft wirkte das alles.

Bei diesem traurigen Anblick dachte Friedel an ihr Zuhause, und ob es dort auch so aussah.

Die U-Bahnschächte standen teilweise voller Wasser, doch die Menschen hatten schon wieder Mut gefasst und mit den Aufräumungsarbeiten begonnen. Auf und neben den Schutthaufen der Ruinen klopften die Trümmerfrauen den Mörtel von den Steinen und schufteten pausenlos, mit nur wenigem Essen, Tag für Tag bis zum späten Abend. Ab und zu fuhren auch schon wieder S-Bahn-Züge und so erreichten Friedel, Selma und die Kinder, nach mehreren Erkundigungen endlich die Straße in der Richard wohnen sollte.

Das Haus stand fast unbeschadet zwischen zwei zerbombten Häusern. Erst beim genauen Hinsehen wurden Einschläge im Mauerwerk und rußige Seitenwände sichtbar, aber es war bewohnbar.

Am Klingelschild stand auch noch der Name von Richards Familie, doch aus dem Klingeldrücker hingen die Drähte heraus, ein aussichtsloses Unterfangen, ihn zu benutzen.

Erwartungsvoll drückte Selma auf die abgegriffene Klinke und öffnete die unverschlossene Haustür. Langsam stieg sie die Treppe hinauf, während Friedel mit Inge und Karli im Vorflur wartete. Kurz nach dem Klopfen an eine der Türen vernahm man im Treppenhaus ein großes Freudengeschrei. Nun war auch Friedel klar, Selma hatte Richard, den Stiefbruder von Paul gefunden. Richard brachte nach der Wiedersehensfeier seine Gäste in der unbewohnten Nachbarwohnung unter. Das war günstig, denn die teilweise noch darin befindlichen Möbel konnten von ihnen gut genutzt werden.

Ein paar Tage der Ruhe und Besinnung waren angesagt, doch dann mussten das Anmelden und all die anderen bürokratischen Sachen erledigt werden. Richard begleitete Friedel aufs Amt und wurde Zeuge ihrer großen Enttäuschung. Berlin hatte ebenfalls Notstand und eine Aufnahmesperre. Das sich daraus ergebende Resultat war das Verbot von Aufenthaltsgenehmigungen und somit entfiel das Recht auf Lebensmittelkarten. Da half weder ein Bitten noch die Fürsprache von Richard. Entmutigt und wortlos gingen die beiden den Weg zur Wohnung zurück. Wie sollten sie den anderen Beteiligten die niederschmetternde Botschaft nur beibringen.

Einige Tage konnte Richards Familie sie noch beköstigen, doch ohne Lebensmittelkarten war es über längere Zeit nicht zu schaffen, eine so große Familie über Wasser zu halten.

Für Friedel stand der Entschluss fest, sie mussten Berlin verlassen. Die Stadt hinterließ bei ihr keinen guten

Eindruck, sie fühlte sich hier nicht wohl, trotz der liebevollen Betreuung der Gastgeber.

Irgendwo da draußen musste sich doch auch für sie und die Familie eine neue Heimat finden lassen oder vielleicht, mit viel Glück, durften Sie in ihre verlorene Heimat zurück.

Während Friedel und die Ihren erneut auf den Landstraßen zu Hause waren, befand sich Hubert schon in Amerika. Im Gebiet um Frankfurt am Main geriet er nach erbitterten, jedoch aussichtslosen Kampfhandlungen in amerikanische Gefangenschaft. Kurz vor Ende des Krieges legte das Schiff mit den Gefangenen im Hafen vor New York an. Den Anblick der Freiheitsstatue fanden manche schon kurios, denn sie selbst waren unfrei, betraten das Land als Gefangene.

Es war der erste Mai 1945. Nach drei Wochen Überfahrt in einem Konvoi ehemaliger Frachtschiffe setzte Hubert nun seinen Fuß auf amerikanischen Boden. Die Überfahrt verlief ohne größere Zwischenfälle. Zum Schutz vor feindlichen Angriffen begleiteten zeitweilig ein oder auch zwei Flakschiffe den Transport.

Hubert landete im Gefangenenlager Ford Break in Nordkarolina. Tausende Kilometer sowie der riesige Ozean lagen nun zwischen ihm und seinen Lieben.

Nach der Gefangennahme in Deutschland hatte man an die Soldaten, bevor sie in die vorgesehenen Gefangenenlager abtransportiert wurden, Karteikarten verteilt. Diese Maßnahme organisierte das Rote Kreuz, um die Identität der Soldaten, also Name, Dienstgrad und Erkennungsmarke zu registrieren.

Zu dieser Zeit stand auch schon fest, in welches Lager die in Gruppen eingeteilten Gefangenen kommen würden. Eine Möglichkeit für den Suchdienst, die jeweiligen Aufenthaltsorte den Karteien beizufügen, um bei Nachfragen eine Auskunft geben zu können. Hubert hoffte, dass Friedel auf diese Weise von der Gefangennahme und seinem Aufenthalt erfahren würde.

Von seinem Verbleib und das Hubert in amerikanische Gefangenschaft geraten war, ahnte Friedel jedoch nichts. Diese Ungewissheit um ihn und den Aufenthalt ihrer Eltern machte ihr zu schaffen, besonders nachts, wenn sie nicht schlafen konnte, wegen all dieser Sorgen.

Zurzeit befanden sich die Vier auf dem Rückweg von Berlin in Richtung Spreewald. Bis Königs-Wusterhausen fuhren sie mit dem Zug. Die Strecke Märkisch Buchholz, Lübben, Lübbenau bis Finsterwalde bewältigten sie zu Fuß. Hier legten sie eine längere Pause ein, weil Inges Füße voller Blasen waren und bluteten. Die Schuhe passten nicht mehr, es waren noch die gleichen, die sie vor einem halben Jahr, zu Beginn der Flucht getragen hatte. Kinderfüße wachsen weiter, Schuhe leider nicht.

Tapfer ertrug sie die Schmerzen und ließ sich die Füße zum Desinfizieren mit Kernseifenwasser spülen. Es sollte zwar helfen, brannte aber trotzdem höllisch in den Wunden.

In Finsterwalde versuchte Friedel neue oder auch getragene Schuhe für sie zu bekommen, aber ohne Gegenleistung war es ein aussichtsloses Unterfangen. Was konnten Obdachlose schon entbehren, sie besaßen ja selbst nichts mehr.

Im Ort traf Friedel auf Schlesier die nach Cottbus wollten und sie erfuhr von ihnen, dass die Einwohner dieser Stadt mit Umsiedlern und Flüchtlingen sehr solidarisch umgingen.

Vielleicht sollten auch sie es versuchen, dort eine feste Bleibe zu finden, deshalb schlossen sich Friedel und Selma den Leuten an. Sie erreichten nach drei Tagesmärschen die Stadt. Inge musste die Strecke nicht laufen, sie fuhr auf dem Handwagen von Selma mit. In Cottbus trennten sich die Leute, weil in kleineren Gruppen die Quartiersuche mehr Erfolg versprach. Der Verbleib ihrer Eltern ließ Friedel während des Marsches von Finsterwalde nach Cottbus keine Ruhe, immer wieder überlegte sie, auf welche Weise man etwas erfahren könnte.

Magda, die Frau ihres Bruders Gustav tauchte plötzlich in ihrem Gedankengang auf. Sie hatte schon einige Zeit vor Friedels Flucht Schlesien verlassen und war im Haus ihres Bruders in Pulsnitz untergekommen. Friedel kannte die Adresse von Martin, dem Bruder von Magda und ein Hoffnungsschimmer machte sich in ihr breit. Martin war zwar Soldat und vielleicht in Gefangenschaft geraten, aber mit seiner Adresse müsste auch Magda zu erreichen sein. Der erste Weg von Friedel, als sie in Cottbus ankam, führte zur Post. Sie schrieb dort eine Karte an Magda und da für die Heimatlose weder Aufenthaltsort noch eine Adresse vorhanden war, gab sie kurzerhand „Cottbus postlagernd" an.

Der erste Schritt war getan, als Nächstes wollte sie etwas über Hubert in Erfahrung bringen. Dazu musste sie sich an den Suchdienst des Roten Kreuzes wenden, sobald ein fester Wohnsitz vorzuweisen war. Erleichtert verließ sie die Post und gesellte sich zu ihrer kleinen Gruppe. Nun brauchten sie nur noch ein bisschen Glück, um eine feste Unterkunft zu finden. Doch die erste Nacht verbrachten sie wieder in einer Scheune, mit vielen anderen Obdachlosen.

Am nächsten Tag machte sich Friedel beizeiten auf die Suche nach einer Bleibe und ließ die Kinder in Selmas Obhut. So war sie schneller und beweglicher bei der Lauferei von Haus zu Haus. Die Leute waren freundliche zu ihr, doch wenn sie nach der Bitte um Quartier die Kinder und die Schwiegermutter erwähnte, holte sie sich immer eine Abfuhr. Auf ihrem Weg im südlichen Teil der Stadt begegnete sie einer Frau, die ihr, nachdem beide ins Gespräch gekommen waren, einen Tipp gab. Der Ort Madlow, nur zwei Kilometer entfernt, wäre günstiger für Friedels Anliegen, weil er etwas abseits lag verirrten sich kaum Ortsfremde in diese Gegend.

Dankbar nahm Friedel den Rat an, obwohl sie schon aufgeben hatte und umkehren wollte. Es war am späten Nachmittag und sie war hungrig, müde und auch enttäuscht wegen der vielen Absagen. Nun fasste sie neuen Mut, als die nette Frau ihr eine Anschrift gab und den Weg beschrieb. Die Gegend um den Ort Madlow war wunderschön, mit viel Wald der Friedel an ihre Kindheit in Schwarzau erinnerte. Sie wünschte sich so sehr, dass ihre Suche erfolgreich endete und sie alle Vier endlich ein vorläufiges Zuhause finden würden. Nach der Beschreibung der Frau bog sie von der Straße ab und geriet auf einen schmalen Waldweg an dessen Ende eine stattliche Villa auftauchte. Es war ein sehr schönes Anwesen, umgeben von Büschen und Bäumen.

Im Vorgarten befand sich eine junge Frau, die langsam auf Friedel zukam und sie mit fragendem Blick ansah. Die Bitte um Quartier für vier Personen brachte Friedel nur zögernd heraus und machte sich schon auf eine Verneinung gefasst. Doch überraschend teilte ihr die Frau mit, dass morgen die Mutter anwesend wäre und eine Entscheidung treffen würde. War es der gute Eindruck den Friedel erweckte oder überwog das Mitleid der Frau, jedenfalls machte sie ihr Hoffnung mit den aufmunternden Worten, dass sie am nächsten Tag noch einmal nachfragen könnte.

Diese Ansage gab Friedel Kraft und Zuversicht. Beschwingt machte sie sich auf den Rückweg, der ihr nun viel kürzer erschien. Am nächsten Morgen, gleich nach dem Erwachen, war die Villa im Wald ihr erster Gedanke. Schnell versorgte sie die Kinder und bat Selma auf sie zu achten, dann machte sie sich erneut auf den Weg in Richtung Madlow. Es war ein schöner, sonniger Morgen der sie optimistisch stimmte, es musste einfach alles gut gehen.

Diese Gedanken zauberten ein Lächeln in ihr Gesicht und schneller als erwartet stand sie wieder vor der Villa. Beide Bewohnerinnen waren anwesend und die Ältere stellte sich als Frau Hippel vor. Sie spannte Friedel nicht lange auf die Folter, sondern teilte ihr mit freundlicher Stimme mit, dass für sie, die Kinder und ihre Schwiegermutter bei ihnen eine bleibende Unterkunft zur Verfügung stände. Die Tochter hätte ihr alles berichtet, sie beide bewirtschafteten allein die Villa, da wäre genug Platz für alle. Vor lauter Freude über diese Mitteilung hatte Friedel den Drang, der Frau um den Hals zu fallen, ließ es aber bei einem herzlichen Händedruck. Endlich eine Zusage und noch heute konnte die Einquartierung erfolgen. So schnell ihre Füße sie trugen, rannte sie zu den Ihren in die Scheune, um die freudige Botschaft mitzuteilen.

Südlich, viele Kilometer von Cottbus entfernt, in Blankenhain, nahe Crimmitschau, wurde ebenfalls eine Botschaft überbracht und zwar an Klara und Hermann, die Eltern von Friedel. Der Schwarzauer Treck machte sich reisefertig für die Umsiedlung nach Seeburg bei Eisleben. Nach der Enteignung des Schlossbesitzers von Wendenburg und der nachfolgenden Bodenreform vergab man sogenannte Neubauerstellen an Vertriebene und Flüchtlinge. Sie erhielten bescheidenen Wohnraum, Land und Vieh zur Bewirtschaftung sowie landwirtschaftliche Geräte. Ein guter Neuanfang für viele Landarbeiter aus Schwarzau.

Die Wagen waren schon beladen und standen zum Aufbruch bereit, als Klara von einer männlichen Person angesprochen wurde. Es war Martin, der Bruder ihrer Schwiegertochter Magda. Nach der freudigen Begrüßung berichtete er, dass Magda seine Wohnung verlassen hatte, weil sich auch in Pulsnitz eine Evakuierung erforderlich machte. Nach einer Mitteilung, die sie ihm hinterlassen hatte, wusste er, dass sie in Werdau untergekommen war. Bevor er zu ihr aufbrach leerte Martin den Briefkasten, fand die Karte von Friedel, die er mit der anderen Post einsteckte und mitnahm. Unterwegs traf er Leute, die er noch aus der Heimat Schwarzau kannte. Auch sie wollten nach Werdau, kamen aus Blankenhain und berichteten Martin, wo sich der Schwarzauer Treck befand. So erfuhr er, dass die Schwiegereltern seiner Schwester Magda, die Klara und der Hermann, sich ebenfalls dort aufhielten und der Umzug nach Seeburg bevorstand. Martin war klar, die Sorge der beiden um den Verbleib ihrer Friedel und der Enkelkinder war sicher riesig, das beschleunigte sein Vorhaben. Die Karte von Friedel an Magda, die er an sich genommen hatte, bestärkte ihn bei seinem Vorhaben, einen Umweg zu machen. Nun stand er vor ihnen als Überbringer einer Freudenbotschaft.

Klara weinte vor Glück, als sie die Nachricht las, und Hermann umarmte den Martin ohne ein Wort zu sagen. Als sie sich gefasst hatten und die Rührung überwunden war, berichtete Klara von der Flucht. Auch davon, dass die Frontlinie immer näher rückte und die Dorfbewohner ihre geliebte Heimat mit Wehmut im Herzen verlassen mussten. Sie schilderte, wie sie bei dichtem Schneetreiben umherzogen, ziellos von Ort zu Ort, bis sie hier, nahe Blankenhain, Zuflucht fanden.

Das Paul, Selmas Mann, sich bei ihnen befand, verdankten die Beteiligten nur einem glücklichen Zufall. Bei einem Gespräch äußerte ein Bekannter, dass man nach der Evakuierung des Lübener Krankenhauses einen Teil der Patienten in Weida, also ganz in ihrer Nähe, einquartiert hatte. Klara wusste von Pauls Unfall, auch dass er kurz vor der Flucht im Lübener Krankenhaus eingeliefert wurde. Sofort machte sie sich auf den Weg und fand ihn schließlich in einem völlig überbelegten Zimmer. Zusammen mit vielen anderen Patienten hatte man ihn in einer ungepflegten, menschenunwürdigen Station untergebracht. Von seinem Unfall fast geheilt, aber seelisch am Boden zerstört, blickte er traurig auf die mitfühlende Klara. Kurzerhand veranlasste sie seine Entlassung und nahm ihn mit nach Blankenhain zum Schwarzauer Treck.

Sie brachte es nicht übers Herz, ihn so einsam und verzweifelt seinem Schicksal zu überlassen. Er wusste weder etwas von Selma, noch vom Verbleib seiner Söhne Hubert und Erwin. Erleichtert begab sich Paul in die Obhut von Klara. Er fühlte sich umsorgt, seine Einsamkeit und Verzweiflung wichen der Dankbarkeit.

Vor allem bei der Mitteilung, dass Selma lebt, mit Friedel und den Enkeln zusammen war, da sah er fassungslos auf Klara, denn sie war die Überbringerin der guten Nachricht. Still weinte er vor sich hin, die Tränen liefen über seine eingefallenen Wangen. – Das Glück hatte ihn also doch nicht verlassen.

In der Zwischenzeit gewöhnten sich die Bewohner der Villa Hippel schnell aneinander. Jeden Morgen wurden sie vom Gesang der Vögel geweckt. Nachdem die Frauen ihre Arbeit erledigt hatten, genossen sie die Freizeit in der Sonne und Wärme des Spätsommers. Friedel saß mit dem Karli am liebsten auf der Terrasse oder im Garten. Selma und Inge verbrachten viel Zeit im angrenzenden Wald, suchten Pilze, sammelten Beeren und hatten immer etwas davon im Korb, wenn sie zurückkehrten. Frau Hippel saß meistens in der Bibliothek und las. Sie war sehr gebildet. Ihre Tochter Renate studierte Kunstgeschichte, hatte einen großen Freundeskreis und war selten zu Hause anzutreffen.

Nach einer gewissen Zeit, in der sich gegenseitiges Vertrauen aufgebaut hatte, saßen Frau Hippel und Friedel oft beieinander, vertieft in persönliche Gespräche. Manchmal erwähnte Frau Hippel auch ihren Mann, er war Doktor der Rechtswissenschaft, befand sich jedoch seit längerer Zeit im Ausland. Die Hintergründe behielt Frau Hippel für sich und Friedel war viel zu feinfühlig, um sie zu hinterfragen.

So vergingen die Tage, der September löste die schönen Sommertage mit kühlerem und regnerischem Wetter ab.

Wenn Friedel in der Stadt weilte, um Besorgungen zu erledigen, ging sie auch zum Postschalter und erkundigte sich, ob für sie postlagernd etwas eingetroffen sei. Der Beamte kannte sie schon, auch ihren Namen und es tat ihm sichtlich leid, wenn er wieder verneinen musste.

Auch an ihrem sechsundzwanzigsten Geburtstag, Anfang September, stand sie abwartend am Schalter. Beim Durchblättern der Briefe und Karten schüttelte der Beamte den Kopf, hielt kurz inne, fragte nochmals nach ihrem Namen. Freundlich lächelnd überreichte er Friedel dann eine Postkarte. Als sie die Schrift erkannte, strahlte ihr Gesicht. Es konnte für sie kein schöneres Geburtstagsgeschenk geben als diese Karte, – eine Nachricht von ihren Eltern, Klara und Hermann.

Selma stand mit Inge und Karli wartend am Vorgartenzaun, als Friedel ihnen schon von weitem zuwinkte. Kaum hatte sie die Drei erreicht, da sprudelte auch schon die gute Nachricht über ihre Lippen. Frau Hippel gesellte sich zu der fröhlichen Runde und freute sich mit ihnen. Klaras Bitte, so schnell wie möglich nach Seeburg zu kommen, löste einen Begeisterungssturm aus. Schon am Geburtstagskaffeetisch planten sie die Vorbereitungen für die Reise, denn dieses Mal würde der lange Fußmarsch wegfallen, weil der Zugverkehr wieder funktionierte.

Frau Hippel bedauerte den Weggang ihrer Mitbewohner, gönnte ihnen aber auch von Herzen das Wiedersehen und Zusammenleben mit der Familie, die sie so lange vermisst hatten. Gemeinsam suchten sie die günstigste Bahnverbindung in Richtung Halle an der Saale heraus.

Viel zu packen gab es ja nicht, und das Wenige, was sie besaßen war schnell im Handwagen verstaut. Erst nach drei Tagen brachen sie auf, um den Abschied von ihrer Gastgeberin nicht zu überstürzen, denn sie war für die Abreisenden zur Freundin geworden.

Frau Hippel begleitete die Abreisenden noch bis zum Bahnhof, es gab Umarmungen und liebe Dankesworte, dann setzte sich der Zug in Bewegung.

Viele Menschen im Zugabteil standen dicht gedrängt im Gang. Die wenigen Sitzplätze waren hart umkämpft, wer einen ergatterte, hatte den Vorteil sein Gepäck auf der oberen Ablage unterzubringen. Somit befand es sich immer im Blickbereich seines Besitzers. Schwieriger wurde es für die stehenden Mitreisenden, auf ihren Koffer oder Rucksack zu achten, denn wollte jemand an ihnen vorbei, schob man sie im Gang hin und her oder einfach zur Seite. Bei diesem Vorgang verloren die Betroffenen ihr Gepäck aus den Augen, und es war oft nicht mehr auffindbar. Im Durcheinander hatte es neue Besitzer gefunden, die beim nächsten Zugaufenthalt mit ihrer Beute das Weite suchten.

In der Zeit nach Kriegsende versuchte jeder an etwas Essbares zu gelangen, entweder durch Tauschgeschäfte oder Gaunerei. Der Schwarzhandel war in voller Blüte und wer nichts hatte, holte es sich auf irgendeine Weise.

Unter den Reisenden befanden sich deshalb viele Schwarzhändler, Diebe und undurchsichtiges Gesindel im Zug. Auch Friedel und Selma achteten während der Fahrt auf das Wenige was sie noch besaßen, dass es nicht gestohlen wurde. Erleichtert atmeten sie auf, als der Zug im Bahnhof von Halle einfuhr. Sie mussten sich beim Umsteigen beeilen, weil der Anschlusszug nach Oberröblingen schon bereit stand. Schon nach kurzer Fahrt erreichten sie ihr Ziel. Nun trennte sie nur noch ein Fußmarsch von rund einer Stunde von Seeburg am Süßen See und dem Wiedersehen mit ihrer Familie.

Den Ort Oberröblingen hatte die kleine Gruppe bald hinter sich gelassen. Sie befanden sich auf der Hauptstraße in Richtung Seeburg und sahen das erste Mal den Süßen See, der sie den Rest des Weges begleiten sollte. Durch Klaras Mitteilung auf der Karte wusste Friedel, dass die Schwarzauer im Schloss des Ortes ein neues zu Hause gefunden hatten.

Die Anlage befand sich direkt am See, sie könnten sie nicht verfehlen.

Die Vorfreude machte sich bemerkbar und die kleine Gruppe kam auf der Straße zügig voran. Manchmal überholten sie Pferdefuhrwerke, auf denen Leute von der Feldarbeit heimkehrten. Von einem dieser Wagen rief eine Frau mit lauter Stimme Friedels Namen und freudig überrascht erkannte sie die Ruferin. Es war ihre ehemalige Schulkameradin, die Lene Barthel. Das Gespann wurde angehalten, Lene sprang vom Wagen und schon drückte sie die Friedel mit ihren kräftigen Armen an ihre warme, üppige Brust. Seit Tagen schon war der Gesprächsstoff unter den Schwarzauern, dass Klara ihre Friedel und Enkel erwartete. Auch dass Selma bei ihnen war, machte die Runde. Schnell bugsierten die Begleiter von Lene den Kinder- und Handwagen auf das Fuhrwerk. Inge durfte vorn neben dem Kutscher sitzen, alle anderen kletterten hinten auf den Wagen. Jemand drückte Inge eine große rote Frucht in die Hand, es war ihre erste Tomate und sie schmeckte köstlich.

Die nächste Biegung der Straße gab einen märchenhaften Blick frei.

Von der Abendsonne beleuchtet, wie in goldenes Licht getaucht, präsentierte sich auf einer leichten Anhöhe das Schloss von Seeburg. Das Wasser des Sees lag wie ein Spiegel davor. Dieser Anblick war so überwältigend, den würden die Ankömmlinge nie vergessen.

Langsam zog das Pferdegespann den Wagen mit seiner Fracht den leicht ansteigenden Schlossberg hinauf. Auf der linken Seite glitzerte der See, rechts neben der

Straße sah man einen mit alten Bäumen bewachsenen Hügel, sowie das Eingangstor zum Mausoleum. Vorbei an dem mit Bäumen und Sträuchern zugewachsenen Wallgraben und der hohen Festungsmauer ging die Fahrt weiter bis zum Schlosseingang mit seinem schweren, eisenbeschlagenen Bogentor. Nach dem Passieren des Eingangs erblickte man auf der linken Seite den imposanten Bau des Witwenturms, rechts die Innenmauer mit den Zinnen und den efeubewachsenen Wachturm. Das Pferdegespann vor dem Wagen zog noch mal kräftig an, denn sie erkannten ihr Domizil. Der gepflasterte Weg endete direkt am Eingang des Gutshofes, den man von dieser Stelle aus schon sehen konnte. Noch mit dem Halfter um den Hals liefen die durstigen Pferde zur Tränke. Die Bauern versorgten ihr Vieh in den angrenzenden Ställen und mehrere Feldarbeiter entluden die Erntewagen. Dieses Treiben war für Inge so interessant, dass sie fast vergaß vom Kutschbock zu steigen. Hier würde es ihr gefallen, die vielen Tiere, der große See und ein Schloss mit vielen geheimnisvollen Ecken und Winkeln, die es zu entdecken gab. Nach und nach verließen die müden Landarbeiter das Fuhrwerk und Lene zeigte den Neuankömmlingen den Weg zur Wohnunterkunft. Nur wenige Meter eine sanfte Steigung hinauf und schon befanden sie sich im Schlosshof, der ein Viereck bildete. Der erste Blick fiel auf den hohen Wehrturm mit den dicken Mauern. Gegenüber lag das ehemalige Gesindehaus, rechts und links schlossen sich die Seitenflügel mit den Wohn- und Gästezimmern der vorherigen Schlossbesitzer an.

Die Enteignung nach dem Ende des Krieges hatte zur Folge, dass man den Besitz zum Volkseigentum erklärte und so dienten die Zimmer und Räume des Schlosses nun als Unterkunft für die angeworbenen Neubauern und Flüchtlinge.

Noch in den Anblick des Schlosshofes versunken, hörte Friedel plötzlich einen jubelnden Aufschrei, denn in einem der Eingänge standen Klara, Hermann und Paul, denen kurz vorher von der Ankunft ihrer Lieben berichtet wurde. Sie liefen mit ausgestreckten Armen auf die so lange Vermissten zu. Die Freude des Wiedersehens war grenzenlos, sie konnten gar nicht voneinander lassen. Einige der Mitbewohner umringten die Gruppe, stellten Fragen über Fragen, man blickte in feuchte Augen, denn die Freude und Anteilnahme war riesig.

Auf dem Gemeindeamt brauchte Klara allerdings große Überzeugungskraft, um die Erlaubnis zu bekommen, Friedel mit den Kindern bei sich unterzubringen. Erst nach Klaras kleiner Bestechung, in Form von einigen Kilo Getreide, bahnte sich der gewünschte Erfolg an. Einige Tage später überbrachte der Gemeindebote die Zuzugsgenehmigung für die vier Neuankömmlinge. Selma und Paul erhielten ein kleines Zimmer im Ostflügel, aber für Friedel und die beiden Kinder konnte erst einmal kein geeigneter Wohnraum gefunden werden. Kurz entschlossen nahmen Klara und Hermann die Drei bei sich auf. Monatelang lebten sie zu fünft in zwei kleinen Räumen und warteten geduldig auf eine bessere Lösung. So uneigennützig konnte nur Elternliebe sein.

Das Zusammenleben mit den Eltern verlief ruhig und harmonisch, trotz der räumlichen Einschränkungen. Friedel fühlte sich beschützt wie in ihrer Kindheit, so fand sie allmählich wieder ihren inneren Frieden.

Nur die Ungewissheit über den Verbleib und das Schicksal von Hubert trübte ihr Glück. Sie hatte schon einige Briefe an den Suchdienst abgeschickt, bisher jedoch ohne Erfolg. Ihr war bewusst, dass zigtausend Menschen die Hilfe des Suchdienstes in Anspruch nahmen, also hieß es Geduld aufbringen und abwarten.

Bei Erwin, dem Bruder von Hubert hatte sie Erfolg gehabt, er wurde ziemlich schnell in einem Krankenhaus im Schwarzwald aufgespürt.

Seit Monaten lag er hier und wartete auf Heilung seiner Füße. Die Ärzte hatten keine andere Wahl und amputierten die Zehen. Kurz vor Kriegsende fanden in den Vogesen, nahe dem Rhein, noch erbitterte Kämpfe statt. Die Soldaten, darunter Erwin, hockten tagelang ohne passende Kleidung und Ausstattung, wie Stiefel, warme Socken usw. in Schützenlöchern. Die auf engsten Raum verharrenden Eingeschlossenen hatten keine Bewegungsfreiheit, weil pausenlose Bombardierungen und Angriffe des Gegners das Verlassen ihres Standortes verhinderten. Beim stundenlangen Stehen auf einer Stelle zirkulierte der Kreislauf des Blutes nur minimal und das Endergebnis waren erfrorene oder abgestorbene Zehen. Viele Soldaten teilten mit Erwin das gleiche Schicksal. Mit ihren erst achtzehn Jahren, oft noch jünger, machte der unbarmherzige Krieg sie zum Invaliden. Friedel veranlasste Erwins Überführung in ein Krankenhaus in Halle, um ihn in der Nähe seiner Eltern zu haben. Sie selbst kümmerte sich um ihn, wie eine Schwester. Sie strickte ihm aus weichen Wollresten passende Hausschuhe, weil die Fußstümpfe so empfindlich waren. Nach seiner Entlassung aus dem Krankenhaus holte sie ihn ebenfalls nach Seeburg, wo er bei Selma und Paul ein Zuhause fand.

Friedel wartete Tag für Tag auf ein Lebenszeichen von Hubert und Mitte Dezember war es so weit. Sie bekam eine Mitteilung vom Rot-Kreuz-Suchdienst. Vor Aufregung, was sie nun erfahren sollte, zitterten ihre Finger so sehr, dass sie beim Öffnen des Briefes den Umschlag einriss. Beim Lesen der so lange erwarteten Nachricht verschwammen vor ihren Augen die Buchstaben. Ruhig und besonnen nahm Hermann das Schreiben aus ihren Händen und strich ihr aufmunternd übers Haar, erst dann las er die Nachricht vor.

Hubert lebte, befand sich in amerikanischer Gefangenschaft und sein Aufenthaltsort war ein Lager im Süden der USA. Die Adresse und Registriernummer waren angegeben.

Friedel schrieb sofort an diese Adresse und sendete mehrere Briefe per Luftpost.

Es war im Februar 1946 im Camp Badney. Hubert und viele seiner Kameraden waren zum Appell angetreten. Sie hatten vor ein paar Tagen erfahren, dass die Gefangenen einer bestimmten Kategorie nach England ausgeschifft wurden.

Er gehörte zu diesen Auserwählten, die auf schnellstem Weg neue Einkleidung erhielten, denn in wenigen Stunden war Abfahrt.

Nun, bei ihrem letzten Appell im Camp, verteilte ein Vorgesetzter die zuletzt eingetroffene Post und welch eine Überraschung für Hubert, – er hielt den ersten Brief von Friedel in seiner Hand. Was für ein Glücksfall, gerade noch zeitig genug, bevor das Schiff nach England ablegte. Endlich hatte er eine Nachricht und die Gewissheit, dass es den Lieben gut ging und wo er sie irgendwann finden konnte.

Nach seiner Ankunft in England, im Hafen von Liverpool, schickte man ihn und viele seiner Kameraden in ein Lager in Schottland. Bei Glasgow wurden die Gefangenen zur Feld- und Erntearbeit aufgeteilt, ähnlich dem Prinzip wie in Amerika, also an verschiedene Farmer der Umgebung. So verbrachte Hubert den Sommer und Herbst des Jahres 1946 wieder als Helfer in der Landwirtschaft.

Anfang Dezember verbreitete sich die Nachricht, dass alle ehemaligen Verwundeten aus der Gefangenschaft entlassen würden und frei über ihr Leben verfügen könnten.

Zu den Glückspilzen gehörte auch Hubert, ausschlaggebend war seine Verwundung im Russlandfeldzug. Mitte Dezember 1946 wurde es zur Gewissheit, die Heimkehr stand kurz bevor. Ein Transport mit den ersten deutschen Entlassenen bereitete sich zur Abfahrt vor. Hubert, mal wieder neu eingekleidet, versehen mit den Entlassungspapieren und dem sogenannten Marschgeld, fieberte seiner Freiheit entgegen. Voller Erwartung verabschiedete er sich, wenn auch etwas wehmütig, von seinen Kameraden. Der Transport zum nächstgelegenen Hafen erfolgte mit einem Militärfahrzeug und dann ging es weiter mit einem englischen Frachter bis Cuxhaven. Nach dem Anlegen des Schiffes und dem Betreten deutschen Bodens galt der organisierte Transport der ehemaligen Kriegsgefangenen als beendet. Nun hieß es, sich selbst durchzuschlagen und dank des Marschgeldes erwarb Hubert eine Bahnkarte Richtung Munsterlager. Sein nächstes Ziel war Braunschweig, denn in Friedels letzter Nachricht erfuhr er, dass sich die Familie in der Nähe von Eisleben, in Sachsen-Anhalt befand.

Von Braunschweig über den Südharz erreichte Hubert nach vielen unvorhersehbaren Ereignissen endlich den Ort Nordhausen im Harz. Der Zug in Richtung Eisleben, Oberröblingen war abfahrbereit. Hubert stieg ein, – der letzte Teil seiner Odyssee begann. Beim Verlassen des Zuges in Oberröblingen trennte ihn nur noch eine Fußstrecke von knapp sieben Kilometern von seinen Lieben.

Auch er wanderte die Straße am Süßen See entlang, so wie vor fünfzehn Monaten seine Friedel, Selma und die Kinder.

Jedoch mit dem Unterschied, dass sie im malerischen September auf der Straße nach Seeburg unterwegs waren und er nun im verschneiten Dezember. Das Schloss zeigte sich im winterlichen Gewand und der See lag starr vor ihm, bedeckt von der Eisschicht, die sich gebildet hatte. Doch auch dieser Anblick war wunderschön.

In der Wärme des Wohn- und Schlafraumes von Klara und Hermann hatte es sich die ganze Familie am Esstisch gemütlich gemacht. Die Kinder spielten mit Opa Hermann „Mensch ärgere dich nicht", Klara und Friedel strickten noch an der Weihnachtsüberraschung, als es an der Tür klopfte. Inge rief erschrocken, das ist der Weihnachtsmann und wollte sich verstecken, blieb aber sitzen, weil alle lachten. Doch nach dem Öffnen der Tür stand da ein Mann, bekleidet mit einem langen, dunklen Mantel. Er trug einen sogenannten Seesack auf dem Rücken und das stoppelbärtige Gesicht überschattete eine Mütze mit Schild. Die Gestalt erinnerte tatsächlich ein wenig an den Weihnachtsmann.

Erstaunt blickten alle in Richtung Tür, nur Friedel stieß einen Laut des Erkennens aus. Sie sprang auf, warf ihr Strickzeug auf den Tisch und schon hing sie am Hals dieser vertrauten Person. Es war ihr Hubert, zurückgekehrt aus dem Chaos, unversehrt und gesund. Wieder ein Geschenk des Schicksals und das einen Tag vor Heilig Abend.

Die Nachricht von Huberts Heimkehr verbreitete sich wie ein Lauffeuer bei den Schwarzauern. Der kleine Raum war plötzlich voller Leute. Alle die ihn kannten, wollten ihn begrüßen, vor allem Selma, Paul und Erwin. Mit Karli und Inge auf seinen Armen stand Hubert in der Mitte des Zimmers und Friedel lächelte glücklich an seiner Seite.

Alle, die durch die Wirren des Krieges getrennt und versprengt waren, hatten sich wiedergefunden. Es war ein Wunder!

Meine Lübener!

Wir haben bisher größte Ruhe und Ordnung bewahrt, wir tun dies auch in den nächsten Tagen. Dann werden wir gemeinsam die uns gestellten Aufgaben lösen.

Wir lockern nun in aller Ruhe unseren Kreis auf. Ziel und Marschbefehl sind den Führern der Trecks bekannt. Alles Nähere erfahrt Ihr durch Eure Ortsgruppenleiter.

Zuerst gehen die Frauen mit Säuglingen und Kleinkindern fort. Danach alle Frauen und Kinder. Gesondert folgt das Gepäck. Mitgenommen wird das Allernotwendigste, bis 70 Pfund.

Sorgt, dass Ihr für drei Tage Verpflegung bei Euch habt. Schützt und fettet die Gesichter Eurer Kinder gegen Frost und Kälte.

Bleibt im Treck! Jedes wilde Fortfahren ist unberechtigt und gefährdet alle! Währt also Kameradschaft und Gemeinschaft. Wir haben genügend Zeit.

Es wird alles getan werden, was irgend möglich ist, Euch diesen Weg nicht zu schwer zu machen. Ihr selbst helft am besten mit Ruhe und Disziplin.

Die Männer des Kreises rufe ich hiermit zur Verteidigung unseres Kreises auf. Es meldet sich jeder sofort bei seinem Kompanieführer bzw. Ortsgruppenleiter.

Die Volkssturmmänner, erstes und zweites Aufgebot, verbleiben in ihren Orten bis sie von mir weitere Marschbefehle erhalten.

Bis zuletzt bleiben meine Ortsgruppenleiter. Ich befehle diese Selbstverständlichkeit nochmals ausdrücklichst.

Unser Weg geschieht für unsere Kinder, unsere Heimat, unsere Zukunft!

Für Deutschland – Heil Hitler – Alfred Jonas, Kreisleiter
Lüben, den 26. Januar 1945

Weiterhin erschienen im pkp Verlag

www.pkp-verlag.de

Kinderbücher

Der Spatzenjunge Flori
Ingeborg Schmelz

Die kleine Brockenhexe Walpurgis
Johanna Adler

Erzählungen

Alltägliche Sensationen
Geschichten und Reportagen
Tilo B.

Geschichten aus dem Leseturm II
Merseburg zwischen Russenkaserne, Strandkorb und TH
Autorinnen und Autoren des Literaturkreises Leseturm in Merseburg

Neue Geschichten über Herbert, Hubert und andere Zeitgenossen
Regina Oversberg

Weihnachtsgeschichten aus dem Leseturm
Festtagsfreuden rund um Gänsebraten, Westpakete und
die Liebe unterm Weihnachtsbaum
*Autorinnen und Autoren des Literaturkreises Leseturm in
Merseburg*

Fantasy

Die Geheimnisse von Surania
Selenia Night

Jared – Vampir meiner Träume
Selenia Night

Orgonomie

OrgonEnergieSysteme I
Wolkenzerstäuben, Cloudbuster und Regenmachen: Zur
Orgonomie der Atmosphärenbeeinflussung
Pierre Kynast

Philosophie

Trialektik
Entwurf eines metaphysischen Schemas zur Beschrei-
bung und Beherrschung der Wirklichkeit
Pierre Kynast

Friedrich Nietzsches Übermensch
Eine philosophische Einlassung
Pierre Kynast

pkp Verlag – Postfach 1602 – 06206 Merseburg
Deutschland

www.pkp-verlag.de